MEIN LEBEN, DIE LIEBE UND

DER GANZE REST

© privat

Dagmar Hoßfeld lebt in einem Dorf zwischen Ostsee und Schlei. Sie hat ihren Traum vom Schreiben verwirklicht – zum Glück, denn sonst könnten wir nicht so viele gute Bücher von ihr lesen. Seit 2007 schreibt sie für die erfolgreiche Serie „Conni & Co“.
„Mein Leben, die Liebe und der ganze Rest“ ist ihr Meisterstück geworden.

„Schade, dass es Conni nicht schon früher gegeben hat. Es hätte mir Spaß gemacht, mit einer Lieblingsbuchfigur erwachsen zu werden.“
(Dagmar Hoßfeld)

Conni

Dagmar Hoßfeld

MEIN LEBEN, DIE LIEBE UND DER GANZE REST

CARLSEN

Mehr aus der Serie *Conni 15*:
Mein Sommer fast ohne Jungs (Band 2)
Meine beste Freundin, der Catwalk und ich (Band 3)
Mein Freund, der Eiffelturm und ich (Band 4)
Meine Freundinnen, der Rockstar und ich (Band 5)
Mein Freund, das Leben und das Glück (Band 6)

Connis Soundtrack: Tim Bendzko, Andreas Bourani, Jupiter Jones, Black Eyed Peas, Rihanna, Amy Winehouse.

FSC
www.fsc.org
MIX
Papier aus verantwortungsvollen Quellen
FSC® C083411

Veröffentlicht im Carlsen Verlag
März 2016

Umschlaggestaltung: formlabor unter Verwendung eines Entwurfs von Gunta Lauck
Innengestaltung: Gunta Lauck
Corporate Design Taschenbuch: bell étage
Gesetzt aus der Adobe Caslon Pro
ISBN 978-3-551-31418-5

Mehr über Conni findest du unter: www.conni.de

KAPITEL 1

Gibt es einen Unterschied und wenn ja: welchen?

Ich bin fünfzehn.

Seit genau einer Sekunde.

Mein Herz schlägt einen Salto.

„Herzlichen Glückwunsch zum Geburtstag!“, flüstere ich in die Dunkelheit.

Der jaulende Klang einer elektrischen Gitarre bringt mich etwas aus dem Konzept. Obwohl ich nicht geschlafen habe (ich war viel zu aufgeregt, um überhaupt ein Auge zuzubekommen), zucke ich zusammen und würge den Klingelton meines Uralthandys schnell ab. Das Gitarrensolo ist ein bisschen zu laut um diese Uhrzeit. Nebenan schlafen meine Eltern, Jakob schnarcht gegenüber leise vor sich hin. Muss nicht sein, dass sie mitbekommen, dass ich mitten in der Nacht telefoniere.

„Halloo?“, melde ich mich unschuldig und halte die Luft an. Natürlich weiß ich, wer dran ist. Es leuchtet mir in Großbuchstaben vom Display entgegen und ist nicht mal im Dunkeln zu übersehen: PHILLIP.

„Happy birthday to you, happy birthday to you …“, singt er leise.

Seine Stimme klingt verschlafen und ein bisschen kratzig. Im Gegensatz zu mir hat er bestimmt schon geratzt. Er muss sich extra den Wecker gestellt haben, um mir als Erster zum Geburtstag zu gratulieren. Der süßeste Junge der Welt hat zu meinem Geburtstag gesungen!

Neben mir streckt sich Mau und schmatzt. Ich kraule ihn mit einer Hand, während ich Phillips Geburtstagsständchen lausche, das sich langsam in Richtung Finale bewegt. Mau sabbert begeistert.

„Alles Liebe zum Geburtstag", sagt Phillip feierlich. „Du hast einen Wunsch frei!"

„Danke." Mein Herzschlag beruhigt sich etwas und macht einem äußerst wohligen Gefühl Platz. Ich kuschele mich tiefer in mein Kissen und presse das Handy ans Ohr.

„Und?", fragt Phillip. „Wie fühlst du dich? Anders als gestern?"

Ich schüttele den Kopf. „Kein bisschen."

„Das kommt noch", verspricht er. „Wart's ab."

„Na, hoffentlich", seufze ich.

Phillip muss es wissen. Er ist schließlich ein ganzes Jahr älter als ich.

Mau springt vom Bett auf die Fensterbank, schiebt seinen Kopf durch einen Spalt im Vorhang und späht hinaus in die Nacht. Sein Schwanz zuckt hin und her. Was er wohl sieht?

Ich unterdrücke ein Gähnen und frage Phillip, was er mir schenkt. Immerhin ist seit ein paar Minuten offiziell mein Geburtstag. Da wird man sich doch wohl nach den Geschenken erkundigen dürfen, oder? Schließlich möchte ich wissen, worauf ich mich freuen kann. Aber Phillip bleibt stur.

„Sei nicht so neugierig“, sagt er, sosehr ich auch bettele. „Lass dich einfach überraschen.“

Wir reden ein bisschen hin und her, über den Vormittag in der Schule, der uns in wenigen Stunden bevorsteht und von dem wir nicht wissen, wie wir ihn überleben sollen, und über meine Geburtstagsparty, die am Abend steigen soll. Mit meinem Geburtstermin hätten meine Eltern sich ruhig ein bisschen mehr Mühe geben können, finde ich. Ich meine, wer hat schon freiwillig am 30. April Geburtstag? In unseren Breitengraden liegt da manchmal noch Schnee. Oder es regnet in Strömen. Echt super für Gartenpartys und Grillfeste. Der einzige Vorteil ist, dass morgen der 1.-Mai-Feiertag ist, denn das bedeutet – bingo! – schulfrei. Juhu!

Bevor wir uns verabschieden, versuche ich es noch einmal: „Wann krieg ich mein Geschenk? Doch nicht etwa erst heute Nachmittag, oder? Das halt ich nicht aus!“

„Soll ich's dir lieber in der Schule geben? Vor allen anderen? Ist nicht dein Ernst, oder?“

Ich kann geradezu spüren, wie Phillips dunkle Augen tief in meine blicken. Blicken würden, meine ich. Wenn er jetzt hier wäre. Neben mir. In meinem Zimmer. Äh, wo waren wir gerade?

„Nee, nicht wirklich“, gebe ich zu. „Aber vielleicht vorher?“

Phillip lacht, aber dann sagt er: „Okay. Wir treffen uns vor der Schule im Park. Halb acht an der Entenbrücke?“

„Yes!“, jubele ich.

„Freu dich nicht zu früh“, dämpft er meine Erwartungen. „Du weißt schließlich noch nicht, was es ist!“

„Egal, ich freu mich trotzdem!“ Und das meine ich genau so, wie ich es sage. „Bis dann!“

„Bis dann“, sagt Phillip und gähnt.

Ich habe das Handy gerade fröhlich geknutscht und auf den Nachttisch zurückgelegt, als es sich noch einmal meldet. Diesmal ist es eine SMS, natürlich auch von Phillip: „SGUTS!“

SGUTS? Was soll das denn heißen? Sieben Gartenzwerge unter tausend Socken vielleicht? Sechs große Ufos taumeln südwärts? Hmmm, das ergibt nicht wirklich Sinn. Ich versuche es noch einmal.

Schlaf gut und träum süß? Oh ja, das ist ein guter Plan!

Irgendwie muss ich nach dem Anruf tatsächlich eingeschlafen sein. Als ich wieder aufwache, ist es kurz vor halb sieben. Fast schon Zeit zum Aufstehen. Mau liegt auf meinen Füßen und schnurrt im Schlaf. Ich strecke mich vorsichtig, um ihn nicht zu wecken, und verschränke die Hände im Nacken.

„Fünfzehn“, sage ich leise vor mich hin. „Eine Fünf und eine Zehn.“

Ich lege mir die Zahlen auf die Zunge, drehe sie in meinem Kopf hin und her und betrachte sie von allen Seiten. Fühlt es sich anders an als gestern? Fühle *ich* mich anders? Wenn ja, wie? Gestern war ich noch vierzehn. Wo ist der Unterschied? Ob es einen gibt? Oder ist das Ganze nur Gerede und jedes neue Lebensjahr gnadenlos überbewertet?

Nein, das kann nicht sein. Irgendetwas muss anders sein, beschließe ich. Immerhin habe ich fünfzehn Jahre meines Lebens darauf hingearbeitet, fünfzehn zu sein. Besonders das letzte Jahr war echt hart. Ich konnte es kaum erwarten, endlich älter zu werden. Und zwar nicht nur, weil es dann mehr Taschengeld gibt.

Aber soll das alles sein? Zehn Euro mehr im Monat und eine weitere Kerze zum Auspusten auf der Torte? Hm …

Ich grüble und grüble, aber außer dass ich jetzt den Mofa-Führerschein machen dürfte (was mir meine Eltern sowieso nie erlauben würden), fällt mir nicht viel ein, was anders sein könnte. Jedenfalls nichts wirklich Positives. Im Bus muss ich jetzt zum Beispiel einen sauteuren Erwachsenenfahrschein lösen, es sei denn, ich mache mich klein und piepse „Einmal zur Schule, bitte!“. Danke, darauf kann ich gut verzichten.

Trotzdem. Mit vierzehn ist man irgendwie noch ein Kind, finde ich. Zumindest wird man so behandelt. Mit fünfzehn ist man dagegen schon fast erwachsen. Es MUSS also einen Unterschied geben.

Ich werfe einen Blick auf den Kalender, der über meinem Schreibtisch hängt. Da steht es schwarz auf weiß: Heute ist der 30. April, mein Geburtstag. Ab heute habe ich genau ein Jahr Zeit, um den Unterschied herauszufinden – falls es einen gibt. Ich bin ja sooo neugierig!

Ein einzelner Sonnenstrahl stiehlt sich durch den schmalen Spalt zwischen den Vorhängen und malt einen goldenen Kringel an die Tapete. Kleine Staubkörnchen tanzen in der Luft. Ich liege in meinem Bett und warte. Darauf, dass ich mich anders fühle. Und darauf, dass meine Familie endlich auftaucht, um mir zu gratulieren.

„Happy birthday to youuu, happy birthday to youuuu …“, singt jemand im Flur.

Es geht los! Ich flutsche tief unter meine Decke und stelle mich schlafend.

„Guten Morgen, Geburtstagskind!“, ruft meine Mutter, fröhlich wie immer. Die ist jeden Morgen gnadenlos gut drauf, egal wie früh es ist, ob's stürmt oder schneit. Echt unglaublich.

Jemand zieht mir die Bettdecke weg. Das kann nur Jakob sein. Na warte! Ich erwische einen Zipfel und ziehe mit voller Kraft zurück. Jakob fällt halb auf mich und grinst.

„Häppi Börsdeh, du alte Schwester“, sagt er.

Er war gestern beim Friseur und sieht aus wie ein kleines Hähnchen. Die Haare sind stachelig kurz geschnitten und in der Mitte zu einem kleinen Kamm gegelt. Seit er auf die Gesamtschule geht, legt er Wert auf sein Äußeres. Sehr süß.

„Danke“, sage ich und befreie mich von ihm, um meine Geschenke entgegenzunehmen. Vorher hält mein Vater mir allerdings noch einen Schokoladenkuchen mit fünfzehn Kerzen unter die Nase. Da ist sie also, die Zusatzkerze! Ich hole tief Luft, kneife die Augen zusammen und puste. Dann werde ich umarmt. Links von Papa, rechts von Mama. Irgendwo dazwischen sind Jakob und der Kuchen. Und Mau, der von dem Radau aufgewacht ist und mitspielen will, indem er versucht, meine Zehen zu fangen.

„Aua!“, protestiere ich. „Lass das! Ich hab Geburtstag!“

„Beeil dich, Conni“, sagt meine Mutter. „Unten wartet dein Geburtstagstisch auf dich.“

Mein Vater stellt den Kuchen auf den Nachttisch. Wie jetzt, keine Geschenke? Na gut, vielleicht ist es etwas Größeres. Ich will mal nicht so sein. Eigentlich habe ich mir ein iPad gewünscht, und das ist nun wirklich nicht so groß, als dass meine Eltern es nicht hätten nach oben tragen können. Es muss also etwas anderes sein. Fragt sich nur was? Ein rosa Elefant vielleicht?

Ich hüpfe aus dem Bett. Wenn ich mich beeile, schaffe ich es vielleicht noch, vor Jakob ins Bad zu kommen. Er hat zwar seine Haare gestylt, aber angezogen ist er noch nicht. Wenn er das Badezimmer erst mal blockiert hat, kann es Stunden dauern, bis er wieder rauskommt, das weiß ich aus leidvoller Erfahrung. Aber heute darf ich auf keinen Fall zu spät kommen. Phillip und sein Geschenk warten auf mich! Und mein Geburtstagstisch! Mit oder ohne Elefant.

„Bin gleich unten!", rufe ich, schnappe meine Klamotten vom Boden – uaah, schon wieder voller Katzenhaare! – und hechte quer über den Flur ins Badezimmer.

Atemlos betrachte ich mich im Spiegel. Seit ich meine Haare wachsen lasse, sehe ich endlich ein bisschen älter aus. Aber nur ein bisschen, wie ich seufzend feststelle. Äußerlich habe ich mich also schon mal nicht verändert – wenn man von dem fetten Pickel absieht, der sich quasi über Nacht auf meiner Stirn angesiedelt hat. Ausdrücken oder abdecken? Ich quetsche ein bisschen daran herum, aber es tut sofort weh. Also abdecken. Aber zuerst kommt das Wunderwaschgel, das jede Hautunreinheit schon im Keim erstickt.

Alles leere Versprechungen … Nach dem Waschen ist der Schmarotzer noch genauso fett und fies wie vorher – und ich entdecke sogar noch zwei! Beide am Kinn! So ein Mist. Bekomme ich etwa meine Tage oder was ist hier los? Im Kopf rechne ich nach. Tatsächlich, morgen oder übermorgen ist es so weit. Kein Wunder, dass ich aufblühe. Wenn die wundersame Pickelvermehrung in diesem Tempo weitergeht, werde ich pünktlich zu meiner eigenen Party heute Abend wie ein Streuselkuchen aussehen. Hilfe! Vielleicht kann ich den Fiesling auf der Stirn mit meinen Ponyfransen unsichtbar machen. Aber was ist mit seinen Freunden auf dem Kinn? Da hilft nur möglichst elegant die Hand vorhalten und durch.

Ich hüpfe unter die Dusche, überprüfe nebenbei, ob mein Busen gewachsen ist – leider nicht –, und schlüpfe in Jeans und Sweatshirt. Anschließend benutze ich reichlich Abdeckcreme, fixiere meinen Pony in Strähnen über der Stirn und übe, wie ich meine Hand halten muss, damit man die blühende Landschaft auf meinem Kinn nicht sieht. Nicht gerade umwerfend, aber es geht.

Minuten später stehe ich unten auf der Matte, bereit, meine Geschenke entgegenzunehmen. Auf dem Tisch im Wohnzimmer erwarten mich – neben einem Blumenstrauß und dem Schokokuchen, den Papa brav wieder nach unten getragen hat:

» Eine Geburtstagskarte mit Musik, die „*You are my Sunshine*“ spielt, wenn man sie öffnet. Cool!
» Eine witzige Pop-up-Karte von Mandy mit William und Kate und zwei Möpsen, die Kopfstand machen.
» Ein großes rechteckiges Geschenk (eine Schachtel mit einem Ballkleid vielleicht!?).
» Zwei deutlich kleinere, dicke, ebenfalls rechteckige (Bücher, wie ich meine Eltern kenne).

Ich entscheide mich spontan für eines der kleineren und reiße das Einwickelpapier herunter. Bingo! Mama ist so vorhersehbar.

Es ist ein Roman über ein afrikanisches Mädchen, das als Model Weltkarriere gemacht hat.

„Klingt spannend“, sage ich zu Mama und bedanke mich.

„In dem Buch steckt noch ein Gutschein“, sagt sie. „Kino für zwei. Inklusive Popcorn.“

„Cool. Danke!“ Dann weiß ich ja, was Phillip und ich demnächst vorhaben: Kuscheln in der Dunkelheit des Neustädter Kinos. Hoffentlich gibt's einen Film mit Überlänge!

In dem anderen kleinen Geschenk steckt ein gerahmtes Foto von Mau. Jakob hat es mit meiner alten Kamera gemacht, die ich ihm vererbt habe. Die Aufnahme ist toll geworden, mit scharfen Kontrasten und Gegenlicht. Mau muss ganz still gehalten haben. Und ungelogen, er grinst mich an! Ich umarme meinen kleinen süßen Bruder, bevor er sich wehren kann.

Mandy hat mir neben ihrer Karte, auf die sie unzählige Kreuze und Os – für jede Menge Hugs and Kisses – gekritzelt hat, einen Geschenkgutschein geschickt, den ich online einlösen kann. Spitze!

Und dann kommt endlich das große Hauptgeschenk!

In Gedanken verabschiede ich mich von meinem iPad-Traum und reiße voller Elan die Tesastreifen von dem bunten Papier. Was darunter zum Vorschein kommt, lässt mich sprachlos werden, was bei mir ziemlich selten vorkommt.

„Aber … aber … das ist ja …“, stammle ich.

Meine Eltern machen Gesichter wie Knecht Ruprecht und sein Gehilfe. Jakob grinst.

„Coooooool!“, jubele ich, als meine Stimme sich entschließt, mir wieder zu gehorchen. „Wahnsinn! Danke! Danke!“

Papa wirft mir einen Blick über die Schulter. „Er hat ein eingebautes Modem und Wireless LAN. Du kannst damit überall ins Internet, wenn ein Hotspot in der Nähe ist.“ In seiner Stimme schwingt Stolz mit, als er mir etwas von den ganzen Gigabytes und der tollen VGA-Grafikkartenauflösung vorschwärmt.

Ich höre nur mit halbem Ohr zu, wenn überhaupt. Ich bin fassungslos. Meine Eltern sind nicht nur über ihre eigenen Schatten gesprungen – „Wozu brauchst du einen neuen PC, Conni? Der alte, den wir dir vor hundert Jahren überlassen haben, statt ihn dem Museum zu schenken, tut's doch noch!“ –, sie haben sich geradezu selbst überflügelt!

Ich streichele glücklich über die glänzende Oberfläche meines neuen himbeerfarbenen Laptops. Endlich ein eigenes Laptop, nur für mich allein! Kann sich irgendjemand vorstellen, wie lange ich mir das gewünscht habe? Es hat sogar ein Blu-Ray-Laufwerk! Das ist viel besser als ein iPad!

Mama und Papa nicken mir zu.

„Wahnsinn“, krächze ich noch einmal. „Danke!“

„Und jetzt wird gefrühstückt!“, beschließt mein Vater.

Gute Idee!

Am liebsten würde ich mein Laptop natürlich noch vor dem Frühstück in Betrieb nehmen und, während ich mein Brötchen mümmele, ein bisschen im Internet surfen, aber dank meines Geburtstags ist Familie Klawitter spät dran. Wir müssen uns alle ziemlich ranhalten, um noch einigermaßen pünktlich aus dem Haus und zur Arbeit beziehungsweise zur Schule zu kommen.

Zum Glück rollt mein Rad heute wie von selbst den Weg hinunter zum Stadtpark. Ob das daran liegt, dass ich mich so leicht und glücklich fühle? Ich könnte glatt die ganze Welt umarmen!

Aber zuerst beschränke ich mich mal auf Phillip, nehme ich mir vor. Danach kommt der Rest.

Ich sehe ihn schon von weitem auf der Holzbrücke stehen, die über den Ententeich führt. Er lächelt mir entgegen, und wie immer, wenn er das macht, setzt mein Herzschlag für ein paar Sekunden aus. Er hat wirklich das hinreißendste, schnuckeligste, anbetungswürdigste Lächeln der Welt.

Phillip und ich kennen uns schon ewig; genauer gesagt, seit er damals neu in die Klasse gekommen ist. Bevor er aufgetaucht ist, war's ziemlich öde an unserer Schule. Lessing-Gymnasium – schon der Name klingt irgendwie altmodisch, verstaubt und vertrocknet, und von innen sieht es auch genauso aus. Aber was soll man machen, wenn man in einem Kaff wie Neustadt wohnt? Da ist die Auswahl an Schulen nicht so riesig. Aber zurück zu Phillip … Hatte ich schon erwähnt, dass er blonde Locken und braune, goldglitzernde Augen hat? Eine tolle Kombination. Unwiderstehlich, sage ich euch!

Abgesehen davon, dass er super aussieht, brauche ich ihn. Sonst wäre ich nämlich ziemlich allein auf der Welt. Dina geht seit einem Jahr auf ein Fachgymnasium für Kunst und Gestaltung, Mark ist auf die Realschule gewechselt, und Tim ist weggezogen. Meine besten Freundinnen Anna und Billi sind in meiner Parallelklasse. Paul auch. Früher hingen wir ständig zusammen, aber inzwischen glaub ich fast, dass das mit unserer Clique damals mehr so ein Teenie-Ding gewesen ist, so ähnlich wie bei den Wilden Hühnern. Manchmal macht es mich traurig, dass es nicht mehr so ist wie früher. Aber dann denke ich daran, was für eine schöne Zeit wir hatten und dass uns das, was wir gemeinsam erlebt haben, niemand nehmen kann. Wahrscheinlich werden wir eines Tages sogar noch unseren Enkeln davon vorschwärmen. Falls wir jemals welche bekommen sollten. Und natürlich sind wir immer noch befreundet, auch wenn wir nicht mehr so viel zusammen unternehmen. Besonders seit es zwischen Anna und Mark aus ist und sie diesen komischen neuen Freund hat. Dieser Lukas, der immer so tut, als wäre sie sein Privateigentum. Ich frag mich echt, warum Anna sich das gefallen lässt.

„Hey!", ruft Phillip und breitet die Arme aus.

Am liebsten würde ich geradewegs in ihn und seine Umarmung hineinfliegen, aber leider sitze ich noch immer auf meinem Rad. Ich mache eine Vollbremsung, da ist Phillip schon bei mir. Er schaut mir tief in die Augen und gibt mir einen langen, langen Kuss. Meine Knie verwandeln sich augenblicklich in Gelee der Marke Extrawacklig. Mehr davon!

Ich habe keine Ahnung, wie lange wir uns küssen, weil ich währenddessen natürlich nicht auf die Uhr gucke, aber es fühlt sich an wie eine halbe Ewigkeit. Wenn wir nicht bald aufhören, werden wir zu spät zur ersten Stunde kommen. Sorry, werden wir zu unserer Entschuldigung sagen, wir konnten leider nicht früher kommen. Wir haben uns leidenschaftlich geküsst und dabei glatt die Zeit vergessen. Ging nicht anders!

Nach einer weiteren halben Ewigkeit lösen wir uns endlich voneinander, auch wenn's echt schwerfällt. Ich versuche unauffällig wieder zu atmen.

Phillip zieht ein winziges lilafarbenes Papiertütchen aus seiner Jackentasche und reicht es mir. Das Tütchen ist federleicht und fühlt sich an, als wäre nichts darin außer Luft.

Ob er mir einen Kuss schenkt? Noch einen, so wie eben? Ich muss lächeln.

„Willst du's nicht aufmachen?" Phillip macht ein erwartungsvolles Gesicht. Die goldenen Sprenkel in seinen Augen funkeln.

„Doch. Klar."

Plötzlich zögere ich. Was, wenn mir sein Geschenk nicht gefällt? Wenn ich enttäuscht bin? Vielleicht ist es das Falsche, und dann müsste ich mich trotzdem freuen, oder zumindest so tun, um ihn nicht zu verletzen. Er guckt so erwartungsvoll. Egal. Ich kann meine Neugier nicht länger beherrschen. Mit spitzen Fingern öffne ich das Tütchen und linse hinein. Ich sehe etwas Rotes, etwas Weißes und etwas Silbernes und schüttele den Inhalt vorsichtig in meine Handfläche.

Wow! Es ist ein hauchzartes Halskettchen mit einem rot und weiß emaillierten Sternanhänger.

Ein Stern in meinen Lieblingsfarben … Ich habe noch nie etwas so Süßes gesehen!

„Gefällt es dir?", fragt Phillip aufgeregt.

Ich kann nur stumm nicken. Ich freue mich wirklich. Die Kette ist wunderschön.

Aber mir hat noch nie ein Junge Schmuck geschenkt. Noch nie! Ich weiß echt nicht, was ich sagen soll. Hat das jetzt etwas zu bedeuten? Steckt vielleicht irgendeine tiefere Symbolik dahinter? Wenn ja: welche? Ich fühle mich leicht überfordert.

Stell dich nicht so an!, flüstert mir eine leise Stimme ins Ohr. Es ist nur eine Kette, kein Verlobungsring.

Okay, denke ich erleichtert. Dann ist ja alles gut.

Ganz behutsam nimmt Phillip mir das Kettchen aus der Hand, legt es mir um und gibt mir noch einen Kuss.

„Herzlichen Glückwunsch zum Geburtstag", sagt er leise. „Ich glaub, wir kommen zu spät."

„Egal", antworte ich.

„Du küsst besser als mit vierzehn", stellt er fest.

Wir lachen übermütig. Ein älteres Ehepaar, das mit seinem Dackel vorbeispaziert, nickt uns freundlich zu.

Ich will nicht in die Schule! Ich will den Tag mit Phillip im Park verbringen!

Leider siegt die Vernunft. Phillip setzt seinen Helm auf und geht zu seinem Motorroller, den er neben der Brücke abgestellt hat. „Lass das Rad stehen. Ich nehm dich mit."

„Geht nicht", sage ich. „Ohne Helm."

Er zuckt mit den Achseln und schiebt den Roller neben mir und meinem Rad her. Immer wieder schaut er mich an. Und ich fühle immer wieder nach, ob die Kette mit dem kleinen Stern noch da ist. Ist sie.

Erst am Ausgang des Parks startet Phillip den Motor. Ich winke ihm zu, dass er ruhig vorfahren soll. „Wir sehen uns an der Schule!"

Dank einer Abkürzung, die ich nehme, kommen wir fast gleichzeitig am Lessing-Gymnasium an. Am Fahrradunterstand steht Paul und grinst uns entgegen. Er hat sein Lieblings-T-Shirt an.

MATHE IST EIN ARSCHLOCH, prangt es neongrün auf seiner Brust. ... UND PHYSIK IST SEIN KLEINER BRUDER, steht auf der Rückseite. Er liebt solche T-Shirts.

„Herzlichen Glückwunsch zum Geburtstag", sagt er und schüttelt mir formvollendet die Hand.

Ich grinse. Dafür, dass ich Paul schon seit Ewigkeiten kenne, benimmt er sich ganz schön förmlich!

Wir schließen unsere Räder ab. Phillip parkt den Roller, klemmt sich seinen Helm unter den einen Arm und legt den anderen um mich. In der Aula trennen sich unsere Wege.

Außer mir haben vor ein paar Jahren alle meine Freunde Latein als zweite Fremdsprache gewählt. Billi will Bio studieren, Anna Medizin. Phillip möchte vielleicht Meeresbiologe werden. Lauter Studiengänge, für die man Latein braucht.

Nur Paul weiß noch nicht, was für eine Laufbahn er später mal einschlagen will. Im Moment ist er bei ‚Gitarrist in einer Heavy Metal Band', wofür man nicht zwanghaft Latein können muss, soweit ich weiß. Ich vermute, er hat es aus purer Bequemlichkeit gewählt – es stand auf der Fremdsprachenliste an erster Stelle – und weil er mit Phillip in einer Klasse bleiben wollte. Paul war schon immer ein Herdentier.

Nur ich habe mich für Französisch als zweite Fremdsprache entschieden. Früher wollte ich Tierärztin werden. Oder Kinderärztin, wie meine Mutter. Aber das ist ewig lange her. Im Moment tendiere ich zu Journalismus. Ich schreibe gerne. Tagebuch, kleine Texte, alles Mögliche. Manchmal auch Gedichte, aber die darf außer mir niemand lesen.

Mir schwebt vor, später in einer Zeitungsredaktion zu arbeiten oder für eine große Zeitschrift. Da komme ich mit Französisch und vor allem Englisch eindeutig weiter als mit Latein, das eine ziemlich mausetote Sprache ist. Außerdem möchte ich unbedingt mal wieder nach London. Und zwar möglichst bald. In den Sommerferien zum Beispiel. Fragt sich nur, wie ich meinen Eltern das einigermaßen schonend beibringen soll.

Ich gebe Phillip ein Küsschen, winke Paul zu und verschwinde in meiner Klasse.

Lena wartet schon auf mich. Lena Kowalski. Seit dem letzten Schuljahr sitzen wir nebeneinander, teilen Freud und Leid unseres Schülerdaseins und sind nebenbei beste Freundinnen geworden. Obwohl sie total faul und chaotisch ist, mag ich sie sehr. Vielleicht, weil sie so anders ist als alle anderen. An Lena ist einfach alles wild. Ihr Temperament, ihre langen, hennaroten Haare, ihre Fantasie, ihre ganze Lebenseinstellung und ihre Klamotten natürlich auch. Am liebsten trägt sie Kleider vom Flohmarkt oder indische Flatterhosen mit Blümchenprint und dazu selbst gebatikte Männerunterhemden in Feinripp. Feinripp!

„Lässt du bitte mal Englisch rüberwachsen?“, fragt sie und gähnt.

Trotz ihres Temperaments ist sie echt der faulste Mensch, dem ich jemals begegnet bin. Der Tag, an dem sie ihre Hausaufgaben macht, muss erst noch im Kalender stehen.

Seufzend reiche ich ihr meinen Englisch-Ordner.

„Thanx.“ Lena macht einen Kussmund. „Ach … und schönen Glückwunsch zum Geburtstag!“

„Danke.“

„Dein Geschenk ist leider noch nicht übergabereif. Du kriegst es heute Abend, okay?“

„Klar. Kein Problem.“

Pünktlich mit dem Gong tänzelt Frau Peters-Beutel um die Ecke. Sie heißt wirklich so: Doreen Peters-Beutel. Manche Frauen haben es echt nicht leicht.

Frau Peters-Beutel ist als Referendarin an unsere Schule gekommen. Zuerst hieß sie Frau Peters. Aber dann hat sie ihr Staatsexamen bestanden und Herrn Beutel kennengelernt, seines Zeichens Studienrat für Bio, Chemie und Erdkunde. So wurde Frau Peters-Beutel aus ihr. Und unsere Klassenlehrerin. Von Lena auch liebevoll „das Doreensche“ genannt.

„Good morning, class!“, wünscht sie uns.

„Good morning, Mrs Peters-Beutel“, wünschen wir zurück.

Lena schiebt mir meinen Englisch-Ordner rüber.

„Hast du die zum Geburtstag bekommen?“, flüstert sie und zeigt auf mein Kinn.

Hilfe, meine Pickel! An die hab ich überhaupt nicht mehr gedacht! Automatisch fährt meine Hand zum Kinn.

„Hübsch“, kichert Lena.

„Well now, ladies and gentlemen“, sagt das Doreensche freundlich. „Let’s go!“

Erst in der großen Pause sehe ich Phillip wieder. Billi und Anna sind auch da. Und Lukas natürlich. Er hängt an Annas Hals wie ein riesiger Krake. Die ganze Zeit grapscht er mit seinen langen Tentakeln an ihr herum, dass mir schon vom Zusehen schlecht wird. Nicht mal, als Billi und Anna mir gratulieren wollen, lässt er sie los. Mensch, Anna! Meine älteste und beste Freundin! Muss es echt dieser Typ sein? Er sieht zwar ganz niedlich aus mit seinen schwarzen Haaren und den himmelblauen Augen, aber Aussehen ist eben nicht alles. Charakter zählt auch. Und davon hat Mr Tentakel bei der Verteilung nicht gerade viel abbekommen, wenn man mich fragt. Aber mich fragt ja keiner. Anna schon mal gar nicht. Sie blinzelt mich an wie ein liebeskrankes Eichhörnchen, komplett weggetreten und blind vor Liebe. Ein Wunder, dass ihre Brillengläser nicht beschlagen sind!

„Bleibt es bei heute Abend?“, säuselt sie.

„Klar. Wenn das Wetter hält, feiern wir im Garten.“

Tentakel-Lukas gibt ein Grunzen von sich. „Kommt die Lesbe etwa auch?“

Billi verdreht die Augen in meine Richtung.

Ich seufze und lege mir meine Antwort sorgfältig zurecht, bevor ich sage: „Falls du zufällig Lena meinst: Ja, die kommt auch. Wenn es dir nicht passt, kannst du gerne zu Hause bleiben. Kein Problem.“ Blödmann, füge ich wortlos hinzu und schenke ihm ein giftiges Lächeln.

Wie soll ich einer Schwachbirne wie ihm auch erklären, dass Lenas Mutter zwar lesbisch ist und mit einer Frau zusammenlebt, dass das aber noch lange nicht heißt, dass Lena selbst auch lesbisch ist? Ich hab's ein paarmal versucht, aber er kapiert es einfach nicht. Wahrscheinlich will er's auch gar nicht verstehen. Gleichgeschlechtliche Liebe scheint für viele Jungs ein heikles Thema zu sein. Entweder sie werden rot und fangen an zu geifern oder sie machen saublöde Witze. Bei Lukas läuft alles gleichzeitig ab: Seine Ohren laufen knallrot an, er sabbert vor sich hin, und dann reißt er eine Zote. Zum Glück nimmt Phillip mich in den Arm, sonst würde ich angesichts dieser geballten Dämlichkeit glatt platzen.

Anna weicht meinem Blick vorsichtshalber aus. Ich würde ihr zu gerne mal meine Meinung geigen, aber sobald es um Lukas geht, blockt sie total ab. Dabei ist er ein echter Kotzbrocken. Superarrogant und komplett abgehoben. Ich würde es keine zehn Minuten mit dem in einem geschlossenen Raum aushalten, und ich wundere mich, wie Anna das erträgt. Ist wohl was dran, dass Liebe blind macht. In diesem Fall nicht nur blind, sondern auch taub. Aber vielleicht hat er ja andere Qualitäten – auch wenn er die ziemlich gut verborgen hält. Irgendwie bin ich froh, als es zur Stunde gongt.

Phillip fragt mich, wann ich Schluss habe.

„Um zwei“, stöhne ich. „Sieben Stunden. Und das an meinem Geburtstag!“

„Soll ich auf dich warten?“

Ich schüttele den Kopf. „Nee, lass mal. Ich fahr lieber direkt nach Hause.“

Ich denke daran, was ich noch alles erledigen muss, bevor mein Besuch aufkreuzt: den Tisch decken (hoffentlich im Garten), den Grill putzen, mich umziehen, Musik raussuchen, Lichterketten aufhängen, meine Pickel weglabern … Es gibt viel zu tun. Keine Zeit für Streicheleinheiten. Leider, seufz.

KAPITEL 2

Stell dir vor, du bist fünfzehn und keiner merkt den Unterschied, weil deine Party ein Kindergeburtstag ist.

Nach der Siebten bin ich als Erste an den Fahrradständern und werfe einen Blick in den Himmel. War es vorhin nicht noch sonnig und frühlingsmäßig warm? Wo kommen bitte schön plötzlich all diese fetten Wolken her? Hilfe! Nichts ist schlimmer als ein Geburtstag, der ins Wasser fällt. Besonders wenn man vorhat, draußen zu feiern!

„Bitte nicht!", schicke ich ein Stoßgebet nach oben. „Wehe!"

Ich hab's ja schon gesagt: Ich habe mit meinem Geburtstagsdatum die Arschkarte gezogen. Kaum fahre ich los, fängt es in Strömen zu gießen an. Sekunden später bin ich klatschnass. Und eiskalt. Und sehr verzweifelt.

Vor unserem Haus baden zwei Spatzen in einer Pfütze und tschilpen schadenfroh, während ich mein Rad in die Garage schiebe und den Tränen nahe bin. Was heißt nahe? Nur mit äußerster Selbstdisziplin gelingt es mir, sie zurückzuhalten. Bis ich an der Haustür bin, ist es mit der Beherrschung allerdings vorbei und ich heule wie ein Schlosshund. So ein Mist!

Jakob ist schon da. „Bist du nass geworden?", grient er.

„Wie kommst du darauf?" Ich wringe mein T-Shirt aus und

niese zweimal hintereinander. Na super! Jetzt noch eine Erkältung und mein Glück ist perfekt!

„Du tropfst."

„Echt? Hätte ich gar nicht gemerkt. Danke." Ich schiebe mich an ihm vorbei, durch den Flur und die Treppe hoch. Unterwegs niese ich noch einmal. Toll, ganz toll.

„Das ist doch nur ein Schauer", sagt meine Mutter, als sie kurz nach mir aus der Praxis kommt. „Dahinten wird's schon wieder heller. Siehst du?"

„Nö", schniefe ich. Wie kann man nur so optimistisch sein? In der Richtung, in die sie zeigt, versammeln sich neue Regenwolken, die ganz klar nur ein einziges Ziel haben: mir meine Laune und meinen Geburtstag gründlich zu vermiesen!

Ich habe mir einen Handtuchturban um den Kopf geschlungen und dicke Wollsocken an den Füßen. So viel zum Thema Aprilwetter. Am liebsten würde ich mich in mein Bett verkriechen, so kalt und klamm fühle ich mich. Und so unglücklich. Nicht mal mein schickes neues Himbeerlaptop schafft es, mich zu trösten. Obwohl ich ihm als Desktophintergrund eine Südseelandschaft mit Palmen und kristallklarem Wasser spendiert habe.

Genau da möchte ich jetzt sein, am sonnenwarmen Strand, weit weg von Neustadt und meinem verregneten Geburtstag. Aber statt unter einer Palme zu liegen und mich von Phillip mit einer eigenhändig gepflückten Kokosnuss füttern zu lassen, bin ich auf einer drauf. Auf der höchsten Palme, die man sich nur vorstellen kann!

„Alles ist nass! Die Gartenstühle, der Grill, alles", jaule ich. Wenn schon Elend, dann richtig! Aber Mama lässt es nicht gelten.

„Hol die Lichterketten aus dem Keller“, ordnet sie an. „Und nimm das Grillfleisch aus der Marinade!“

Das klingt eindeutig nach pädagogisch wertvoller Ablenkungs- und Beschäftigungstherapie.

Maulend erledige ich die Aufträge und werfe dabei immer wieder einen Blick aus dem Fenster. Der Regen hat tatsächlich aufgehört. Blitzt dahinten wirklich die Sonne zwischen den Wolken hervor oder ist das eine Fata Morgana? Hab ich vielleicht Fieber? Nein, meine Stirn ist ganz kühl.

Mein optimistisches Mutter-Orakel wuselt auf der Terrasse herum. Ich höre es summen und Stühle verschieben. Wenig später quietscht die Markise.

„Fertig!“, verkündet meine Mutter freudestrahlend.

„Was?“, frage ich misstrauisch.

„Schau’s dir an!“

Auf Socken folge ich ihr bis zur Terrassentür und staune. Es ist gar nicht so übel, eine patente Mutter zu haben. Auch wenn’s manchmal nervt. Mama hat die Gartenmöbel trockengelegt und unter die Markise geschoben.

„Jetzt kann es regnen“, strahlt sie. „Und ihr bleibt trotzdem trocken. Na?“

„Danke!“ Ich falle ihr um den Hals. Mein Handtuchturban wickelt sich ab. Meine Haare sind fast trocken. „Du hast mich gerettet!“

Ich war meiner Mutter schon lange nicht mehr so dankbar. Die Frage, wo wir tanzen sollen, verkneife ich mir lieber. Unter der Markise ist jedenfalls eindeutig kein Platz mehr. Irgendwo müssen schließlich auch noch der Grill und die Anlage stehen.

Ich bete, dass der Rasen bis zum Abend trocknet, sonst müssen wir Gummistiefel anziehen. Und dann wird meine allererste richtige Party gleichzeitig als die peinlichste in die Geschichte eingehen: Connis Gummistiefelparty. Nein danke!

„Das Büfett bauen wir in der Küche auf", schlägt meine pragmatische Mutter vor. „Die Getränke auch. Dann kann sich da jeder selbst bedienen."

Ich könnte sie knutschen.

Ein paar Stunden später bin ich von den Partyvorbereitungen ziemlich erledigt und gleichzeitig total aufgedreht. Weil ich erstens nicht jeden Tag fünfzehn werde, zweitens morgen schulfrei ist und ich drittens beschlossen habe, die Zeiten mit Topfschlagen, Tortenschlacht und Wattepusten in meinem fortgeschrittenen Alter endgültig hinter mir zu lassen, kommen meine Gäste erst am frühen Abend. Genauer gesagt um sieben. Also gleich. Bis gerade eben habe ich gefühlte tausend Luftballons aufgepustet, den Tisch gedeckt, meine kleine Musikanlage an ein trockenes Plätzchen geschleppt, das Büfett aufgebaut, Mau davon abgehalten, das Grillfleisch abzulecken, die Lichterketten zwischen den Bäumen aufgehängt und auch sonst alles abgehakt, was auf meiner To-do-Liste stand. (Kleine Notiz für nächstes Jahr: Wie teuer ist ein Partyservice, der sich um so was kümmert? Unbedingt herausfinden!!) Zum Glück ist zwischendurch Papa nach Hause gekommen und hat mir bei der Logistik geholfen. Jetzt ist es halb sieben. Ich habe also noch genau eine halbe Stunde Zeit, um mich in meine Klamotten zu werfen, die ich schon vor Tagen bereitgelegt habe (dunkle Jeans, weiße Bluse,

Ballerinas), und mir ein entspanntes Gastgeberinnenlächeln ins Gesicht zu pinseln, was gar nicht so einfach ist, wenn man so nervös ist wie ich.

Es ist knapp, aber ich schaffe es.

Gerade als mir mein Spiegelbild signalisiert, dass alles in Ordnung ist, klingelt es an der Haustür. Wow, perfektes Timing!

Anna und Mr Tentakel sind die Ersten. Anna hat sich heftig aufgebrezelt. Glitzertop (unter dem sich ziemlich deutlich ihr neuer Push-up-BH abzeichnet), enge schwarze Jeans und jede Menge Wimperntusche. Lukas steht wie ein frisch getoastetes Muskelpaket neben ihr. Kein Wunder. Wenn er nicht gerade wie ein Schatten an meiner besten Freundin klebt, verbringt er seine Freizeit in einem Fitnessstudio mit Solarium. Mehr Hobbys hat der Knabe nicht: Anna, Muskelzuwachs, Proteinshakes und ungesunde Turbobräune. Muss ich noch mehr sagen? Unauffällig spähe ich unter seine Arme, ob er darunter vielleicht ein paar Hantelscheiben spazieren trägt.

Er drückt mir einen Blumenstrauß in die Hand. „Gratuliert haben wir ja schon."

Wir! Seit wann hat Anna keine eigene Stimme mehr?

„Kommt rein! Gerade durch und auf die Terrasse."

Es klingelt im Minutentakt. Paul und Billi kommen zusammen. Lena drückt mir einen Kuss auf die Stirn. Ein paar Freunde aus meiner Klasse: Cem, Björn, Jesko, Mieke, Kerstin und noch ein paar andere. Dina grinst mich an und gratuliert. Und dann, als Allerletzter, kommt Phillip. Endlich! Ich überlege, ob ich kurz schmollen soll, entscheide mich dann aber spontan dagegen.

Immerhin ist er nur zehn Minuten zu spät, und ich bin fünfzehn. Da ist man cool und steht über den Dingen, oder?

Er tippt den kleinen Stern an, der an seiner Kette in meinem Blusenausschnitt baumelt, und lächelt. „Steht dir gut."

„Find ich auch."

Nachdem wir uns vergewissert haben, dass meine Eltern nicht in der Nähe sind, küssen wir uns im Flur, bevor wir zu den anderen gehen.

In der Schule haben wir vor Urzeiten mal über Götterverehrung gesprochen. Ein Wettergott war auch dabei, der, wenn ich mich recht erinnere, Ba'al hieß und eine ugaritisch-phönizische Gottheit war, was immer das heißen mag. Spontan beschließe ich, meine Party diesem Ba'al zu widmen. Möglicherweise war er es, der dafür gesorgt hat, dass Phillip und ich einen himmlischen Frühlingsabend vorfinden, als wir auf die Terrasse treten.

Hat es vorhin wirklich geregnet oder hab ich mir das ganze Drama nur eingebildet? In unserem Apfelbaum singt eine Amsel, der Rasen ist so gut wie trocken und das Lüftchen mehr als lau. Es ist so angenehm, fast schon maimäßig, dass nicht mal Mr Muskeltoast etwas zu meckern hat.

Juhu! Doch keine Gummistiefel! Der Abend ist gerettet. *Mein* Abend.

Paulchen steht am Grill und flirtet mit Lena. Billi kümmert sich um die Musik. Lukas klebt an Anna. Der Rest unterhält sich und wartet darauf, dass es losgeht.

Meine Eltern haben sich diskret zurückgezogen. Ich glaube, sie hocken in Papas engem Arbeitszimmer im Keller und gucken eine DVD auf seinem PC. Von mir aus dürfen sie ihren

Aufenthalt dort gerne bis zum Frühstück ausdehnen, kein Problem.

Jakob ist bei einem Freund – mit Übernachten. Es besteht also keine Gefahr, dass mein kleiner, manchmal ziemlich peinlicher Bruder uns nervt.

Langsam fange ich an, den Abend zu genießen.

„Yes!", sage ich entschlossen und gebe Billi ein Zeichen, dass sie die Musik ein bisschen lauter drehen soll. Grinsend folgt sie meiner Aufforderung.

I want you to make me feel like I'm the only girl in the world!, röhrt es aus den Boxen.

Phillip nimmt meine Hand und zieht mich auf den Rasen.

„Eigentlich wollte ich zuerst Geschenke auspacken", protestiere ich halbherzig, aber er lacht nur.

Okay, wird eben zuerst getanzt.

Die Amsel hat sich längst verkrümelt und einen anderen Baum für ihr Abendlied angesteuert. Dafür füllt sich die Tanzfläche, äh, sorry, der Rasen mit jedem Song. Wenn das so weitergeht, werde ich verhungern.

Paul und Jesko haben die erste Ladung Würstchen auf den Grill gepackt. Es riecht total lecker, und mein Magen meldet sich mit einem heftigen Knurren, das klingt, als hätte ich einen Grizzly gefrühstückt. Mir fällt ein, dass ich seit dem Frühstück tatsächlich nichts Anständiges gegessen habe, aber dummerweise ist gerade Engtanzen angesagt, und Phillip und ich tanzen ziemlich eng. Genauer gesagt würde zwischen uns nicht mal ein Löschblatt passen, so eng. Ich spüre seine Bauchmuskeln und noch etwas anderes. Seine Hände krabbeln unter meine kurze

Bluse und streicheln meinen Rücken. Ganz langsam, sanft und zärtlich. Es kitzelt wie verrückt und ich bekomme überall Gänsehaut, nicht nur außen, sondern auch innen, ungelogen! Aber es ist die schönste Gänsehaut der Welt. Sein Mund auf meinem Mund, seine Lippen auf meinen Lippen. Ich habe das Gefühl, als würde ich schmelzen. Seine Zungenspitze schiebt sich zwischen meine Zähne. Zart, aber auch ein bisschen verlangend, forschend. Ganz kurz überlege ich, ob meine Eltern uns vielleicht sehen können. Nichts wäre mir peinlicher, als von ihnen bei so etwas Intimem wie einem Zungenkuss beobachtet zu werden. Aber es ist mittlerweile schon ziemlich dunkel. Im Schein der bunten Lichterketten, die überall hängen, sind die Tanzenden wahrscheinlich kaum voneinander zu unterscheiden. Und die Knutschenden auch nicht. Ich konzentriere mich also voll und ganz auf den Kuss. Wenn ich einen Wunsch frei hätte, würde ich mir wünschen, ewig so weiterzutanzen.

Paul zerstört die Romantik mit einem Schlag, indem er lautstark verkündet, dass die erste Ladung Würstchen und Koteletts fertig ist. Passenderweise ist der langsame Song gerade zu Ende. Phillip und ich lösen uns schweren Herzens voneinander und stürzen uns wie die anderen auf die Pappteller. Gegenseitig schaufeln wir uns Nudelsalat und Ketchup auf und lassen das Ganze von Paul mit je einer Grillwurst krönen. Schon der Anblick lässt mich erwartungsvoll sabbern. Küssen verbrennt Kalorien und macht hungrig, ganz klar!

„Wann willst du eigentlich dein Geschenk aufmachen?“ Anna steht neben mir, ein winziges Häufchen Salat und eine halbe Wurst auf dem Teller. Ist sie ausgerechnet heute auf Diät?

„Gleisch", nuschele ich. Der erste Bissen meiner Wurst ist so heiß, dass ich ihn zwischen den Schneidezähnen festhalte und gleichzeitig hektisch Luft einsauge. „Tschuerscht eschen!"

Ehrlich gesagt habe ich es deshalb nicht so besonders eilig mit dem Geschenkauspacken, weil ich auf keinen Fall gierig wirken möchte. Ich hab mir nämlich von allen Geld gewünscht. Ist zwar ziemlich einfallslos, aber in meinem speziellen Fall durchaus sinnvoll. Ihr wisst schon, mein größter Wunsch: London, und zwar möglichst bald. So ein Wunsch muss rechtzeitig auf eine solide finanzielle Basis gestellt werden, denn ich möchte nicht, dass die Realisierung meines Traums am schnöden Mammon scheitert beziehungsweise am Fehlen von selbigem. Dass meine Eltern mir den Trip sponsern könnten, nein, so naiv, das zu glauben, bin ich wirklich nicht. Zum bestandenen Abi vielleicht, okay. Aber so lange kann ich unmöglich warten. Wenn ich nur von jedem meiner neunzehn Gäste fünf oder zehn Euro bekäme, wäre die Summe ein netter Grundstock für meinen Großbritannien-Trip. Dazu mein angespartes Taschengeld, hier und da mühsam abgezwackt, und –

Paul quatscht mich von der Seite an. „Wo is'n das Bier?"

Wie bitte? Sonst noch was? Er kennt meine Eltern fast genauso lange wie ich. Glaubt er ernsthaft, sie würden zulassen, dass hier irgendwo ein unbeaufsichtigtes Fässchen Bier herumsteht, das nur darauf wartet, von einer Horde Vierzehn- und Fünfzehnjähriger ausgetrunken zu werden? Keine Chance! Nur Phillip und Lukas sind älter und dürften theoretisch. Aber beide sind Sportler und machen sich nicht so viel aus Alkohol.

„In der Küche steht Alkoholfreies", krächze ich.

Paul fixiert mich, als würde ich ihm zumuten, mein Duschwasser von letzter Woche zu trinken. „Kein Bier?“

„In der Himbeerbowle ist Sekt, falls du unbedingt Alk brauchst“, mischt Jesko sich ein. „Schmeckt gar nicht so übel, wenn man das ganze Obstzeug weglässt.“

„Himbeerbowle ...“, schnaubt Paul und stapft von dannen, um die Würste zu wenden.

Ich hocke mich auf ein Mäuerchen und widme mich meinem Pappteller beziehungsweise dem Essen darauf. Es grenzt an ein Wunder, dass meine Mutter der Bowle nicht nur Himbeeren, sondern auch Sekt hinzugefügt hat. Dass dieser Alkoholanteil vermutlich geringer ist als der Inhalt eines Fingerhuts, steht auf einem anderen Blatt. Bei dem Mischungsverhältnis eines Spritzers Sekt auf fünf Liter Limo besteht wohl kaum die Gefahr, dass jemand an der klawitterschen Bowle Schaden nehmen könnte, es sei denn an Übersüßung durch den Zucker oder einer Allergie gegen die Früchte. Aber ich bin ja schon froh, dass es keine Teenie-Bowle auf Apfelsaft-Mineralwasser-Basis ist. Dass im Kühlschrank noch ein paar Flaschen Sekt für uns kalt liegen, behalte ich lieber für mich. Die sind für später.

Phillip setzt sich neben mich. Unsere Arme berühren sich. Es gibt einen kleinen, kribbeligen Stromschlag.

„Der reinste Kindergeburtstag“, schnappe ich auf.

Wer war das? Ich drehe mich um. Der Stimme nach Lukas. Ja, da steht er, Anna fest im Klammergriff und ein abschätziges Grinsen im Gesicht, und unterhält sich mit Paul und Jesko. Anna guckt schnell woandershin. Wenigstens ist es ihr peinlich. Gut so!

Was müsste meine Geburtstagsparty denn bitte schön bieten, damit dieser schnöselige Ganzkörpermuskel von ihrem Freund sich amüsiert? Wodka in Strömen, eine angesagte Live-Band und halb nackte Go-gos, die auf einem Tisch tanzen oder aufreizend an einer Stange rauf- und runterrutschen vielleicht? Okay, den Wodka kann man in seinem Fall weglassen, aber der Rest passt vermutlich. Blödmann!

Erst jetzt sehe ich, was auf Pauls T-Shirt steht: ICH BIN MIT DER GESAMTSITUATION UNZUFRIEDEN. Was soll das denn heißen? Muss ich das persönlich nehmen oder ist ihm beim Grillen nur zu warm geworden?

Plötzlich sehe ich überall um mich herum gelangweilte Gesichter. Niemand scheint sich wirklich zu amüsieren. Es tanzt auch keiner mehr. Hilfe! Meine Party ist ein Reinfall! Ein Kindergeburtstag der untersten Kategorie!

Ich springe auf und hole mir noch eine Schaufel Nudelsalat. Dieser Lukas-Kotzbrocken ist im Stande, mir meine eigene Party zu vermiesen. So weit kommt's noch! Oder ist es schon so weit?

Phillip merkt, dass etwas ganz und gar nicht stimmt. Als ich von Nudelsalat auf Kartoffelsalat umschwenke und mir den Teller zum dritten Mal fülle, steht er plötzlich neben mir und nimmt mir sanft den Löffel aus der Hand. Dabei ist mein Teller noch gar nicht ganz voll – wenn man von dem Mount Everest aus Nudeln, Kartoffeln und Mayo mal absieht, den ich angehäuft habe.

„Ist was?“, fragt er.

„Was?“ Ich lechze nach Kalorien, um meinen Schmerz und den Frust über Lukas' fiese Bemerkung zu betäuben. Zielstrebig versinkt meine Gabel in der hohen Erhebung auf meinem Pappteller und befördert eine Ladung Trostfutter in meinen Mund. Noch nie hat der Kartoffelsalat meiner Mutter so lecker geschmeckt!

„Was ist los?“ Phillip ist nicht nur niedlich, sondern auch äußerst beharrlich.

Ich mümmele brav meinen Teller leer und spüle alles mit Himbeerbowle hinunter, wobei ich mich fast an einer Himbeere verschlucke.

Phillip klopft mir auf den Rücken. Nicht sehr sanft übrigens, sondern eher brutal.

„Ich bin mit der Gesamtsituation unzufrieden“, röchle ich, als ich wieder Luft bekomme.

„Wie bitte?“

Wortlos zeige ich auf Pauls T-Shirt. Phillip lacht.

„Was ist daran witzig?“, erkundige ich mich.

„Dir gefällt Pauls T-Shirt nicht? Ist das dein Ernst?“

„Nein.“ Ich schüttele den Kopf und zische: „Lukas!“ Erst jetzt bemerke ich, wie wunderbar man den Namen des Muskelprotzes zischen kann. Ich probiere es gleich noch einmal. „Lukasss!“

„Was ist mit ihm?“

„Er findet, meine Party ist ein Kindergeburtstag!“ Ich schnappe mir einen Käsespieß und nage grimmig daran herum.

Phillip nimmt sich auch einen Spieß. „Wie kommst du denn darauf?“

„Ganz einfach: Er hat’s gesagt, und ich hab’s gehört!“

Phillip lässt sich nicht aus der Ruhe bringen. „Bestimmt hast du da was falsch verstanden. Ist doch ’ne coole Party bis jetzt.

Alle amüsieren sich, das Futter ist lecker, die Musik ist geil. Entspann dich!“

Danke für den Tipp! Fällt der mir jetzt etwa auch noch in den Rücken?

„Ich will mein Geschenk!“, jammere ich. Schließlich könnte es sein, dass meine Gäste vor Langeweile einschlafen. Oder sterben. Oder dass sie flüchten, weil sie meinen Kindergeburtstag nicht länger ertragen. Könnte doch sein, oder? Und dann würde ich geschenkemäßig leer ausgehen.

„Kriegst du zufällig deine Tage?“, fragt Phillip, während er seinen Käsespieß wegmümmelt.

„Was hat das denn jetzt damit zu tun!“, fauche ich.

Phillip grinst. Er kennt meine Launen und Zustände. „Du bist ein bisschen … sprunghaft.“

Sprunghaft? Ist das eine vorsichtige Umschreibung für launisch, anstrengend, durchgeknallt, hysterisch?

„Na und? Ich hab Geburtstag. Da darf ich sprunghaft sein. Und ich hab Anspruch auf mein Geschenk. Und zwar jetzt!“ Okay, ich benehme mich vielleicht gerade ein bisschen kindisch, ich merke es selbst. Aber ich kann nicht anders. Immerhin ist es noch nicht lange her, dass ich ein Kind war. Ich habe mich noch nicht ganz daran gewöhnt, mich wie eine *junge Erwachsene* zu benehmen.

„Okay.“ Mit einem Achselzucken dreht Phillip sich um und lässt mich mit meinem Elend allein. Zur Ablenkung verziere ich eine Minifrikadelle mit einem Klacks Senf und schiebe sie mir zwischen die Zähne.

Wie aus heiterem Himmel geht Sekunden später die Musik

aus. Aus den Boxen kommt nur noch Rauschen und Knacken. Das war's, Leute. Wenn jetzt auch noch meine altersschwache Anlage ihren Geist aufgibt, kann ich mich kopfüber zwischen Komposthaufen und Gemüsebeet beerdigen lassen.

Doch dann kommt statt des Rauschens und Knackens wieder Musik aus den Lautsprechern. *It's my party and I cry if I want to*, soult eine Frauenstimme, und ich muss wider Willen lachen, weil es so gut passt; zu mir und zu meiner ganz persönlichen Gesamtsituation.

Phillip steht an der Anlage und lächelt. Und plötzlich bin ich von meinen Freunden umringt. Lena hält mir ein großes, rundes Geschenk entgegen.

„Happy birthday, sweetheart", sagt sie und haucht mir je ein Küsschen links und rechts auf die Wangen. Ich kann förmlich hören, wie Lukasss mit den Zähnen knirscht.

„Thank you so much", flöte ich zurück, um ihn zu ärgern.

„Wir haben uns gedacht, es ist ein bisschen blöd, wenn jeder von uns einen Umschlag schenkt", mischt Billi sich ein. „Lena ist rumgegangen und hat gesammelt. Es ist von uns allen zusammen."

„Danke schön!" Ich befühle das große runde Etwas und öffne das wild geblümte Geschenkpapier. Zum Vorschein kommt ein gut genährtes Sparschwein, aber kein gewöhnliches in Rosa, sondern eines in den Farben des Union Jack, der Nationalflagge Großbritanniens. Ein rotes Kreuz auf weißem und blauem Grund – von der Schnauze bis zum Ringelschwanz. Als ich es vorsichtig schüttele, höre ich Münzen klimpern und Geldscheine rascheln. „Das ist ja süß! Danke!"

„Es hat noch jede Menge Platz in seinem Wanst", sagt Lena. „Du musst es nur gut füttern. Es heißt Meat Loaf."

„Mach ich", verspreche ich. „Aber wieso Meat Loaf?"

„Weil es aussieht wie ein englischer Hackbraten", erklärt Lena trocken.

Stimmt, sie hat Recht. Ich klemme mir Meat Loaf unter den Arm und bedanke mich bei jedem Einzelnen.

Und dann geht die Party erst richtig los. Keine gelangweilten Gesichter mehr. Keine Spur von Kindergeburtstag. Phillip kümmert sich um die Musik und lässt es richtig fetzen. Nach vier durchgetanzten Liedern bin ich in Schweiß gebadet. Es ist irre!

Ich tanze mit Paul, mit Lena und sogar mit Anna, während Lukas-mit-drei-s zwischendurch aufs Klo geht und Anna zu diesem Zweck erstaunlicherweise mal loslässt.

Und dann tanze ich wieder mit Phillip, als Jesko ihn mit der Musik ablöst.

Wir trinken Bowle, lachen und tanzen, tanzen, tanzen.

Eine Viertelstunde vor Mitternacht tauchen plötzlich meine Eltern auf. Mein Vater trägt die Sektflaschen, meine Mutter das Tablett mit den Gläsern.

„Juhu! Prickelbrause!", quiekt Lena.

Jeder bekommt ein Glas Sekt – „Bevor dein Geburtstag vorbei ist und das harte Erwachsenenleben beginnt", sagt Papa –, und wir stoßen an, bevor wir weiterfeiern, weitertanzen und lachen.

Um kurz nach zwölf werden die Ersten abgeholt. Billi und Kerstin, auch Anna und Lukas. Die anderen bleiben noch ein bisschen, bis sie schließlich auch von ihren Eltern eingesammelt werden. Am Ende sind nur noch Paul, Phillip und ich übrig, was ein bisschen komisch ist, so zu dritt.

Paul rettet die Situation, indem er sich verabschiedet. Trotz seines T-Shirts, das mir um ein Haar den ganzen Abend versaut hätte, hat er sich anscheinend ein Stück Restsensibilität bewahrt.

„Ciao", sagt er und klettert über die Hecke nach nebenan. „Wir sehen uns."

„Tschüs!", rufen Phillip und ich ihm hinterher. Wenig später hören wir, wie er nebenan die Haustür aufschließt. Als die Tür zuschlägt, nimmt Phillip mich in den Arm. Meine Eltern sind im Haus verschwunden. Wir sind allein.

„Endlich", murmelt Phillip. Er sieht ein bisschen müde aus, aber das ändert sich schlagartig, als wir uns in die Augen schauen. Die Anlage dudelt vor sich hin, ganz leise jetzt, wegen der Nachbarn. Aber es genügt uns.

Eng umschlungen tanzen wir unter den Bäumen. Meine Hände liegen verschränkt in seinem Nacken; seine liegen – besser gesagt: lagen – in meiner Taille. Inzwischen krabbeln sie ein ganzes Stück höher. Es fühlt sich unglaublich gut an. Alles. Die gesamte Gesamtsituation. Über uns sind nur der Nachthimmel, der Mond und ein paar Sterne. Und das Universum natürlich. Wow ... Es ist so romantisch, dass ich mir fast in die Hose mache vor lauter Glück.

Mau schleicht lautlos durchs Gras. Phillip schenkt mir den letzten Rest Sekt ein – gerade noch ein halbes Glas –, dann ist mein Geburtstag endgültig vorbei.

„Ich fahr dann mal", flüstert er in meine Haare. „Sehen wir uns morgen?"

„Heute", antworte ich. „In ein paar Stunden."

Aus dem Haus kommt das Klappern von Geschirr. Meine Eltern sind in der Küche. *Time to say goodbye*, heißt das wohl.

Ich bringe Phillip zum Gartentor, wo sein Motorroller steht. Er hat nur mit dem Sekt angestoßen und ansonsten O-Saft getrunken. Kein Problem also, dass er noch fährt. Der Helm hängt am Lenker. Noch ein Kuss, bevor er ihn aufsetzt. Durch das Visier küsst es sich so schlecht. Zögernd startet er den Motor, streichelt mir mit der anderen Hand über die Wange und fährt schließlich los.

Ich bleibe noch ein Weilchen am Gartentor stehen, bis das Rücklicht in der Dunkelheit verschwindet und ich sicher bin, dass er nicht zurückkommt.

Langsam gehe ich durch den Garten zurück und mache die Lichterketten aus. Um den Rest kümmere ich mich morgen. Nein, heute. In ein paar Stunden.

Als ich Mau auf den Arm nehme und mit ihm ins Haus gehe, lächle ich. Kindergeburtstag hin oder her, es fühlt sich ziemlich gut an, fünfzehn zu sein. So viel steht fest.

KAPITEL 3

Eine gute Idee ist eine Idee, die so phänomenal gut ist, dass sie unbedingt realisiert werden muss.

Am nächsten Morgen habe ich meine Periode, die Stirn voller Pickel und einen leichten Kater – und damit meine ich nicht Mau. Oder was sind das sonst für fiese Kopfschmerzen? Es fühlt sich an wie zehntausend übermotivierte Zwerge, die mit Spitzhacken unter meiner Schädeldecke am Werk sind.

Obwohl – ein Kater von einem, okay, von eineinhalb Gläschen Sekt? Nee, wohl kaum. Meine Katerstimmung muss andere Ursachen haben. Lukas' grottige Bemerkung zum Beispiel und die Tatsache, dass aus meiner befürchteten Gummistiefelparty fast ein Kindergeburtstag geworden wäre. Der Stachel sitzt tief.

Stöhnend wälze ich mich auf die andere Seite. Im Haus ist es still. Ach ja, Jakob ist noch bei seinem Freund, und meine Eltern schlafen vermutlich noch. Oder sie machen einen Mai-Spaziergang. Bei denen weiß man nie. Sie haben noch ziemlich lange im Garten und in der Küche rumgewerkelt. Es hat geklungen, als hätten sie aufgeräumt. Dabei wollten wir das doch machen, Phillip, Billi, Anna, Lena, Paul und ich. Und Lukas, die Schwachbirne. Auf den könnte ich zwar gut verzichten, aber aufräumen helfen darf er trotzdem.

Ich stopfe mir ein Kissen in den Rücken, setze mich gerade hin und hieve mir mein Himbeerlaptop auf die Knie. Schon genial, wie schnell das Teil hochfährt. Ein Knopfdruck – und schwups! ist sie da, meine Südsee-Sonnen-Palmen-und-Strand-Idylle.

Ich hüpfe ein bisschen zwischen den Programmen hin und her, bis ich mich entschließe, eine neue Datei anzulegen. TAGEBUCH tippe ich in Großbuchstaben. Seit ich zehn bin, schreibe ich mehr oder weniger regelmäßig Tagebuch. Da sammelt sich ganz schön was an. Wieso also nicht ein virtuelles? Eins, das kein Papier und keine Tinte frisst und dabei so sicher ist, dass garantiert niemand außer mir es lesen kann. Schließlich ist mein Laptop passwortgeschützt. Da kommt außer mir keiner ran.

Weil es Spaß macht, richte ich gleich noch ein paar weitere Ordner und Dateien ein.

Eine Datei für meine Gedichte und eine für meine Kurzgeschichten. Dann noch einen Ordner für Fotos. Hm, sollte ich vielleicht auch eine Phillip-Datei anlegen? Klar, warum nicht? Fröhlich verschiebe ich seine gesammelten Mails aus meinem überfüllten Postfach in die neue PHIL.doc-Datei. Sieht gleich viel aufgeräumter aus. Cool.

Jetzt würde ich gerne noch eine Runde ins Internet gehen und mir ein paar Videoclips angucken, aber leider hat mein geschätzter Papa es gestern nicht mehr geschafft, den WLAN-Router anzuschließen. Ich muss also warten, bis er a) wach wird und b) gewillt ist, es zu tun. Hoffentlich bald. Denn mal ehrlich: Was nützt einem das schickste Laptop ohne Internetzugang? Eben: nix.

Ich stelle mein Himbeerlaptop auf den Nachttisch und krabbele aus dem Bett. Wenn ich schon mal wach bin, kann ich genauso gut aufstehen. Außerdem muss ich mal aufs Klo, und ein kleines Frühstück wäre auch nicht schlecht.

Während ich meine Klamotten vom Boden aufsammle und in der Wäschetonne versenke, werfe ich einen Blick aus dem Fenster. Der Rasen sieht aus, als hätte eine Horde Elefanten Fußball gespielt und sich anschließend ausgiebig gewälzt. Auweia, Papas ganzer Stolz. Hoffentlich richten sich die Grashalme wieder auf, sonst muss ich nachhelfen und jedem einzelnen Mut zusprechen. Ob Dünger helfen würde? Oder eine leichte Berieselung mit dem Gartenschlauch?

Wenigstens scheint die Sonne. Kein Wunder, ab heute ist schließlich Mai, und das ist in unseren Breitengraden schon fast so gut wie Hochsommer.

Nach einer ausgiebigen Dusche und einem noch ausgiebigeren Frühstück geht es mir schon viel besser. Die Spitzhackenzwerge haben ihre Arbeit unter meiner Schädeldecke eingestellt. Ob ich Anna anrufen und bitten soll, dass sie ohne Lukas zum Aufräumen kommt? Das käme mir angesichts meiner ausgesprochen guten Feiertagslaune sehr entgegen. Viel zu tun haben wir sowieso nicht mehr. Meine goldigen Eltern müssen noch ziemlich lange geschuftet haben, nachdem ich schon längst in meinem kuscheligen Bett gelegen habe. Kein Wunder, dass sie noch schlafen.

Meat Loaf steht auf dem Wohnzimmertisch und strahlt mich saumäßig an.

Natürlich bin ich neugierig – ich glaube, ich erwähnte es

schon? – und wüsste zu gerne, wie viel Geld in seinem runden Bauch ruht. Aber leider hat der dreifarbige Ringelschwanzträger kein Schloss und keinen Schlüssel. Mir bleibt nur der ziemlich erfolglose Versuch, durch den schmalen Schlitz in seinem Rücken zu schielen, um ungefähr zu schätzen, was meinen Freunden mein geplanter London-Trip wert ist. Aber alles, was ich sehe, ist tiefschwarze Dunkelheit. Der englische Hackbraten hütet sein Geheimnis.

„Irgendwann wirst du geschlachtet." Ich streichele Meat Loaf zärtlich über die Steckdosenschnauze. „Tut mir leid, Süßer."

Im Garten fange ich halbherzig damit an, die Lichterketten abzunehmen und die Stühle ordentlich aufzustellen. Anschließend fege ich noch die Terrasse, bringe den Müll in den Schuppen und gönne der malträtierten Tanzfläche eine Dusche aus dem Gartenschlauch, damit aus ihr irgendwann wieder ein grüner Rasen wird.

Die Sonne scheint, die Luft ist warm, und es verspricht ein wunderschöner erster Maitag zu werden. Ich hab's geahnt, dass heute der Sommer anfängt!

Mau streift um meine Beine und signalisiert mit forderndem Maunzen, dass er seiner Meinung nach kurz vorm Verhungern ist und dass ich die Einzige bin, die ihn davor bewahren kann.

„Okay, okay, ich hab's verstanden. Komm mit!"

Mit steil aufgerichtetem Schwanz springt er vor mir her, galoppiert schnurstracks in die Küche und legt mit quietschenden Pfoten eine Vollbremsung vor seinem leeren Fressnapf hin. Dieser Kater versteht jedes Wort, ich schwör's! Wahrscheinlich kommt er von einem fremden Planeten und ist nur hier, um die

Weltherrschaft der Katzen und die Versklavung aller zweibeinigen Dosenöffner vorzubereiten. Seine Vorgesetzten können stolz auf ihn sein. Er leistet wirklich ausgezeichnete Arbeit.

Brav reiße ich eine Dose seiner Lieblingssorte auf und fülle seinen Napf bis zum Rand. Ich gebe ihm sogar frisches Wasser und werde mit einem anerkennenden Schnurren für meine Mühen belohnt.

Während mein Kater schmatzt, setze ich Kaffee für meine Eltern auf und schiebe ein paar Brötchen in den Backofen. Normalerweise läuft es eher andersherum, aber heute bin ich mal großzügig. Wenig später höre ich es oben rumoren. Wahrscheinlich haben sie den Kaffeeduft gewittert, der durchs Haus zieht.

Kurz nach dem Frühstück – ich mümmele zusammen mit meinen Eltern noch ein Nutellabrötchen, weil's so gemütlich ist – jodelt mein Handy. ANNA steht auf dem Display.

„Hi, Anna!", melde ich mich.

„Hi, Conni. Bist du schon wach?"

„Klar, würde ich sonst ans Handy gehen?" Wieso klingt sie so atemlos?

„Du, tut mir leid, aber wegen dem Aufräumen … Lukas und ich schaffen es nicht. Wir sind bei seinen Eltern eingeladen. Sorry, tut mir echt leid. Ich mach's wieder gut, okay?"

Indem du Lukasss umgehend zum Mond schießt? Die Frage brennt auf meiner Zunge wie Kaugummi mit Peperoni-Chili-Geschmack.

„Kein Problem", fauche ich. „Ist sowieso nicht mehr viel zu tun."

Klingt meine Stimme kalt? Beleidigt? Eingeschnappt? Ich hoffe es. Anna soll ruhig merken, wie enttäuscht ich von ihr bin. „Viel Spaß bei Lukasss' Eltern." Zisch, zisch, das waren mindestens zehn s! „Wir sehen uns dann morgen."

„Ja, ciao. Tut mir leid", haspelt sie.

Blöde Kuh.

„Anna kommt nicht", sage ich zu meinen Eltern. „Lukas zum Glück auch nicht."

Bevor meine Mutter vertiefen kann, dass dieser Lukas doch eigentlich ein sehr netter, angenehmer Junge ist und was ich denn gegen ihn hätte, springe ich auf. Auf eine Diskussion über die Vorzüge von Annas Freund verspüre ich nicht die geringste Lust. Und wenn mich nicht alles täuscht, habe ich das Geräusch eines Motorrollers gehört. Dem Knattern nach, das die spätvormittägliche Feiertagsruhe im Ahornweg zerreißt, ist es Phillip.

Im selben Moment klettert Paul, noch etwas verschlafen und verstrubbelt, über die Hecke. Ich bin gerettet!

„Bestimmt kommen Billi und Lena auch gleich", sage ich und verschwinde, um Phillip zu begrüßen.

*

„Hast du eigentlich was gegen Lukas?", fragt Anna mich am ersten Schultag nach meinem Geburtstag. Wir haben große Pause und stehen in einer Ecke des Schulhofs, die ausnahmsweise nicht von hyperaktiven Orientierungsstuflern belagert wird. Phillip ist irgendwo in Sachen Basketball-AG unterwegs. Billi holt sich einen Kakao. Anna und ich sind allein. Die Sonne spiegelt sich in ihren Brillengläsern und bringt sie zum Funkeln. Erstaunlicherweise hat meine beste Freundin heute tentakelfrei; Lukas ist mit seiner Klasse auf einer Exkursion im Naturkundemuseum.

„Wie kommst du denn darauf?" Ich versuche, meinem Gesicht die ertappte Note zu nehmen und möglichst unschuldig auszusehen. Anscheinend gelingt es mir nicht besonders gut.

„Seit Lukas und ich zusammen sind", sagt Anna spitz, „und das sind immerhin zwei Monate und viereinhalb Tage, behandelst du ihn wie Luft. Und wenn du ihn mal nicht ignorierst, hackst du auf ihm rum. Was soll das?"

Ups. „Ähm, also, ich …", setze ich an.

„Ich weiß, dass er auf viele arrogant wirkt" – funkel, funkel, machen Annas Brillengläser –, „aber das liegt doch nur daran, dass er schon so erwachsen ist!"

Erwachsen? Bin ich im falschen Film, oder reden wir über zwei verschiedene Personen? Wo ist Mr Muskel bitte schön erwachsen? Mein kleiner Bruder ist hundertmal erwachsener als der!

„Immerhin ist er schon siebzehn", fährt Anna fort – funkel, funkel –, „und macht nächstes Jahr Abi."

„Ähm", versuche ich es noch einmal, weil sich mir nicht erschließt, was Abi und Alter mit Lukas' miesem Benehmen zu tun haben sollen, aber Anna würgt mich ab.

„Oder bist du eifersüchtig? Weil wir so viel zusammen unternehmen und ich nicht mehr so viel Zeit mit dir verbringe? Bist du deshalb sauer und lässt es dann an ihm aus?"

„Nein!“, protestiere ich sofort. „Das ist doch Blödsinn! Ich finde ihn einfach nur …“

Ja, wie finde ich ihn? Hohl, überheblich, besitzergreifend, aufgeblasen, zum Kotzen.

Aber soll ich Anna das etwa sagen? Verträgt unsere Freundschaft so viel Ehrlichkeit?

Nein, beschließe ich. Anna ist viel zu sensibel für die Wahrheit, und eines Tages wird sie vielleicht von selbst darauf kommen, dass sie ihre kostbare Zeit mit Lukas nur verschwendet.

„Ich glaub, wir haben einfach nicht die gleiche Wellenlänge“, argumentiere ich stattdessen schwach. „Wir reden aneinander vorbei und –“

„Wann hast du denn schon mal mit ihm geredet?“, schnaubt Anna. „Du gibst dir doch überhaupt keine Mühe, ihn näher kennenzulernen!“

Okay, guter Einwurf. Ich lege wirklich keinen gesteigerten Wert darauf, Mr Tentakel näher kennenzulernen. Zum Glück gongt es in dieser Sekunde.

„Mensch, Anna … können wir das nicht irgendwie trennen? Wir kennen uns schon so lange. Es hat doch nichts mit unserer Freundschaft zu tun, dass ich mit Lukas nicht so gut auskomme.“ Ich tapse neben ihr her, um eine gütliche Einigung bemüht.

„Wenn du meinst“, zischt sie und verschwindet im Gewusel. „Ich sehe das ein bisschen anders. Tschüs.“

„Tschüs“, murmele ich und bleibe ratlos zurück.

Während der folgenden Doppelstunde Englisch grübele ich intensiv darüber nach, ob ich eine schlechte Freundin bin. Vermutlich ja, sonst würde ich den Freund meiner Freundin doch ohne Wenn und Aber akzeptieren, wie er ist, mich mit den beiden über ihr junges Glück freuen und tonnenweise Blumchen über ihnen ausschütten, oder? Aber es will mir nicht gelingen. Irgendetwas gefällt mir an diesem Lukas nicht. Ich weiß nur nicht was. Es ist nicht nur seine Überheblichkeit und seine besitzergreifende Art. Es ist das Gesamtbild, das ich nicht mag.

BIN ICH EINE SCHLECHTE FREUNDIN???, kritzele ich auf einen Zettel und schiebe ihn zu Lena rüber.

NO!, krickelt Lena zurück. WHY?

Tja, warum.

NUR SO … Was das auf Englisch heißt, fällt mir nicht ein.

Lena antwortet mit einem Smiley.

Das Doreensche reißt mich unsanft aus meinen Grübeleien, indem sie für übermorgen einen Test ankündigt. Durch die Klasse läuft ein kollektives Aufstöhnen, doch die Lady bleibt hart. So klein und zierlich sie auch ist, sie hat das Durchsetzungsvermögen eines Steinbeißers.

„Wollen wir heute Nachmittag bei mir üben?", fragt Lena.

Ich bin sofort einverstanden. Englisch ist wichtig für meine Reise- und Zukunftspläne. Ich kann mir nicht erlauben, schlecht darin zu sein. „Um drei?"

„Perfekt!"

Das Doreensche nickt uns *very charming* zu, bevor sie sich mit einem „Goodbye, class" von uns verabschiedet.

*

„Nimmst du eigentlich die Pille?“ Lena nippt an ihrem Cappuccino und zieht eine Augenbraue hoch.

„Wa-wa-was? Wie kommst du denn darauf?“ Ich verschlucke mich fast an meinem Keks.

„Na, du und Phillip, ihr kennt euch schon ziemlich lange, oder? Und so, wie ihr auf deiner Party rangegangen seid …“ Sie lässt den Satz unvollendet und hebt ihre Augenbraue noch ein Stück höher. Wie macht sie das? Es sieht ziemlich cool aus. Ich will das auch können! „Oh, là, là“, haucht sie mir eindeutig zweideutig ins Ohr.

Wir sitzen in ihrer Küche beziehungsweise in der Küche ihrer Mütter. Alles ist bunt und alt und ein bisschen schief. Lenas Mütter haben einen Hang zu Flohmärkten, und das sieht man an jedem einzelnen Stück in der Wohnung, nicht nur an den Möbeln.

Kein Stuhl passt zum anderen. Überall hängen alte Bilder, Lampen aus dem vorvorigen Jahrhundert und große, schon leicht matte Spiegel mit dicken, goldenen, verzierten Rahmen. Sämtliche Wände sind in einem knalligen Orangeton gestrichen, bis auf Lenas Zimmer, das mit einem prächtigen Lila protzt, und das Badezimmer, das froschgrün gehalten ist. Wenn man durch die Wohnung wandert, kommt man sich vor wie im Regenbogenland.

Lena und ich trinken Schoko-Cappuccino mit viel Milch aus angestoßenen Tassen mit kitschigen rosa und fliederfarbenen Blümchenmustern und knabbern Müslikekse aus einer Glasschale mit silbernen Löwenfüßen. Unter den Beinen des Küchentischs klemmen verschieden dicke Taschenbücher, damit er nicht wackelt. Es ist unglaublich gemütlich.

Zwischen uns liegt Lenas englische Grammatik, aufgeschlagen und ein wenig vorwurfsvoll, wie's scheint. Oder bilde ich mir das nur ein? Bestimmt ist es mein schlechtes Gewissen, das sich meldet. Viel geschafft haben wir jedenfalls nicht. Um ehrlich zu sein, noch weniger, nämlich gar nichts. Kein Wunder, schließlich ist es wesentlich spannender, sich über Jungs und die Liebe zu unterhalten, als sich die Köpfe über den Unterschied zwischen *simple present* und *present progressive* zu zerbrechen oder korrekte englische Präpositionen durchzukauen.

Ich nehme mir noch einen Keks. Als es an der Wohnungstür bimmelt, steht Lena auf.

„Das wird Krischan sein."

„Wer ist Krischan?"

„Der schnuckelige Biobauer, der uns jede Woche unsere Obst- und Gemüsekiste bringt." Lena geht zur Tür. „Wir haben ein Abo. Hannah und Sünje sind zu faul zum Schleppen, und Krischan bringt's gleich bis ins Haus. Frisch vom Erzeuger sozusagen." Sie wirft ihre langen roten Haare nach hinten und lacht.

Hannah und Sünje sind Lenas Mütter. Hannah ist Tischlerin, Sünje arbeitet als Ergotherapeutin. Krischan kenne ich allerdings noch nicht. Hat Lena gerade was von schnuckelig gesagt? Ich lehne mich mit meinem Stuhl so weit zurück, dass ich um die Ecke in den Flur schielen kann. Eine große Holzkiste wankt mir entgegen, aus der Bananen, Porreestangen und ein Bund Petersilie ragen. Über dem Gemüse taucht ein hübsches Gesicht auf. So sehen ökologische Landwirte heutzutage aus? Wow!

Lena hat nicht übertrieben. Dieser Krischan ist wirklich

schnuckelig! Keine Spur von ausgebeulter Latzhose, speckigem Schafwollpullover und Kuhfladen unter den Gummistiefeln! Er ist groß, stark, braun gebrannt, hat hellblonde Wuschelhaare, blaue Augen und ein Lächeln, bei dem ich glatt vergesse, meinen Mund wieder zuzumachen, der bei seinem Erscheinen reflexartig aufgeklappt ist.

„Moin!", strahlt der Jungbauer – nach meinen Schätzungen ist er vielleicht neunzehn, höchstens Anfang zwanzig – und hievt die Abo-Kiste schwungvoll auf das Küchenbüfett.

Der Duft von frischen Äpfeln zieht durch den Raum und benebelt mein Hirn.

Mit allergrößter Kraftanstrengung klappe ich endlich meinen Mund zu und höre auf, mit dem Stuhl zu kippeln. „Äh … hallo."

Lena kichert. „Auch einen Cappuccino, Krischan?"

„Klar." Der attraktive Obst- und Gemüseerzeuger setzt sich so selbstverständlich an den Küchentisch, als würde er seit Generationen zur Familie gehören. Aber vielleicht tut er das ja auch. Möglicherweise ist er ein Cousin oder ein um drei Ecken entfernter Verwandter. Keine Ahnung. Wortlos schiebe ich ihm die Müslikekse hin. Wer den ganzen Tag körperlich arbeitet und Kisten mit Vitaminbomben schleppt, hat bestimmt großen Appetit.

Tatsächlich greift Krischan sofort zu.

„Und wer bist du?" Der Blick aus seinen Augen gibt mir ganz kurz das Gefühl, bis in mein Innerstes durchleuchtet zu werden.

Wer? Ich? Ach so …

„Ähm, ich bin … Conni."

„Conni. Soso." Er stippt seinen Keks in den Cappuccino, den

Lena ihm in einem angeschlagenen Herzchenbecher serviert hat, und mustert mich ziemlich lange.

Oh Mann. Wäre ich nicht ohne Wenn und Aber und mit Haut und Haaren vollkommen auf Phillip fixiert, würde mich dieser Blick garantiert noch etwas mehr aus dem Konzept bringen, als es so schon der Fall ist.

Lena räumt unbeeindruckt die Kiste aus, drapiert das Obst und das Gemüse in diverse Körbe und Schalen und verstaut alles in der Speisekammer. Ihr Gesicht ist undurchdringlich.

Krischans eisblaue Röntgenaugen streifen die Englischgrammatik.

„*What are you wearing at the party tonight?*", liest er in nahezu perfektem Englisch vor und liefert die Antwort gleich dazu. „*I haven't made up my mind yet. But I think I will find something nice in my wardrobe.*"

Bevor mir der Kiefer wieder nach unten klappt, schiebe ich mir schnell einen Keks zwischen die Zähne und kaue hektisch. Dieser Bauer wird mir immer unheimlicher.

Lena setzt sich hin. „Ja, ja, womit wir armen Mädels uns so rumschlagen müssen", sagt sie und seufzt.

„Ist nicht viel anders als bei uns früher", meint Krischan. Er zieht die Grammatik zu sich heran. „Soll ich euch abfragen?"

Haha. Klar. Warum nicht? Ich schlucke meinen Keks trocken runter. Dass dieser gut aussehende Blondschopf uns Nachhilfe geben will, bringt mich leicht aus der Fassung. Muss der nicht noch andere Familien mit Erzeugerprodukten beliefern? Nicht, dass wegen uns jemand einen akuten Vitaminmangel erleidet!

Ich bin nicht schlecht in Englisch, sage ich mir. Auf jeden Fall besser als Lena. Die Chance, mich zu blamieren, liegt also ungefähr bei 50:50.

„Okay", krächze ich und spüle die letzten Kekskrümel mit lauwarmer Cappuccino-Schokomilch runter.

Eine halbe Stunde später klappt Krischan die Grammatik zu. „Ging doch ganz gut", meint er, und es klingt ein kleines bisschen gönnerhaft. „Nehmt euch die Vokabeln noch mal vor, dann passt das schon."

„Cool", grinst Lena. „Dank dir hab ich diesen blöden *future mix* endlich kapiert. Du solltest Lehrer werden."

Krischan steht auf, schiebt seinen Stuhl unter den Tisch und stellt den Herzchenbecher in die Spüle. „*No way*! Ich leide unter Schulphobie. Sobald ich eine von innen sehe, krieg ich Beklemmungen."

Ich muss lachen. „Kann ich gut verstehen!"

Er nimmt die leere Kiste und nickt mir zu. „Viel Glück für den Test! Deine Aussprache ist echt gut."

„D-danke", sage ich, etwas überrumpelt.

Krischan grinst. „Man sieht sich. Ciao."

„Äh, ja, tschüs."

Als er weg ist, gucken Lena und ich uns an und prusten los.

„Was war das denn?", bringe ich mühsam hervor.

„Ein echter Power-Bauer", kichert Lena. „Er ist süß, oder?"

„Aber hallo! Ich hatte Mühe, mich auf die Grammatik zu konzentrieren! Kommt der öfter auf einen Cappuccino vorbei?"

„Jeden Montag. Ich hab doch gesagt, wir haben ein Abo!"

Wir albern ein bisschen rum, werfen uns englische Wortbrocken um die Ohren, und schließlich macht Lena das alte Radio auf dem Küchenbord an und fängt an zu tanzen.

„Du hast mir meine Frage noch nicht beantwortet“, sagt sie zu mir.

„Welche?“

„Ob du die Pille nimmst.“

„Nein, nehme ich nicht. Ich bin gerade fünfzehn geworden. Schon vergessen?“

„Na und? Hannah, meine Mum, war bei ihrem ersten Mal auch fünfzehn.“

Ich sitze auf dem Tisch. Lena tanzt um mich herum. Mir wird leicht schwindelig. „Echt? Mit einem Mann?“

„Jepp. Dass sie auf Mädchen steht, hat sie erst später herausgefunden.“

„Ach …“, sage ich.

So was gibt's also auch. Natürlich hab ich schon mit meiner Mutter über Sex und Verhütung gesprochen. Hallo!? Sie ist Ärztin! In Bio hatten wir auch mal so was Ähnliches wie Aufklärungsunterricht. Aber so richtig vorstellen kann ich's mir trotzdem nicht. Logisch, dass Lena Recht hat: Besser, man macht sich rechtzeitig Gedanken, als dass man wartet, bis es zu spät ist. Trotzdem …

Zwischen Phillip und mir war das bis jetzt noch kein Thema. Dabei bin ich echt neugierig, wie das so ist. Ich meine, wer ist das nicht? Aber warum soll ich so was Wichtiges überstürzen? Nur weil andere es schon machen? Oder behaupten, es zu tun? Nee, danke. Und jetzt schon Hormone schlucken, nur weil ich in einem oder zwei Jahren vielleicht mit Phillip schlafen will? Auch keine prickelnde Vorstellung. Die Hormone meine ich, nicht das erste Mal mit Phillip. Das stelle ich mir schon prickelnd vor. Und vor allem romantisch. Bis dahin muss die Verhütungsfrage geklärt sein, logo.

„Hast du denn schon mal?“, frage ich Lena, als sie das nächste Mal an mir vorbeitanzt.

„Nö.“ Sie schüttelt den Kopf. „Einmal fast. Aber dann hab ich mich doch nicht getraut.“

Ich wechsle das Thema. Nicht, weil es mir peinlich ist, sondern weil mir schon die ganze Zeit eine Frage auf der Zunge brennt. „Wie fandst du eigentlich meine Party?“

„Cool. Wieso?“

„War sie nicht zu … kindisch?“

Lena bleibt stehen und wischt sich die Haare aus dem Gesicht. „Wer sagt denn so was?“

„Lukas!“

„Ach, der.“ Lena winkt ab. „Seit wann hörst du darauf, was dieser Arsch von sich gibt?“

„Ich hab's zufällig aufgeschnappt.“ Ich erzähle ihr von Lukas' Bemerkung.

„Kindergeburtstag!? Der hat sie doch nicht mehr alle!“, schimpft Lena. „Was stellt der sich denn vor?“

„Keine Ahnung“, sage ich. „Auf jeden Fall was anderes als das, was ich veranstaltet habe.“

„Na ja …“ Lena schiebt die leere Keksschale beiseite und hockt sich neben mich auf die Tischplatte. Der Tisch knarzt bedenklich. „Wir sind in so einer beknackten Zwischenphase. Richtig alleine feiern dürfen wir noch nicht, und mit Eltern im Background macht's auch keinen echten Spaß. Aber da müssen wir durch. Ab sechzehn wird's besser."

„Meinst du?" Ich bin da etwas skeptisch.

„Klar", sagt Lena. „Schließlich bin ich schon sechzehn. Und irgendwas muss schließlich besser werden, wenn frau älter wird, oder?"

Ich stimme ihr zu. Aber noch ein ganzes Jahr warten, bis ich endlich richtig feiern kann? Ohne Erziehungsberechtigte, die hinter einer angelehnten Tür lauern und nur darauf warten, dass irgendetwas Schlimmes passiert, das womöglich nicht mit dem Jugendschutzgesetz konform geht?

No risk, no fun, sagt Phillip immer. Er hat Recht. Es macht einfach keinen Spaß, ständig behütet und bewacht zu werden. Man muss auch mal was riskieren!

„Ich hab aber keine Lust, so lange zu warten", sage ich zu Lena.

Sie stützt ihren Ellbogen auf, legt ihr Kinn in die Hand und seufzt tief. „Wir brauchen einen Partyplan."

„Und einen Raum", nicke ich.

„Und eine Möglichkeit, unseren Eltern zu entkommen", fügt Lena grimmig hinzu.

„Stimmt."

Eine ganze Weile brüten wir schweigend vor uns hin, nur unterbrochen vom Knarzen des alten Tischs, wenn eine von uns die Körperhaltung ändert, weil irgendwas eingeschlafen ist. Bei mir ist es der linke Fuß. Ich lasse ihn herunterhängen und kreise vorsichtig damit, um das blöde Kribbeln zu verscheuchen.

„Wegen dem Raum könnten wir Krischan fragen", sagt Lena plötzlich. „Der Hof von seinen Eltern ist ziemlich groß. Liegt natürlich etwas außerhalb, zehn Kilometer, schätze ich. Aber dafür haben sie eine umgebaute Scheune, die sie vermieten. Für Polterabende, Hochzeiten und so. Es gibt da auch eine Musikanlage, ziemlich professionell."

„Nee, das ist viel zu weit weg und außerdem bestimmt zu teuer." Ich winke sofort ab, denn ich kann mir beim besten Willen nicht vorstellen, dass der süße Krischan seinen Eltern die Scheune gratis aus dem Kreuz leiern kann, nur weil wir uns mal auf Englisch unterhalten haben. „Wir brauchen irgendwas in der Nähe. Einen Kellerraum, eine Gartenlaube, irgendwas in der Art. Hauptsache, es ist groß genug und kostet nichts."

„Und die laute Musik darf auch keinen stören", erinnert Lena mich. „Also am besten was ohne Nachbarn."

„So etwas gibt's nicht. Jedenfalls nicht bei uns." Ich hüpfe vom Tisch und strecke mich. Lena bleibt auf der Tischplatte hocken.

„Wart's ab", sagt sie. „Irgendwo gibt es die perfekte Location für uns, das spür ich genau."

„Fragt sich nur wo." Ich wuchte mir meinen Rucksack über die Schulter. „Ich muss los. Danke für die Kekse."

„Und für den hübschen Krischan", grinst Lena.

„Für den ganz besonders!", grinse ich zurück.

*

Was zuerst nur eine fixe Idee war, entwickelt sich zu einer echten Herausforderung für uns. Am nächsten Vormittag brüten wir in der Schule weiter und beziehen großzügig die anderen in unsere Überlegungen mit ein. Der Wunsch, mit all unseren Freunden eine richtig coole Party zu feiern, lässt uns einfach nicht mehr los. Und natürlich wollen wir keine Zwei-Frau-Veranstaltung feiern, sondern brauchen jede Menge Unterstützer, um unsere Träume von einer wilden, komplett elternfreien Partynacht zu verwirklichen.

„Das Wichtigste ist der Raum“, meint Lena. „Alles andere kriegen wir irgendwie gebacken.“

Paul nickt. „Wir machen eine Umlage für Getränke und Essen. Jeder gibt so viel, wie er kann.“

„Klar“, sage ich. „Kein Problem. Aber sollen wir uns damit vielleicht auf den Marktplatz hocken? Hat denn wirklich niemand eine Idee für eine passende Location?“

Köpfe werden geschüttelt, Schultern gezuckt. Es ist zum Ausflippen. Sollte unsere geniale Idee tatsächlich an einem fehlenden Raum scheitern? Wir sind maximal zwanzig Leute. So schwer kann es doch nun wirklich nicht sein, die irgendwo unterzubringen, oder?

Anscheinend doch. Sogar Lukas, der sonst zu allem ungefragt seinen Senf abgibt, schweigt und zieht seine Stirn in nicht besonders dekorative Falten. Er sieht aus wie ein Wackeldackel, nur nicht so niedlich. Aber wenigstens hängt er ausnahmsweise mal nicht wie Pattex an Anna. Vermutlich ist seine einzige Gehirnzelle vollkommen überfordert und außerdem nicht multitaskingfähig. Nachdenken und gleichzeitig an Anna rumgrabbeln? Das ist ein Job zu viel, ganz klar!

Phillip ist mal wieder in Sachen irgendeiner Sport-AG unterwegs. Er hat ständig was um die Ohren, was zum einen daran liegt, dass er ein total aktiver Typ ist – er kann einfach nicht stillsitzen; jedenfalls nicht besonders lange –, und zum anderen ist er überall engagiert, wo es etwas zum Engagieren gibt; zumindest kommt es mir manchmal so vor. Mittelstufensprecher, Kapitän der Hockey-AG, Stürmer in einer Fußballmannschaft … Ich finde das total bewundernswert. Dank meines vollen Stundenplans und des häufigen Nachmittagsunterrichts habe ich kaum noch Zeit für Hobbys. Nur zum Schwimmen gehe ich noch einigermaßen regelmäßig. Für mich grenzt es daher fast an ein Wunder, dass Phillip zwischen all seinen Aktivitäten auch noch Zeit für mich hat. Manchmal jedenfalls …

Als er endlich auftaucht, ist die große Pause fast vorbei und wir sind genauso rat- und raumlos wie vorher.

„Was gibt's?", fragt er mich nach einer kurzen Begrüßung.

Ich erkläre ihm in Stichpunkten, was Sache ist.

Er lächelt. „So 'n Zufall!"

„Was meinst du?"

„Mein Vater ist Ende Mai für ein Wochenende weg." Sein Lächeln wird breiter.

Anna quietscht auf. Lena und Billi klatschen sich ab. Ich halte meinen spontanen Freudenausbruch lieber noch etwas zurück.

„Soll heißen?", hakt Paul nach.

„Dass wir bei mir feiern können." Phillip legt einen Arm um mich. „Ich hatte sowieso vor, irgendwas zu machen. Warum nicht 'ne Party? Platz ist da, Musik ist da, und die Getränke stehen griffbereit im Keller. Mein Alter neigt nicht dazu, seine Vorräte zu verstecken oder abzuzählen. Er hat nichts dagegen, wenn wir uns was nehmen. Hauptsache, wir füllen die Regale später wieder auf."

Ich bin so begeistert, dass ich ihm meinen Ellbogen zwischen die Rippen bohre. Nicht sehr zärtlich, ich weiß. Er lächelt tapfer.

„Juhu!", jubelt Lena.

„Ding-dong", macht es über unseren Köpfen.

„Wenn das Wetter sich hält, feiern wir draußen." Phillip und ich schieben uns mit den anderen in den überfüllten Schulflur. „Und falls nicht, nehmen wir den Partyraum."

„Ihr habt einen Partyraum?" Lena schnalzt mit der Zunge.

Ich lächele in mich hinein. Die Villa, in der Phillip mit seinem Vater wohnt, hat nicht nur einen Partyraum, sondern noch einiges anderes zu bieten. Einen nagelneuen beheizten Swimmingpool zum Beispiel, einen riesigen 3-D-Fernseher und noch viel mehr. Kurz: Das nette Anwesen mit dem parkähnlichen Grundstück in der bevorzugten Wohnlage unserer Stadt ist der perfekte Veranstaltungsort für unsere Zwecke.

„Wie lange bleibt dein Vater weg?", frage ich, bevor Phillip und ich uns trennen.

„Von Donnerstag bis Sonntagabend. Das ganze letzte Maiwochenende."

„Optimal. Dann feiern wir von Freitag auf Samstag." Lena winkt Phillip zu und zieht mich mit sich. „Los, komm! Ihr könnt später weiterknutschen!"

Im Laufschritt joggen wir in Richtung Chemielabor und schaffen es gerade noch, uns auf unsere Plätze zu quetschen, bevor es auffällt.

„Hammer!“, schnauft Lena. „Ende Mai schon! Das sind nicht mal mehr vier Wochen!“

Mein Herz klopft wie wild. Ob vom Laufen oder wegen der Vorfreude – keine Ahnung. Ist mir auch ganz egal.

KAPITEL 4

Wenn aus einer spontanen Idee konkrete Pläne werden, nennt man das – bingo! – Partyvorbereitungen.

Phillip sehe ich erst am Abend wieder. Er kommt nach dem Hockeytraining auf einen Sprung vorbei. Ich hocke auf meinem Bett – mein Himbeerlaptop vor mir, Mau neben mir – und versuche, via Bluetooth Fotos von meinem Handy auf die Festplatte zu ziehen. Mist, es will nicht!

„Was machst du?" Phillip gibt mir einen Begrüßungskuss.

„Verzweifeln", sage ich, als ich wieder selbstständig atmen kann.

Er lacht, woraufhin ich leider nicht anders kann, als ihm mein pinkfarbenes Kuschelkissen über die Rübe zu ziehen. Es ist aus Nickistoff und ziemlich weich. Es tut also nicht besonders weh, im Grunde gar nicht, aber er jault trotzdem auf, als hätte ich statt des Kissens eine Bratpfanne benutzt. Jungs sind ja so was von theatralisch! Dafür hilft er mir anschließend mit den Fotos und zeigt mir mal eben zwischendurch, welche Einstellungen ich aktivieren muss, um Bluetooth benutzen zu können. Es ist total einfach, wenn man weiß, wie's geht.

„Danke."

„Gerne."

Was folgt, ist ein weiterer Kuss, der den zur Begrüßung um Längen toppt. Mit einer Hand schiebt Phillip mein Laptop zur Seite. Mau springt vom Bett. Anscheinend wird's ihm zu eng. Kein Wunder, zwischen Phillip und mich passt keine Briefmarke mehr, geschweige denn ein gut genährter Kater.

Phillips Haare sind noch feucht vom Duschen und riechen nach Zitronenshampoo. Yummy, lecker! Alles ist ganz warm und weich und zärtlich, und ich vergesse vollkommen, wo ich bin. In meinem Kinderzimmer nämlich. Auf meinem Bett. Unter demselben Dach wie meine Eltern. Und wie mein kleiner Bruder. Das wird mir schlagartig bewusst, als jemand an die Tür klopft.

Phillip und ich fahren im Bruchteil einer Millisekunde auseinander, als hätte ein Blitz zwischen uns eingeschlagen.

Jakob schiebt seinen Strubbelkopf durch den Türspalt und grinst.

„Was ist?", fahre ich ihn an. Man muss als große Schwester ja schon froh und dankbar sein, dass überhaupt angeklopft wird!

„Mama will wissen, ob du mit uns Abendbrot essen willst", sagt er zu Phillip, mich vollkommen ignorierend.

„Nee, danke." Phillip zieht sein T-Shirt gerade und räuspert sich. „Ich muss gleich los."

„Okay." Jakob zuckt mit den Achseln und zieht die Tür hinter sich zu.

Ich bin tausendpro sicher, dass er dahinter steht und lauscht, jederzeit bereit, wieder reinzuplatzen, falls es etwas Interessantes zu hören gibt. Leises, behagliches Schnurren beispielsweise. Nicht von Mau, sondern von Phillip und mir.

„Musst du wirklich schon los?“ Meine Finger spielen mit einer blonden Phillip-Locke. Er nickt.

„Mein Vater wartet mit dem Essen auf mich.“

„Schaaade.“

„Find ich auch.“

Wir schauen uns an, aber der Zauber ist irgendwie verflogen.

Ich bringe ihn bis zur Haustür. Von Jakob ist weit und breit nichts zu sehen. Meine Eltern sitzen im Wohnzimmer. Phillip und ich küssen uns zum Abschied.

„Ich ruf dich an“, sagt er leise und setzt sich schon im Gehen den Helm auf.

Ich warte, bis er seinen Roller gestartet hat. Dann winkt er mir noch einmal zu und rollt schließlich aus der Einfahrt.

*

Am Wochenende darauf sind Phillip und Paul mit ihrer Fußballmannschaft auf einem Pokalturnier. Leider spielt der gute Lukas nicht Fußball, sonst wäre er mitgefahren und Anna hätte vielleicht mal wieder Zeit für mich. Ich hätte wirklich große Lust, irgendwas mit ihr zu unternehmen. Wie in alten Zeiten, nur wir zwei. Kino, Stadtbummel, stundenlanges Quatschen bei Kakao und Keksen. Den halben Tag in gemütlichen T-Shirts und ausgeleierten Jogginghosen auf dem Bett liegen und eine DVD nach der anderen gucken. Kichern und lachen, albern bis zum Gehtnichtmehr. Unschlagbar und unzertrennlich. Wie beste Freundinnen. (An dieser Stelle bitte einen tiefen, abgrundtiefen Seufzer vorstellen!) Aber leider muss ich mich wohl daran gewöhnen, dass die guten alten Zeiten, in denen uns nichts und niemand trennen konnte, unwiderruflich vorbei sind.

Als ich sie anrufe und frage, ob sie Lust auf eine ausgedehnte Shoppingtour hat, sagt sie mir, dass sie „total ausgebucht" ist und „leider, leider" überhaupt keine Zeit hat, „sorry".

Ich wünsche ihr und Lukas ein schönes Wochenende und lege auf.

Und jetzt?

Nicht, dass ihr einen falschen Eindruck bekommt. Es ist nicht so, dass ich mich nicht mit mir selbst beschäftigen könnte, weil ich total auf Phillip fixiert bin und ohne ihn komplett aufgeschmissen wäre, aber ein bisschen langweilig ist mir schon, so ganz alleine, das geb ich zu.

Lena klappert mit ihren Müttern irgendwelche Bauernmärkte in der Umgebung ab, Billi ist auf Achse, und Dina geht nicht an ihr Handy. Und ich? Ich hocke allein zu Haus und habe das große Glückslos gezogen …

Ich frage mich, was Frau Gisela im *Goldigen Blättchen* in solchen Fällen raten würde. Vermutlich „Gehen Sie raus und machen Sie sich einen schönen Tag! Verwöhnen Sie sich! Gönnen Sie sich etwas Besonderes. Sie haben es sich verdient" oder so was in der Art.

Recht hat sie, die Kummerkastentante. Wenn jemand etwas Besonderes und Schönes verdient hat, dann ja wohl ich!

Mit plötzlichem Elan beschließe ich, mir einen richtig coolen

Wellness-Tag zu gönnen – und zwar mit allem Drum und Dran! Frau Gisela wäre stolz auf mich.

Ich packe meine Badesachen und gucke nach, ob ich noch einen freien Streifen auf meiner Schwimmhallen-Zehnerkarte habe. Hab ich, super. Mein Tagesprogramm sieht wie folgt aus: Zuerst gehe ich eine entspannte Runde schwimmen (leider hat das Freibad noch nicht auf), anschließend stopfe ich mich im Schwimmbadcafé mit leckeren Puddingschnitten und Kakao voll (das habe ich mir nach dem Schwimmen verdient!), und wenn ich satt bin, sinke ich in Jogginghose und Wohlfühl-T-Shirt auf mein Bett und ziehe mir eine kitschige DVD nach der anderen rein (zuerst *„Remember me"* mit Robert Pattinson, klar. Und danach *„Briefe an Julia"*. Oder vielleicht doch lieber *„Tatsächlich Liebe"*? Den hab ich zwar schon zigmal gesehen, aber ein paarmal mehr kann sicher nicht schaden), während meine Haare unter einer Kurpackung entspannen, der Nagellack an meinen Zehennägeln trocknet und sich meine Pickel unter einer adstringierenden Gurkenmaske ins Nirwana verabschieden.

Klingt perfekt, oder? Noch perfekter wäre es natürlich, das Ganze in netter Gesellschaft abzuspulen, aber frau kann nicht alles haben.

„Selbst ist das Weib!", würde Lena sagen, und: „Hau rein!" Sie sollte sich als Kummerkastentante beim *Blödblättchen* bewerben. Ich glaube, sie hätte supergute Chancen gegen Frau Gisela.

Ein paar Minuten später düse ich mit meinem Rad durch den Stadtpark. Die Luft ist warm, meine Haare flattern im Wind. Ich blinzele mit halb geschlossenen Augen in die Sonne. Es ist ein schönes Gefühl, bei dem ich automatisch lächeln muss und meine Laune um glatte hundert Punkte steigt. Bestimmt sind bei dem schönen Wetter nicht viele Leute in der Schwimmhalle, denke ich optimistisch, weil die meisten heute im Park oder unterwegs sind. Wenn ich Glück habe, muss ich mir das Becken nur mit ein paar unverwüstlichen Rentnern und zwei, drei alten Omas in geblümten Badeanzügen teilen statt wie sonst mit Horden von kreischenden Kleinkindern und halbwüchsigen Jungs, die ein merkwürdiges Arschbomben-vom-Dreier-bis-die-Badehose-platzt-Ritual pflegen.

Tatsächlich ist der Parkplatz vor der Schwimmhalle ziemlich ausgestorben. Ich jubiliere innerlich, während ich mein Rad in den Ständer stelle, es abschließe und mich anschließend durch die quietschende Drehtür schiebe.

Im Vorraum umhüllt mich sofort der typische Schwimmbadmief aus Chlor, Duschgel und total überhitzter Luft. Ich schnappe nach selbiger und halte dem Typen hinter der Scheibe des Kassenhäuschens meine Zehnerkarte hin. Er schaut kaum auf, als er den Stempel in das letzte freie Feld klatscht.

Kurz darauf dümpele ich im lauwarmen Nass.

Es ist wirklich ziemlich leer in der großen Halle, und ich habe eine Bahn fast für mich alleine, was ich sofort ausnutze, um mich mit ein paar Kraulschlägen aufzulockern. Während ich durchs Wasser pflüge, denke ich an gar nichts. Ich weiß nicht, wie ich es beschreiben soll, aber in meinem Kopf ist gar kein Platz für irgendwelche Gedanken, weder positive noch negative. Das ist es, was ich am Schwimmen so liebe. Die Bewegungsabläufe spulen vollkommen automatisch ab. Es ist fast wie Fliegen, finde ich. Eine Art schwereloses Gleiten, während alles andere ganz weit weg ist.

Erst nach ein paar ruhigen Bahnen lege ich an Tempo zu und konzentriere mich wieder auf meinen Atem und auf die Muskeln, die mich vorantreiben.

Armschlag, Beinschlag, Armschlag, Beinschlag, Luftholen. Mein Körper schiebt sich durch das Wasser wie an einer Schnur gezogen. Es fühlt sich perfekt an, und ich komme mir fast wie ein Delfin vor, der sein Leben lang nichts anderes macht als schwimmen, schwimmen, schwimmen.

Phillip würde jetzt wahrscheinlich irgendwas von Glückshormonen brabbeln, von chemischen Botenstoffen, hormonellen Bausteinen und Endorphinen, die bei körperlicher Beanspruchung vom Gehirn freigesetzt werden und Glücksgefühle auslösen, aber ich pfeife auf Biochemie. Ich schwimme, bis ich außer Atem bin. Erst dann höre ich auf.

Japsend halte ich mich am Beckenrand fest, schiebe mir die Schwimmbrille auf die Stirn und warte darauf, dass Puls und Atmung sich wieder normalisieren.

„Hi, Conni“, sagt plötzlich eine Stimme neben mir. „Ich wusste doch, dass du's bist!“

„Anna?“ Ich tauche kurz unter und streife beim Auftauchen meine Haare nach hinten. „Was machst du denn hier?“

Anna sieht ohne ihre Brille ganz anders aus. Ihre Augen wirken kleiner, schmaler.

„Schwimmen?“, schlägt sie als mögliche Antwort auf meine zugegebenermaßen ziemlich blöde Frage vor.

Unwillkürlich wandert mein Blick über ihre Schulter. Wo steckt Lukas? Ist er untergetaucht? Ertrunken? Es kann doch nicht sein, dass Anna ohne ihren Schatten hier ist!

„Lukas ist auf der Sonnenbank."

Seit wann kann Anna meine Gedanken lesen? Oder bin ich so leicht zu durchschauen?

„Wir dachten, wir gönnen uns mal einen Wellness-Tag", erklärt Anna mir.

„Aha", sage ich, weil mir nichts wirklich Geistreiches einfällt.

Wir legen unsere Unterarme auf die Umrandung und paddeln mit den Füßen, bis hinter uns das Wasser schäumt.

„Bist du ganz alleine hier?", fragt Anna nach einer Weile.

Komisch. Aus ihrem Mund klingt es, als wäre ich mit einem grausamen Fluch belegt. Allein in die Schwimmhalle zu gehen, scheint gleich nach Allein-im-Kino-Sitzen zu kommen.

„Ich dachte, ich gönne mir mal einen Wellness-Tag", erwidere ich eine Spur giftig.

„Ach so."

Ich beiße mir auf die Zunge und würge meinen aufkeimenden Ärger herunter. Da ist es wieder, das Leuchtschild: *Ich bin eine schlechte Freundin!*

Warum bin ich so gemein zu Anna? Nur weil sie mit einem Typen geht, der nicht nur aussieht wie ein angebranntes Toastbrot, sondern auch einen ähnlich niedrigen IQ hat? Das ist doch nun wirklich kein Grund!

Ich zwinge mich zu einem Lächeln. Anna lächelt erleichtert zurück. Wir lächeln sogar noch, als Lukas auf- und wenig später neben uns untertaucht.

Natürlich macht er einen formvollendeten Kopfsprung vom Einer, damit alle Anwesenden sehen können, wie eng seine Badehose sitzt, die – nebenbei bemerkt – aussieht, als hätte er sie aus einem Kanarienvogel gehäkelt, rein farblich betrachtet.

Leider guckt außer Anna und mir niemand hin. Aber das merkt der Hohlkopf natürlich nicht, selbstfixiert, wie er ist.

„Hallo", nickt er mir zu, als er prustend wie ein Walross wieder an die Wasseroberfläche kommt.

Mein festgefrorenes Lächeln tut zwar langsam weh, aber Anna zuliebe lass ich's noch ein bisschen in meinem Gesicht kleben. „Hallo, Lukasss", zischele ich fast zärtlich in seine Richtung.

„Wollen wir ein bisschen schwimmen, Darling?" Lukas gibt Anna einen Kuss auf die Nase.

Darling! Ich glaub, mir wird übel.

„Gute Idee", grummele ich und höre endlich auf, wie blöde zu lächeln. Stattdessen stülpe ich mir meine beschlagene Schwimmbrille über die Augen, damit ich nicht länger mit ansehen muss, wie er die Nase meiner armen Freundin abschleckt. Glaubt mir: Es gibt Dinge, die will man einfach nicht sehen. Das ist so ähnlich wie bei Horrorfilmen, wenn man genau weiß, dass gleich etwas schrecklich Blutiges und Ekelhaftes passieren wird, und man vorsichtshalber schon mal die Augen zukneift.

„Wir wollen nach dem Schwimmen vielleicht noch ins Café", säuselt Anna mir zu, als sich Lukas' Mund mit einem vernehmlichen Plopp! von ihrer Nase löst. „Hast du Lust mitzukommen?"

Ich? Als fünftes Rad am Wagen? Hallo!? Für kein Geld der Welt! Lieber verzichte ich auf sämtliche Puddingschnitten der Welt und schlüpfe zu Hause direkt in mein Wohlfühl-Schlabber-Outfit, als Anna und ihrem Lukilein beim gegenseitigen Kuchenfüttern zuzugucken. Nein danke!

„Nee, ich hab noch was vor“, murmele ich und versuche, nicht auf Lukas' ausgeprägte Brustmuskulatur zu starren. Mannomann, wenn der weiter so hart trainiert, hat er bald mehr Busen als ich!

„Coole Idee mit Phils Party übrigens“, sagt Lukas.

Ich wollte gerade abtauchen und halte mitten in der Bewegung inne. „Ja, find ich auch“, sage ich so nett, wie es mir unter den gegebenen Umständen möglich ist. „Wird bestimmt besser als mein Kindergeburtstag.“

Lukas grinst dämlich. „Denkst du, ich kann ein paar Freunde aus dem Studio mitbringen?“

Das ‚Studio‘ ist der Fitnessclub, in dem Lukas seine Muskeln malträtiert.

„Keine Ahnung“, sage ich wahrheitsgemäß und schüttele das Wasser aus meinem linken Ohr. „Frag Phillip. Er ist der Gastgeber.“

„Cool, mach ich.“ Lukas lässt seinen Bizeps spielen. Weder er noch Anna gehen auf meine Kindergeburtstagsbemerkung ein. Hatte ich etwas anderes erwartet? Nicht wirklich.

„Bis dann!“ Ich winke den beiden zu und stoße mich so kräftig vom Rand ab, als wollte ich damit den größtmöglichen Abstand zwischen mich und Lukas legen, und tatsächlich ist es ja auch so. Mit jedem einzelnen Kraulschlag, mit dem ich mich aus seinem Radius entferne, entspanne ich mich. Es ist unglaublich, wie verkrampft ich mich in der Nähe von Annas Freund fühle. Erst als ich die lange Bahn durchpflügt habe und nach Luft schnappend an der gegenüberliegenden Seite antippe, geht's mir besser und ich kann wieder atmen. Bin ich zickig? Habe ich ein Problem? Wenn ja, heißt es Lukas mit Vornamen …

In der Neunten (also, als er in der Neunten war) ging mal das Gerücht, der ach so nette Lukas und sein bester Freund Boris hätten ein billiges Sexfilmchen auf ihren Handys und würden damit überall rumprotzen. Lukas' Spitzname war damals – haltet euch fest! – *Porno-King*. Natürlich ist das lange her – Anna und er kannten sich damals noch nicht mal –, und es könnte mir auch vollkommen egal sein, aber trotzdem …

Ich vermute, neben seiner unnachahmlich großkotzigen Art, mit der er mir ständig auf den Geist geht, liegt genau hier der Hund begraben. Irgendwo muss meine ausgeprägte Antipathie gegen alles, was mit ihm zu tun hat, schließlich herkommen. Als ich Anna mal darauf angesprochen habe, hat sie behauptet, es wäre damals alles ganz anders gewesen und nicht Lukas, sondern nur Boris wäre mit dem Filmchen hausieren gegangen. Haha, schon klar. Hauptsache, niemand stört ihr Liebesglück.

*

Trotz der unerquicklichen Begegnung der dritten Lukas-Art hat mir mein Wellnesswochenendwohlfühltag unheimlich gutgetan. Es gab nach dem Planschen zwar nicht die geplante Puddingschnitte im Café, sondern stattdessen einen doppelten Belohnungs-Cheeseburger. Danach habe ich mir zwei kitschige Schmacht-DVDs nacheinander reingezogen. Als abends dann auch noch Phillip angerufen und in schönster Ausführlichkeit das Fußballturnier und den silbernen Pokal bejubelt hat, den er und seine Mannschaft gewonnen haben, war mein kleines Glück so gut wie komplett.

Leider ist heute Montag und ich sitze zwangsverpflichtet in der Schule, was bedeutet, dass meine ganze herrliche Erholung mit einem Schlag wie weggepustet ist.

„Cornelia, where did we leave off last time?“

Doreensches zartes Stimmchen holt mich aus meiner Tiefenentspannung in die harte Wirklichkeit zurück. Ich hasse es, wenn sie Cornelia zu mir sagt und meinen Namen dabei zu allem Überfluss auch noch englisch betont!

„Excuse me?“, krächze ich unschuldig.

Sie wiederholt ihre Frage. Geduld und Langmut sind Doreensches hervorstechendste Charaktereigenschaften. Bewundernswert, echt.

Ich antworte mit einem dezent-verwirrten Augenaufschlag. *„Well, I don't rightly know … I'm sorry.“*

Sie wendet sich kopfschüttelnd ab. Ihr enttäuschtes Gesicht spricht Bände. An meiner Seite kichert Lena.

„Hattest du ein nettes Wochenende?“

„Ging so“, antworte ich wahrheitsgemäß.

Zum Glück haben wir nach Englisch zwei Freistunden, weil Geschichte ausfällt. Es gibt noch ausgleichende Gerechtigkeit und angenehme Zufälle auf dieser Welt. Wie schön!

Lena und ich gehen in die Cafeteria, decken uns mit überbackenen Käse-Croissants und Kakao ein und machen es uns dann im Aufenthaltsraum so richtig gemütlich.

Bei Lena sieht das so aus, dass sie zwei Stühle zusammenschiebt und sich in einen davon fläzt, während sie ihre riesigen Füße, die in pinkfarbenen Chucks der Größe 43 stecken, auf den anderen legt. Das ist zwar nicht unbedingt erlaubt, aber es sieht ja keiner; jedenfalls kein Lehrer. Die verirren sich nur selten hierher. Wir können also in Ruhe und äußerst genussvoll chillen, wie Lena es treffend analysiert.

„Planungsphase A", kündigt sie an und zückt ihr Ringbuch und einen Tintenroller.

„Bitte?", frage ich.

„Planungsphase A", wiederholt sie und schiebt sich ihr Croissant quer in den Mund. „Schon vergessen? Party? Phillip? Sturmfreie Bude? Ich denke, wir sollten langsam anfangen, die äußeren Umstände in brauchbare Pläne zu verwandeln."

„Pläne? Was für Pläne?" Ich verstehe nur Bahnhof, aber Lena lässt sich von meiner Begriffsstutzigkeit nicht aus der Ruhe bringen. Sie klopft mit ihrem Tintenroller gegen meine Stirn (was sich peinlicherweise ziemlich hohl anhört) und grinst.

„Tok-tok … Jemand zu Hause bei Fräulein Klawitter?" Energisch fegt sie ein paar Krümel von ihrem Shirt, stopft sich den letzten Croissant-Zipfel zwischen die Zähne, spült mit viel Kakao hinterher und spitzt die Lippen. „Aaalso, als Erstes nehmen wir uns mal die Gästeliste vor, einverstanden?"

„Hmmm", mache ich. „Sollten wir das nicht lieber Phillip überlassen? Immerhin ist es seine Party, oder?"

„Nö, wieso?" Lena schüttelt den Kopf. „Es war *unsere* Idee."

„Aber es ist *sein* Haus", kontere ich. „Beziehungsweise das Haus seines Vaters."

Lena bleibt stur. „Als Ideengeberinnen haben wir ein Recht darauf, Einfluss auf die Gästeliste zu nehmen“, beharrt sie. „Außerdem ist Phillip bestimmt froh, wenn wir ihm ein bisschen Arbeit abnehmen.“

Okay, da könnte sie womöglich Recht haben. Phillip ist zwar meistens ziemlich gut organisiert, aber im Grunde ist er eher der spontane als der durchgeplante Typ. Vielleicht freut er sich wirklich, wenn wir ihm ein paar organisatorische Dinge abnehmen. Die Gästeliste beispielsweise. Oder die Aufgabenverteilung, wer was mitbringen soll.

„Na gut“, nicke ich schließlich. „Schieß los!“

Am Ende der ersten Freistunde ist unsere Gästeliste ziemlich lang. Vielleicht zu lang. Dass Phillip nicht nur unsere halbe Klasse, sondern auch seine Hockey-, Handball- und Fußballmannschaften einladen wird, setzen wir einfach mal voraus. Dass zu den drei Teams aber dermaßen viele Jungs plus deren weibliche Begleitungen gehören, war uns vorher nicht so ganz klar.

„Ob die Trainer und Betreuer auch kommen?“ Lena zieht die Nase kraus.

„Vermutlich ja“, seufze ich.

„Und die Freundinnen von den Trainern und Betreuern?“

„Sicher. Vielleicht sogar die Freundinnen von den Freundinnen von den Trainern und den Betreuern!“

„Oha.“

„Wie viele sind es insgesamt?“ Ich versuche einen Blick auf die unendliche Liste zu werfen.

„Bummelig um die neunzig Leute“, wagt Lena eine vorsichtige

Prognose. „Vielleicht auch ein paar mehr. Ich will mich da nicht so festlegen."

Ich hole tief Luft. Okay, Phillip wohnt in einem sehr großen Haus mit einem sehr großen Garten. Auch der Partykeller ist ziemlich groß. Aber fast hundert Gäste? Vielleicht sogar mehr? Ich denke an Lukas und seine Muskelfreunde aus dem Fitnessstudio, die er mitbringen will. Wenn die genauso hoch und breit sind wie er, haben die bestimmt eine mächtige Verdrängung, so rein platztechnisch.

„Bisschen *too much*, oder?", fragt Lena unsicher.

Ich stimme ihr zu.

„Vielleicht sollten wir Phillip die Liste geben und es ihm überlassen, wen er davon tatsächlich einladen und wen er streichen will", schlage ich vor.

Lena nickt. „Ist wohl besser." Sie reißt den Zettel aus ihrem Ringbuch und faltet ihn in der Mitte zusammen, bevor sie ihn mir gibt. „Dann lass uns als Nächstes mal überlegen, was wir alles brauchen, um so viele Gäste satt zu kriegen. Mit zwei Schüsseln Nudelsalat und ein paar belegten Brötchen kommen wir da nicht weit."

„Nee, wohl nicht." Im Geiste sehe ich ein kilometerlanges Büfett vor mir, auf dem ein paar mickrige Salate vor sich hin welken, während hundert hungrige Bodybuilder und Fußballer geschlossen auf die Barrikaden gehen. „Aber wenn jeder was beisteuert, wird's schon irgendwie passen." Ich versuche, meiner Stimme einen möglichst optimistischen Klang zu geben.

„Logo", meint Lena munter, aber ihr Gesichtsausdruck sagt das genaue Gegenteil.

Haben wir uns vielleicht zu viel zugemutet? Ist diese Party möglicherweise eine winzige Nummer zu groß für uns? Niemand von uns hat jemals mit so vielen Leuten gefeiert, nicht mal Phillip. Und eigentlich wollten wir doch nur unter uns sein und ein bisschen Spaß haben, ohne Eltern und Erwachsene.

„Das wird schon", brummelt Lena vor sich hin. „Keine Panik. Ich bring zwei Bleche Pizza mit. Oder drei."

Ich zwinge mich dazu, ihre positive Grundeinstellung zu übernehmen, und erkläre mich dazu bereit, zwei große Salate zu machen und einen Kuchen zu backen. Oder zwei. Mein persönlicher Beitrag für das Gelingen unserer Party. Plus ein Obolus für die Getränke natürlich. Wenn alle so selbstlos sind wie wir beide, werden weder wir noch unsere Partygäste Hunger leiden, so viel steht fest.

Ich entspanne mich ein bisschen.

„Ach, das wird schon", sagt Phillip ebenfalls ziemlich locker, als ich ihm in der großen Pause unsere Listen mitsamt meinen Bedenken überreiche. „Meistens kommen sowieso nicht alle, die man einlädt. Oder die Letzten kommen, wenn die Ersten schon gehen. Das verläuft sich irgendwie."

Er bedankt sich bei Lena und mir, faltet die Gästeliste und unseren angefangenen Wer-bringt-was-mit-Plan winzig klein zusammen und stopft beides in seinen Rucksack.

„Am besten schickst du die Einladungen über einen Instant Messenger im Internet raus. Du hast doch ICQ, oder? Wenn du willst, übernehm ich das", sagt Paul. Auf seinem T-Shirt steht heute: DAS LEBEN IST EIN PONYHOF. ÜBERALL

MISTHAUFEN. Er hat sich bereit erklärt, zwei Sixpacks Bier und ein paar Tüten Chips mitzubringen. Toll, ganz toll, aber besser als gar nichts.

Phillip nickt. „Sehen wir uns nachher?“, wendet er sich mir zu.

Ich überlege kurz. Die Hausaufgaben halten sich bis jetzt in Grenzen. Der Englischtest ist längst geschrieben und andere Tests oder Arbeiten stehen vorläufig nicht an. „Ich hab nach der Siebten Schluss.“

„Ich auch.“ Ein kleines Zwinkern aus Phillips Augen. Wir verabreden uns am Pavillon. Ich freu mich.

Der Pavillon im Park ist ein beliebter Treffpunkt nach der Schule. Die Fünft- und Sechstklässler decken sich dort mit Naschkram ein, die Größeren mit Kaffee und Milchshakes. Phillip und ich teilen uns einen Nugat-Shake und eine große Portion Pommes mit Mayo und setzen uns auf eine Bank am See.

Um diese Zeit ist nicht viel los im Stadtpark. Die fitten Babymütter haben mit ihren Kinderwagen längst ihre Runden gedreht, die alten Leutchen, die die verschlungenen Spazierwege sonst bevölkern, halten Mittagsschlaf, und für die Jogger und Sonnenanbeter ist es noch zu früh. Nur die Enten und Schwäne sind vollzählig versammelt, schnattern vor sich hin und beäugen uns neugierig und erwartungsvoll zugleich.

Ich winke ihnen mit einer Fritte zu. Neben mir schlürft Phillip durch einen Strohhalm. Er hat die Beine weit von sich gestreckt und seufzt behaglich vor sich hin. Ein bisschen komme ich mir vor wie die Hälfte eines alten Ehepaares im Urlaub. Ich muss kichern.

„Was?“, fragt Phillip mit träger Stimme.

Ich kuschele mich an ihn, lege meinen Kopf an seine Schulter und schließe die Augen. „Nichts“, schnurre ich.

Er gibt sich mit der Antwort zufrieden.

Es ist schön, so neben ihm zu sitzen, ihn einfach nur atmen zu hören und nichts sagen zu müssen. Ich liebe diese Momente. Fühle mich in ihnen rundum geborgen und wohl.

„Wie spät es wohl gerade in Berkeley ist?“, nuschelt Phillip verschlafen und schiebt sich die letzte Fritte zwischen die Zähne.

„In wo?“

„Berkeley, Kalifornien, USA“, klärt er mich auf.

„Keine Ahnung“, murmele ich. „Wieso?“

„Nur so.“ Er streckt sich und wir versinken wieder in wohliges Schweigen. Berkeley … Was geht mich die aktuelle Zeit in Kalifornien an? Wahrscheinlich ist es da früh am Morgen und die Sonne scheint auf die Palmen. Oder es ist mitten in der Nacht. Mit den Zeitzonen kenne ich mich nicht so aus. Ehrlich gesagt sind die mir auch ziemlich schnuppe. In Neustadt scheint auch die Sonne. Und außerdem sitzt Phillip neben mir. DAS ist es, was zählt. Nicht die Tageszeit in den USA.

KAPITEL 5

Mütter, die Lieblingsklamotten entsorgen, sind das Allerletzte und außerdem gefährlich.

Rückblickend betrachtet hätte mir die Erwähnung von „Berkeley, Kalifornien, USA" natürlich zu denken geben müssen. Irgendwo in meinem verliebt-vernebelten Spatzenhirn hätte ein klitzekleines Alarmglöckchen schrillen müssen. Aber hinterher ist man immer schlauer. Ich habe Phillips Bemerkung einfach nicht für wichtig gehalten, und er hat auch nichts mehr erwähnt. Erst als … Nee, das kommt später.

Im Moment haben wir mehr als genug mit unserer Party zu tun. Beziehungsweise mit unseren Gästen, den geladenen und den ungeladenen. Besonders mit letzteren …

„Kann es sein, dass es täglich mehr werden?", frage ich die Jungs.

Wir hocken im Aufenthaltsraum und beschäftigen uns mit unserer Party-Planung. Fast im Minutentakt kommt jemand angelatscht und mischt sich ungefragt ein. Ich geb's zu, ich bin genervt. Zumal Phillip, Paul und die anderen überhaupt kein Problem damit zu haben scheinen, dass das halbe Lessing-Gymnasium mit uns feiern will. Oder schon eher das ganze; so kommt es mir jedenfalls vor. Besonders die Oberstufe lechzt unverhohlen nach Abwechslung und Party.

„Hauptsache, alle bringen was zu trinken mit." Paul zuckt die Achseln, nachdem drei Mädchen und zwei Typen aus dem 12. Jahrgang ihr Kommen angekündigt haben, obwohl keiner von uns sie kennt und umgekehrt.

„Die Tussis süffeln garantiert Prosecco." Lena betrachtet ihre grün lackierten Fingernägel und gähnt. „Und zwar kübelweise. Wetten?"

Paul zieht die Augenbrauen hoch und grinst.

Ich werfe Phillip einen Blick zu, aber außer einem Schulterzucken bekomme ich keine Antwort.

„Wenigstens wird's eine bunte Mischung", meint Billi, unsere kleine Diplomatin. „Bodybuilder, Fußballer, Partyqueens, Abiturienten …"

Ich kann nicht anders und stöhne auf. Unsere schöne Party! Ich wollte mit meinen Freunden zusammen sein. Ganz besonders mit Phil, logisch. Immerhin ist sein Vater nicht da, und wir haben endlich mal sturmfreie Bude.

Und jetzt? Ich sehe mich schon tödlich angeödet zwischen Prosecco süffelnden Tussis und aufgeblasenen Muskeltypen herumstehen, während mein Freund abwechselnd Gastgeber und DJ spielt und null Zeit für mich hat. Supertolle Aussichten, echt. Wie wär's, wenn wir die Party gleich für alle sichtbar bei facebook einstellen und die Einladung öffentlich schalten? Käme aufs Gleiche hinaus, wenn man mich fragt. Aber mich fragt leider keiner.

Wenigstens die Sorge mit dem DJ wird mir kurz darauf genommen. Als Anna und Lukas auftauchen, bietet sich der gute Luki spontan als Plattenaufleger an.

„Es geschehen noch Zeichen und Wunder“, flüstere ich Lena überrascht zu.

„Kann er das überhaupt?“, wispert Lena zurück.

„Ich wette, er steht auf die Atzen, DJ Ötzi und so was.“ Ich kann mir ein etwas boshaftes Kichern nicht verkneifen.

Anna wirft Lena und mir ein giftiges Funkeln zu.

„Lukas legt öfters mal Platten auf“, sagt sie spitz. „Keine Angst.“

Upsala, anscheinend hat sie uns gehört.

„Ertappt“, grinse ich, aber Anna würdigt mich keines Blickes. Dass sie ausgerechnet jetzt, so kurz vor unserem Mega-Event, auf zickig schaltet, ist ziemlich blöd. Ich brauche sie nämlich, und zwar dringend. Sie muss mir ein Alibi verschaffen für den Fall, dass meine Eltern mir nicht erlauben, die Nacht der Nächte außer Haus zu verbringen. Natürlich rechne ich nicht wirklich damit, dass mich meine Erziehungsberechtigten freiwillig bei Phillip übernachten lassen – obwohl sie sich damit für ewige Zeiten den Status ‚Supercoole Eltern‘ sichern könnten. Ich brauche also eine Alternative, und die heißt Anna. Oder soll ich lieber gleich Lena nehmen? Nee, Anna klingt glaubwürdiger. Immerhin ist sie meine älteste Freundin.

Bevor ich sie anquatschen kann, gongt es zur nächsten Stunde, und unser Grüppchen löst sich in alle Himmelsrichtungen auf. Phillip hat heute Training. Fußball? Handball? Hockey? Irgendwie ist es nicht so leicht, bei ihm den Überblick zu behalten. Auf jeden Fall sehen wir uns erst morgen wieder.

„Ciao“, raunt er mir zu und schenkt mir einen tiefen, tiefen Blick, der meine Knie butterweich werden lässt.

„*Love is in the air* …“, summt Lena, als wir nebeneinander die Treppe hinaufgehen.

Ich gebe ihr einen Knuff und grinse. Sie hat absolut Recht. Oh ja.

*

Mittags bin ich allein zu Haus; eine ziemlich seltene und deshalb saugünstige Gelegenheit, mal richtig laut aufzudrehen.

Während ich in der Küche zwei Bananen in mein Schokomüsli schnipple, alles umrühre und mir löffelweise zwischen die Zähne schiebe, grölen die Black Eyed Peas *We are the now generation, we are the generation now* …

Die Teller tanzen. Ich auch. Jedenfalls bis die Haustür ins Schloss knallt und wenig später Jakob seinen Rucksack in die Ecke wirft. Weil er das jeden Tag macht, ist die Flurtapete an der Stelle schon total abgeschrappt und unansehnlich.

Wenn ich jemals ein Buch über Jakob schreiben sollte, würde ich es „Die Rituale meines kleinen Bruders“ nennen. Es ist unglaublich, wie festgefahren er in seinen Gewohnheiten ist! Gleich geht er an den Kühlschrank, wetten? Nur um kurz reinzuschauen, die Tür zuzuschmettern, sich auf die Eckbank zu fläzen und zu meckern, dass nichts Anständiges zu essen im Haus ist.

Ich zähle bis drei. Eins, zwei …

Er brummt Hallo in meine Richtung, schlappt an mir vorbei zum Kühlschrank, guckt rein, knallt die Tür wieder zu, schmeißt sich auf die Eckbank, mustert angewidert mein Müsli und mault: „Gibt's nix zu essen?"

Leute, glaubt mir: Wer einen kleinen Bruder hat, hat immer was zu lachen!

„Im Ofen ist Auflauf von gestern. Musst du nur warm machen." Ich zeige mit meinem Löffel auf den Herd.

„Wieso ich?"

„Weil du Hunger hast vielleicht?", schlage ich vor.

Jakob mustert mich, als hätte ich sie nicht alle. Aber dann erhebt er sich und aktiviert die Umluft des klawitterschen Backofens. Erstaunlich.

„Geht doch", kann ich mir einen Kommentar nicht verkneifen.

Ein paar Minuten später mümmelt er zufrieden seinen Auflauf, während ich mir zum Nachtisch einen Vanillequark mit Kirschen gönne.

Nach dem Essen verschwinden wir in unsere Zimmer. Ich werfe mich aufs Bett und fahre mein Himbeerlaptop hoch. Anna und Paul sind online. Lena nicht. Phillip leider auch nicht. Der geht meistens erst abends on, wenn er seine sportlichen und gesellschaftlichen Aktivitäten abgehakt hat.

Ich öffne meine Tagebuchdatei und klappere ein bisschen auf der Tastatur herum, aber so richtig Spaß macht das nicht. Ist ja auch nicht gerade viel passiert in letzter Zeit.

„Die fetten Events kommen erst noch", sage ich zu Mau, wobei ich natürlich besonders an das eine denke. Es ist nicht mehr lange hin bis zum letzten Maiwochenende, dann ist endlich Partytime. Yeah! Hoffentlich kommt nichts dazwischen. Ich habe ein total komisches Gefühl.

Dass Phillips Vater seine Reise in letzter Sekunde absagen könnte.

Dass er früher als geplant zurückkommt.

Dass ein Blitz einschlägt und einen großflächigen Stromausfall in der Stadt verursacht, weshalb wir ohne Musik im Dunkeln hocken müssen.

Horror! Bloß das nicht! Im Dunkeln würde ja noch gehen – wozu gibt es schließlich Kerzen? Die können sehr romantisch sein! –, aber ohne Musik? No way!

Was soll ich eigentlich anziehen? Sexy muss es sein, logo. Schließlich will ich Phillip ein bisschen den süßen Kopf verdrehen. Vielleicht auch mehr als nur ein bisschen. Und das bedeutet: keine Turnschuhe und keine ausgebeulte Alltagsjeans. Und auf gar keinen Fall ein geringeltes T-Shirt! Wenn ich daran denke, dass ich früher fast nur so rumgelaufen bin …

Okay, jedes Lebensalter hat seine eigenen Peinlichkeiten und Fehlentscheidungen. Da ich diesen Abschnitt zum Glück hinter mir gelassen habe, kann ich relativ abgeklärt darauf zurückblicken und mit der neu gewonnenen Weisheit meiner fünfzehn Jahre vollkommen neue Horizonte entdecken. Diese neuen Horizonte heißen ab sofort: stylish, cool und schick.

» Horizont Nummer 1 ist eine supercoole Boyfriendjeans, die ich zufällig beim Klamottensurfen in einem angesagten Shop entdecke und sofort auf meinen persönlichen Wunschzettel verschiebe.
» Horizont Nummer 2 ist ein dazu passendes schwarzes Langarmshirt oder alternativ ein bauchfreies Top.

» Horizont Nummer 3 sind silbergraue Chucks, die einfach perfekt zu beidem passen würden.

Nach diesen drei äußerst verheißungsvollen Horizonten kommt erst mal ganz lange gar nichts. Das heißt, etwas kommt doch, obwohl ich gerne darauf verzichtet hätte: Ernüchterung. Denn die Klamotten sind zusammen so teuer, dass sie mein mageres Budget um ein Vielfaches sprengen. Das Einzige, was ich mir leisten könnte, wäre das Top. Aber das funktioniert nur in Kombi mit der Jeans und den Chucks. Mist, Mist, Mist.

Ich schiebe das Laptop beiseite und reiße die Schubladen meiner Klamottenkommode eine nach der anderen auf. Irgendwo muss meine geliebte Uralt-Jeans stecken, die einer Boyfriend ziemlich nahekommen könnte, wenn man sie mit ein paar simplen Hausmittelchen leicht modifiziert. Ein strategisch platzierter Riss am Po, durch den beim Tanzen nackte Haut oder der Spitzenbesatz eines Slips schimmert zum Beispiel. Ein bunter Flicken auf dem Knie. Oder ein paar Stickereien, die dem Ganzen den richtigen Vintage-Look verleihen. Dazu ein cooler Gürtel und das Top natürlich.

Für die Chucks müssten meine Eltern taschengeldmäßig in Vorlage gehen. Das sollte kein Problem darstellen. Aber was zieh ich darunter an? Ich hab nur Baumwollschlüpper und dazu passende Bustiers. Alles in Weiß oder pastellig. So richtig kleinmädchenmäßig, spießig und langweilig. Unspektakulärer geht's echt nicht. Der einzige Pluspunkt ist, dass keine Blümchen oder Comicfiguren aufgedruckt sind. Oder, noch schlimmer, Wochentage! Bisschen mehr sexy Unterwäsche wäre also schon schön. Aber wo soll ich die herkriegen? Wo ich noch nicht mal meine alte Jeans finde! So was Blödes. Ich wühle und wühle, aber die Jeans bleibt verschollen. Weder in der Kommode noch im Schrank noch unter dem Bett werde ich fündig. Dabei bin ich absolut sicher, dass sie irgendwo sein muss.

Als ich die Haustür unten klappen höre, lasse ich alles stehen und liegen und springe in den Flur.

„Mamaaa! Wo ist meine alte Jeans?"

Meine Mutter tut so, als hätte sie mich nicht gehört. Typisch. Zuerst stellt sie mal in aller Ruhe ihre Taschen ab, dann geht sie in die Küche und gießt sich ein Glas Wasser ein. Und dann blättert sie tatsächlich in der Zeitung. Ich höre sie bis oben rascheln.

„Maaaamaaa!!", brülle ich noch mal.

„Herrje, Conni! Was ist denn?" Das Gesicht meiner Mutter sieht komisch aus, so von oben übers Treppengeländer hinweg. Und außerdem ein bisschen ärgerlich. Hatte sie diese genervte Falte zwischen den Augen schon immer oder ist die gerade spontan entstanden? Egal …

„Meine Jeans! Die hellblaue, ausgefranste … Wo ist die?"

„Woher soll ich das wissen?"

Hm, das ist nicht wirklich die Antwort, die ich erwartet hatte.

„Sie war in meiner Kommode", jaule ich. „Und jetzt ist sie weg!"

Meine Mutter senkt den Kopf, spreizt Daumen und Zeigefinger weit auseinander und legt sich die Zeigefingerspitzen jeweils links und rechts an die Schläfen, als ob sie plötzlich Kopfschmerzen hätte. Sie sieht aus wie eine amerikanische Schauspielerin mit akuter Migräne. Total theatralisch irgendwie. Als ob sie mir nonverbal eine wichtige Mitteilung machen möchte. Zum Beispiel, dass sie einen unglaublich harten Arbeitsvormittag hinter sich hat, gerne ihre Ruhe hätte und ich meinen Ton mäßigen soll. Aber das geht im Moment leider gar nicht. Dazu ist die Sache viel zu wichtig. Ich versuche es noch einmal.

„Vielleicht ist sie in der Wäsche?", frage ich hoffnungsvoll und ziemlich freundlich, wie ich finde.

Fingerspitze an Schläfe. Seufzen. Leichtes Kopfschütteln.

„Conni, muss das jetzt sein? Ich habe einen harten Vormittag hinter mir und hätte gerne etwas Ruhe. Hat das nicht Zeit bis später?"

Warum denken Eltern immer, nur sie hätten harte Vormittage? Glauben die tatsächlich, Schule ist Wellness? Ich hätte auch gerne meine Ruhe. Aber noch lieber hätte ich meine Jeans. Und zwar sofort, wenn's geht!

Ich: „Ich brauch die aber! Dringend!!"

Meine Mutter: „In der Wäsche ist sie nicht, da bin ich sicher. Hast du in den Schrank geguckt?" Seufz, seufz.

Ich: „Ja, hab ich. Da ist sie auch nicht."

Pause.

Ich, genervt: „Mann, Mama!"

Meine Mutter, noch genervter: „Welche meinst du überhaupt? Etwa die alte, kaputte? Die mit der eingerissenen Tasche?"

Ich, hektisch: „Jaja!! Genau die!"

Meine Mutter winkt ab. „Die hab ich aussortiert."

„WAS???"

„Conni! Die konnte ich nicht mal mehr in die Altkleidersammlung geben!"

Die Zornesfalte zwischen den Augenbrauen meiner Mutter könnte dem Grand Canyon Konkurrenz machen. Locker.

Auf Socken schlittere ich die Treppe runter. „Wo ist sie? Was hast du mit ihr gemacht? Wie kommst du dazu –“

„Es reicht!“, würgt meine Mutter mich ab.

„Mir reicht's auch! Und wie! Du kannst doch nicht einfach meine Sachen aussortieren!“ Ich bin außer mir und kaum zu bremsen.

„Wann hattest du die Hose das letzte Mal an?“, fragt meine Mutter.

„Woher soll ich das wissen? Keine Ahnung“, antworte ich verwirrt.

„Eben“, kommt es zurück. „Du hast die Jeans schon so lange nicht mehr angezogen, dass du sie bis heute überhaupt nicht vermisst hast. Jetzt ist sie weg. Wo ist das Problem?“

Meine Mutter dreht sich um und marschiert ins Wohnzimmer.

Wie? Was? Moment mal!

„Wo das Problem ist?“, keife ich ihren Rücken an. „Das Problem ist, dass du in meinen Sachen rumgewühlt und mir was weggenommen hast! Die Jeans gehört mir! Ich geh auch nicht einfach an deinen Schrank, nehm was raus und werf es weg, nur weil du es lange nicht mehr anhattest!“

Ganz langsam dreht meine Mutter sich um.

„In der Garage steht ein blauer Müllsack“, sagt sie. Mehr nicht.

Wir starren uns an. Dann schnappe ich mir den Garagenschlüssel vom Bord und gehe betont langsam an ihr vorbei, obwohl ich am liebsten rennen würde.

Erst in der Garage kann ich wieder atmen und schnappe nach Luft. Mein Herz klopft. Ich fasse es nicht! Meine Mutter war in meinem Zimmer! Sie war an meiner Kommode und hat in meinen Sachen gewühlt! Was sie wohl außer meiner Jeans noch aussortiert hat?

Mir fallen meine alten Tagebücher ein, die in einem Schuhkarton ganz hinten in meinem Kleiderschrank liegen, und mir wird heiß und kalt zugleich. Ob sie die etwa auch ganz zufällig gefunden und gelesen hat? Alles über mich und Phillip steht da drin. Alles! Wie es war, als wir uns zum ersten Mal geküsst haben; wie es sich anfühlt, wenn ... Einfach alles! Vielleicht liegen die Tagebücher in der Altpapiertonne, weil meine ach so tolle Mutter die unfassbare Idee hatte, ich würde sie nicht mehr brauchen?

Panisch reiße ich den Deckel der Papiertonne hoch und spähe hinein. Sie ist leer bis auf ein paar alte Zeitschriften und Reklamezettel. Erleichtert atme ich aus und mache mich auf die Suche nach meiner armen, aussortierten Jeans, während ich mir gleichzeitig vornehme, ein besseres Versteck für meine Tagebücher zu suchen. Vielleicht sollte ich sie wasserdicht einpacken, in eine abschließbare Kassette stopfen und kilometertief im Garten vergraben? Nee, geht nicht. Meine Mutter liebt Gartenarbeit. Wenn die erst mal anfängt zu buddeln und zu wühlen, ist nichts vor ihr sicher. Im Grunde ist das ganze Haus Gefahrenzone Rot, mitsamt dem Keller und dem Dachboden. Am sichersten wär's, ich würde alles, was ich jemals aufgeschrieben habe, verbrennen. Aber nö, das seh ich auch nicht ein. Nur weil meine Mutter nicht weiß, was Privatsphäre heißt, werde ich mich ganz sicher nicht von meinen wichtigsten Erinnerungen trennen. No way. Vielleicht helfen täglich wechselnde Verstecke, eine abgeschlossene Zimmertür plus ein fettes Vorhängeschloss mit Alarmanlage und Kameraüberwachung? So was wie heute möchte ich jedenfalls nicht noch mal erleben. Wer ungefragt in Klamotten wühlt, liest garantiert auch geheime Dokumente, so viel steht fest. Die Vorstellung, irgendjemand könnte jemals meine Tagebücher lesen, ist unerträglich!

Ich verschiebe meine Überlegungen auf später und widme mich dem eigentlichen Grund meines Hierseins: der Suche nach meiner Jeans.

An der Rückwand der Garage stapeln sich mehrere große, blaue Müllsäcke. In einer davon steckt meine Jeans und schickt stumme Hilfeschreie ins Universum. Fast bilde ich mir ein, sie zu hören. Aber muss ich die Säcke jetzt etwa alle aufmachen und einzeln durchsuchen? Wer weiß, was da sonst noch drin ist?

Im ersten sind Tapetenreste und alte Pinsel. Im zweiten alte Spielsachen von Jakob. Und im dritten –

„Da bist du ja!“ Ich drücke den zerknitterten Jeansstoff an meine Brust. Die Jeans müffelt ein bisschen und feucht ist sie auch, aber wenigstens ist sie noch ganz. Nicht auszudenken, wenn meine übereifrige Supermutter Putzlappen fürs Auto daraus gebastelt hätte! Das hätte ich ihr nie verziehen. Niemals.

Ich stopfe die Säcke zurück, schwinge meine Beute über dem Kopf und kehre triumphierend ins Haus zurück.

„Ich hab sie!“, kann ich mir nicht verkneifen zu rufen und knalle den Garagenschlüssel auf die Anrichte.

„Wie schön!“, ruft meine Mutter zurück.

Bilde ich es mir nur ein oder klingt sie tatsächlich ironisch?

Ich gehe ins Wohnzimmer. Meine Mutter sitzt an ihrem Schreibtisch und sortiert irgendwelche Papiere. Ihrem Gesicht nach zu urteilen, wahrscheinlich Rechnungen.

„Ich brauche übrigens neue Turnschuhe", sage ich und füge schnell hinzu, dass ich sie mir selbst kaufen will und dafür nur einen winzig kleinen Taschengeldvorschuss benötigen würde.

„So alt sind deine Turnschuhe doch noch gar nicht", kommt es prompt zurück.

Ich hätte es wissen müssen. Schlechtes Timing, Conni Klawitter! Ganz schlechtes Timing!

„Ja, aber das sind keine Chucks." Ich schnappe mir einen Apfel aus der Obstschale und beiße hinein. Wenn sie jetzt sagt, dass meine uralten Sneakers doch perfekt zu meiner uralten Jeans passen würden, erwürge ich sie, ich schwör's!

Sie sagt es nicht. Stattdessen fragt sie mich, weshalb ich überhaupt so einen Wind machen würde. „Zuerst die Jeans, jetzt die Schuhe …"

„Bei Phillip ist demnächst Party", sage ich harmlos.

Die Augenbrauen meiner Mutter schießen in die Höhe.

„Ach?"

Ich nage den Apfel sauber ab und beschließe lieber nicht zu antworten. Alles, was ich jetzt sage, könnte gegen mich verwendet werden.

„Du hast doch sicher noch Geld von deinem Geburtstag übrig", sagt meine Mutter nach einer Schweigeminute. „Oder hast du das alles schon ausgegeben?"

„Nee, 'türlich nicht! Aber das spar ich für was."

„Ach."

Oh, Mann! Ich hasse diese einsilbigen Kommentare!

„Heißt das jetzt, ich krieg keinen Vorschuss?" Leider kann ich nicht verhindern, dass meine Stimme ziemlich angefressen klingt.

„Ich finde, solange du eigenes Geld hast, ist das nicht notwendig", erwidert meine Mutter in einem Ton, der besagt, dass das Gespräch an dieser Stelle für sie beendet ist.

Shit! Ich hätte es wissen müssen.

„Dann frag ich eben Papa!"

„Viel Erfolg."

Das war's, Leute. Ich weiß, wann es Zeit ist, aufzugeben.

In meinem Zimmer werfe ich die Jeans aufs Bett und mich daneben. Mein Blick fällt auf Meat Loaf. Er steht im Bücherregal und grinst mich an. Theoretisch hat meine Mutter Recht. Ich weiß zwar nicht, wie viel Kohle in dem Sparschwein ist, aber mittellos bin ich nicht gerade. Vielleicht könnte ich mir sogar das komplette Partyoutfit leisten.

„Aber das Geld ist für London und nicht für irgendwelche Klamotten!", säuselt eine Stimme in mein linkes Ohr. Sie klingt sehr sanft und vernünftig und stammt garantiert von einem Cherub, einem Engel mit besonderen Aufgaben.

Ich nicke zustimmend.

„Geld ist Geld!", motzt eine leicht diabolische Stimme von rechts in mein anderes Ohr. „Kauf dir die Klamotten und heul nicht rum!"

„Ich heul überhaupt nicht!", protestiere ich.

Meat Loafs Grinsen wird breiter, je länger ich ihn betrachte. Ich wüsste zu gern, wie viel Geld in seinem Bauch steckt. Ob es wirklich für das stylishe Outfit reichen würde? Ich halte mir kurz die Ohren zu, damit ich die mäkeligen Stimmen nicht mehr höre, während ich überlege.

Ehe ich bis zwei zählen kann, habe ich das Schwein gepackt und schüttele es. Ich muss ja nicht alles nehmen. Nur so viel, dass es für meinen Partydress reicht. Den Rest lass ich drin und füttere Meat Loaf ab sofort mit meinem Taschengeld. Großes Indianerinnenehrenwort!

„Ich genehmige mir nur einen kleinen Vorschuss", beruhige ich die himmlische Stimme der Vernunft in meinem linken Ohr, bevor sie mir Vorwürfe machen kann.

Eine halbe Stunde später hab ich genug Geld aus Meat Loaf herausgeschüttelt, um mich von Kopf bis Fuß neu einzukleiden. Das heißt, die teure Jeans kann ich mir eigentlich sparen. Zuerst will ich mal versuchen, die alte ein bisschen aufzupimpen. Wozu sonst das ganze Theater mit dem Müllsack?

Mit einem abgebrochenen Lineal fische ich noch einen letzten Schein aus dem Schlitz. Jetzt reicht es sogar noch für Unterwäsche. Und nein, ich habe kein schlechtes Gewissen. Echt nicht. Außergewöhnliche Situationen erfordern manchmal außergewöhnliche Maßnahmen. Morgen geh ich shoppen, und wenn die Welt untergeht! Das Teufelchen in meinem rechten Ohr kichert zufrieden. Genau wie ich.

KAPITEL 6

Lukis Wette, Annas Kummer und mein überirdischer Kaufrausch.

Am nächsten Morgen beim Frühstück tut meine Mutter so, als wäre nichts gewesen. Dabei weiß ich genau, dass sie mit meinem Vater über den Vorfall gesprochen hat. Garantiert! Aber da sie unseren Streit anscheinend als erledigt betrachtet, beschließe ich, ihrem Beispiel zu folgen, und mache auf braves Töchterlein. Eine meiner leichtesten Übungen, kein Problem. Manchmal ist es einfach notwendig, sich der häuslichen Umgebung anzupassen, um überflüssigen Stress zu vermeiden.

„Ich fahr nach der Schule in die Stadt", säusele ich zwischen Honigbrot und Vitaminsaft. „Kann später werden."

Meine Eltern nicken im Takt.

„Ist gut", sagt meine Mutter. „Brauchst du was Bestimmtes?"

Wenn sie mich gestern gefragt hätte, hätte ich selbstverständlich mit Ja geantwortet und ihr meine umfangreiche Klamottenwunschliste präsentiert, aber heute liegen die Dinge anders.

Selbst ist die Frau!, denke ich und schüttele hoheitsvoll den Kopf.

„Nö. Nur mal gucken und ein bisschen bummeln."

Jakob schnitzt aus seinem Nutellatoast etwas, das Ähnlichkeit mit einer Pistole hat, bevor er es verputzt. Nicht auszudenken, was ein Psychologe da alles hineininterpretieren würde! Ich grinse meinen kleinen Bruder an. Er grinst zurück.

In der Schule ist mal wieder die Hölle los. Wie jeden Morgen strömen mir mehr oder weniger lernwillige Leidensgenossen aus sämtlichen Himmelsrichtungen entgegen und blockieren Zufahrten, den Schulhof und die Eingangstür. Ich bin spät dran und erwische gerade noch einen freien Platz für mein Rad, bevor ich mir eine Schneise durch die träge Schülermasse bahne. Mit dem letzten Gong schlüpfe ich in die Klasse und lasse mich auf meinen Stuhl fallen.

„So schlimm?" Lena hebt eine Augenbraue. Der kleine Ring darin blitzt auf.

„Schlimmer", ächze ich und ziehe eine zerknitterte Plastiktüte aus meinem Rucksack. Meine gerettete Jeans steckt in der Tüte. „Tust du mir einen Riesengefallen?"

Lena nickt. „Logo."

„Kannst du meine Jeans für mich waschen?"

„Ist eure Waschmaschine kaputt?"

„Nee, aber meine Mutter hat was gegen diese spezielle Klamotte." Mit einem Grinsen schiebe ich die Tüte unter Lenas Tisch.

„Ah, ich kapiere", wispert Lena. „Die Sache ist geheim!"

„Geheimer als geheim", hauche ich zurück.

Leider unterbricht das Doreensche unseren kleinen Dialog und fordert uns auf, unsere Hefte herauszunehmen. Die Idee, Lena meine Partyjeans zum Waschen mitzugeben, ist mir gestern

Abend gekommen. Denn wie könnte ich sicher sein, dass meine Mutter die Hose nicht direkt aus dem Wäschekorb in ein vorbeifahrendes Müllauto werfen würde, sollte sie ihr noch einmal zwischen die Finger geraten? Nach der Müllsack-Aktion ist ihr alles zuzutrauen! Den Schuhkarton mit meinen Tagebüchern habe ich jedenfalls ganz oben auf meinen Kleiderschrank geschoben und mit ausrangierten Stofftieren getarnt. Fürs Erste muss das als Versteck reichen. Meine Mutter ist nicht besonders groß. Ohne Leiter kommt sie da niemals ran. Hoffe ich jedenfalls.

In der Pause wandern wir über den Schulhof und treffen die anderen. Phillip hat mir eine SMS geschickt. Er steckt in einer SV-Sitzung und langweilt sich anscheinend.

Vermiss Dich auch!, simse ich zurück und schalte mein Handy wieder aus. Zwar sind Handys an unserer Schule außerhalb des Unterrichts nicht offiziell verboten, aber es gibt trotzdem Lehrer, die sie gerne einsammeln und bis Schulschluss behalten. Muss ja nicht sein.

Anna stupst mich an.

„Wie geht's denn so?", fragt sie leise.

„Super. Und dir?"

Sie druckst ein bisschen rum. Erst jetzt fällt mir auf, dass Lukas einen halben Meter neben ihr steht und sie nicht wie sonst umschlingt. Nanu? Was ist denn da los?

„Wollen wir uns vielleicht mal wieder treffen?" Anna rückt ein bisschen näher an mich heran.

„Äh, klar. Warum nicht? Ich will heute in die Stadt, ein paar Klamotten für Phillips Party kaufen. Komm doch mit!"

Eigentlich hatte ich vor, Lena zu fragen, ob sie mitkommt und meine Einkaufsberaterin spielt. Aber mal wieder mit Anna durch die Läden zu ziehen, fände ich wirklich schön.

Sie nickt. Wir verabreden uns nach der Siebten am Ausgang.

Plötzlich lacht Lena laut auf. Sie steht links neben mir und funkelt Lukas an. „Mein Vater war ein Tropfen und meine Mutter ein Reagenzglas", höre ich sie sagen. „Ich bin das Ergebnis eines biologischen Experiments. *So what?* Im Gegensatz zu dir kann ich echt gut damit umgehen, dass ich zwei Mütter habe, du blöder Schwachmat!"

Och nee, anscheinend geht es mal wieder um Lukas' Lieblingsthema: die ungewöhnlichen Umstände, die zu Lenas Geburt geführt haben (künstliche Befruchtung), und die Tatsache, dass ihre Familie aus zwei miteinander verheirateten Frauen besteht. Hört das denn nie auf? Ich werfe Lukas einen finsteren Blick zu. Er grinst wie ein dämliches Erdferkel.

„Und dein Vater war echt nur der Samenspender?", gackert er. „Ist ja abgefahren! Und wie haben die das gemacht? So richtig mit Sex oder wie?"

Lena schüttelt angewidert den Kopf. Ich bewundere sie, dass sie so ruhig bleibt.

„Lukas, deine Festplatte hängt! Denk dir mal was Neues aus!", stöhnt Paul genervt. „Das wird auf Dauer echt langweilig. Wenn du immer noch nicht kapiert hast, wie's geht, frag deine Mami. Die erklärt dir das bestimmt gerne noch mal mit den Bienen und den Blumen und dem Klapperstorch."

Alle lachen – bis auf Lukas, der ein Gesicht macht, als hätte er auf eine Kaffeebohne gebissen.

Lena stellt sich auf die Zehenspitzen und gibt Paul ein Küsschen. Er wird tatsächlich rot.

Anna ist superpünktlich. Wir lassen unsere Räder stehen und gehen zu Fuß zum ZOB. Zwanzig Minuten später sitzen wir im Bus nach Burgstadt, der um diese Uhrzeit (offenbar haben sämtliche Schulen heute nach der Siebten Schluss) zwar proppenvoll ist, aber die einzig akzeptable Verbindung zur großen, weiten Shoppingwelt darstellt. Neustadt ist in dieser Beziehung komplettes Entwicklungsgebiet. Einmal die Fußgängerzone rauf und runter, das war's. Die Kreisstadt hat da schon deutlich mehr zu bieten. Vor allem die gut bestückte Filiale eines Internetshops, in dem ich gestern die coolen Klamotten entdeckt habe. Allein dafür nehme ich den Stallgeruch zusammengepferchter, schwitzender Schulkinder und die Schaukelei über die Landstraßen gerne in Kauf.

Anna und ich quetschen uns mehr übereinander als nebeneinander auf einen Sitz, kichern und japsen nach Luft. Es ist fast wie früher. Ich hab ein wohliges Gefühl im Bauch und muss grinsen. Ob das vielleicht am akuten Sauerstoffmangel liegt? Nee, das hängt mit meiner ehemaligen besten Freundin zusammen. Ganz klar.

In Burgstadt fallen wir fast aus dem Bus und halten uns lachend aneinander fest. Annas Brillengläser sind beschlagen. Während wir überlegen, in welche Richtung wir zuerst gehen wollen, wischt sie sie an meinem T-Shirt sauber.

Wir beschließen, uns zuerst einen Milchshake zu kaufen, bevor wir uns ins Shoppinggewühl stürzen. Burgstadt kommt uns vor wie ein anderer Planet. Die Innenstadt ist laut, es stinkt nach Abgasen, und die Straßen sind voller Autos, Baustellen und Menschen, die geschäftig hin und her eilen. Wir bleiben am Bahnhof stehen und brauchen einen Moment, um uns zu akklimatisieren. Aber dann laufen wir los.

Ich fühle mich, als hätte sich in meinem Gehirn ein Schalter auf Shopping- und Großstadtmodus umgelegt, und genieße das Prickeln.

Unsere Milchshakes schlürfen wir im Gehen. Unser erstes Ziel ist die neue Einkaufspassage. Anna geht schweigsam neben mir her. Sie wirkt leicht abwesend, und ich will sie gerade fragen, ob das vielleicht was mit Lukas' blödem Benehmen von heute Vormittag zu tun hat, als mein Handy sich meldet.

Wo bist Du?, will Phillip wissen.

In Burgstadt. Windowshopping mit Anna, simse ich zurück.

Sehen wir uns?, fragt Phillip.

„Auf jeden Fall!", murmele ich vor mich hin und tippe ein, dass ich bei ihm aufschlage, sobald Anna und ich wieder zurück sind. *So gegen sechs.*

Bis dann, lautet Phillips Antwort, und dass er sich jetzt schon freut.

Ich mich auch. Und wie!

Anna und ich werfen unsere leeren Becher in einen Abfallkorb und schieben uns durch eine gläserne Drehtür ins Innere der riesigen Einkaufspassage.

Zielstrebig zieht Anna mich hinter sich her und eine breite Rolltreppe hinauf. Ich bin ein bisschen irritiert, dass sie so plötzlich ungefragt die Führung übernimmt, aber ich verkneife mir einen Kommentar. Ich hab keine Lust, mir den Nachmittag mit einem Streit zu vermiesen. Anna neigt nämlich dazu, ziemlich schnell einzuschnappen. Und außerdem ist sie öfter mal mit ihrer Mutter hier und kennt sich aus. Ich stolpere also hinter ihr her und bin neugierig, wo sie mich hinschleppt.

Witzigerweise ist es genau der Laden, in den ich sowieso wollte. Der mit dem bauchfreien Top, der coolen Jeans und dem langärmeligen schwarzen T-Shirt. Es hängt direkt hinter der Eingangstür an einem Klamottenständer, als hätte es genau dort auf mich gewartet. Und zwar nur auf mich.

Bevor hier übrigens ein falscher Eindruck entsteht: Ich bin normalerweise nicht so eine einkaufssüchtige Trulla, die nur Kleidung im Kopf hat. Aber die Aussicht auf Phillips Party und einen romantischen Abend plus eine möglicherweise noch romantischere Nacht hat irgendetwas in mir freigesetzt. Bestimmt irgendwelche Hormone oder so. Ich hab keine Ahnung. Aber es ist mir im Moment auch ganz egal. Ich rastere blitzschnell, dass das schwarze Shirt haargenau meine Größe hat, und reiße es quasi im Vorbeigehen an mich. Anna grinst.

Im Nu hängen unsere Arme voll mit Kleidungsstücken.

„Wenn jetzt gleich ein Schild aufleuchtet, dass man nur drei Teile auf einmal mit in die Kabine nehmen darf, haben wir verloren", schnaufe ich wie nach einem Marathonlauf.

Ein Leuchtschild gibt es zwar nicht, aber eine schnippische Verkäuferin, die uns nicht besonders freundlich darauf hinweist, dass es tatsächlich nicht gestattet ist, derartig vollgehängt in der Umkleide unterzutauchen.

„Schade eigentlich.“ Ich schenke ihr ein strahlendes Lächeln, werfe ihr einen Berg Shirts, Blusen und Jeans in die Arme und picke mir drei Teile heraus, die ich zuerst anprobieren möchte. Anna folgt meinem Beispiel.

Die Verkäuferin bleibt sprachlos zurück, während Anna und ich uns kichernd in eine Kabine stürzen und den Vorhang hinter uns zuziehen.

Wir fallen über die Klamotten her wie zwei ausgehungerte Modejunkies und reißen uns die besten Stücke gegenseitig aus den Händen. Wir benehmen uns total albern, aber es macht tierischen Spaß.

Als ich in das schwarze Shirt schlüpfe, sagt Anna sofort: „Viel zu düster!“ Ein Blick meinerseits in den Spiegel gibt ihr Recht. Ich sehe aus, als wäre ich auf dem Weg zu einer Beerdigung. Unmöglich!

„Schwarz ist nicht deine Farbe“, meint Anna. Sie reicht mir ein zartes, helltürkisfarbenes Hängerchen. „Hier, probier das mal! Das passt super zu deinen Haaren!“

Die Farbe erinnert mich an Urlaubsbilder von Griechenland in einem Reiseprospekt, auf denen die Sonne scheint und das Meer zwischen schneeweißen Häusern hindurch funkelt und glitzert. Ich verliebe mich auf der Stelle in das Teil, noch bevor ich es über den Kopf gezogen habe. Als mein Blick auf das Preisschild fällt, ist meine Verliebtheit zwar kurz gefährdet, aber nur ganz kurz. Augen zu und durch, denke ich mir.

Anna probiert das schwarze Shirt an. Es steht ihr wirklich besser als mir und passt außerdem perfekt zu ihrer magentafarbenen Brille.

Wir drehen uns vor dem Spiegel hin und her und zupfen gegenseitig an uns herum. Was wir sehen, gefällt uns.

„Perfekt!“, stelle ich fest. „Und dazu nehm ich das Top!“

„Brauchst du gar nicht“, schnauft Anna, während sie sich in eine viel zu enge Jeansröhre zwängt. „Zieh einfach einen schicken BH drunter.“

Einen schicken BH? Schön wär's!

„Definiere schick“, seufze ich.

„Mitternachtsblau. Spitzen. Hauchdünne Träger. Sexy eben.“ Anna stöhnt auf. Sie hat es tatsächlich geschafft, den Reißverschluss zuzuziehen.

„Sitzt perfekt“, grinse ich.

Anna japst. „Nur atmen darf ich nicht. Und essen natürlich auch nicht. Aber das halt ich aus.“

„Klar.“

Mein Blick fällt auf die Boyfriendjeans, die ich mit in die Kabine genommen habe. Im Internet sah sie irgendwie cooler aus. Rein interessehalber ziehe ich sie an.

„Nee“, meint Anna. Sie hat das Shirt hochgeschoben und betrachtet interessiert ihre Speckröllchen, die über den engen Hosenbund quellen.

„Was meinst du?“, frage ich.

„Das da.“ Sie zeigt auf meine Boyfriendjeans und schüttelt den Kopf. „Sieht irgendwie doof aus. Total sackartig.“

Finde ich auch. Der Brüller ist es wirklich nicht. Ich erzähle ihr von meiner Uraltjeans und der gestrigen dramatischen Rettungsaktion.

Anna prustet – soweit es ihr akutes Atemdefizit zulässt – und sagt, dass ich gut daran täte, meine alte Jeans wie geplant aufzupimpen, anstatt eine neue zu kaufen.

„Investier die Kohle lieber in Dessous. Du weißt schon: schick, mit Spitzen und sexy!“ Sie zieht den Reißverschluss auf und lässt die angehaltene Luft entweichen. „Ich bin so fett geworden! Bis zur Party muss ich noch mindestens fünf Kilo abnehmen!“

„In einer Woche? Vergiss es! Nimm lieber ’ne Nummer größer“, schlage ich vor.

„Kommt nicht in Frage! Das wäre gegen meinen Stolz!“

Die Verkäuferin streckt ungefragt ihren Kopf durch einen Spalt im Vorhang.

„Passt so weit alles?“

„Jepp“, macht Anna und schält sich aus der Röhre. „Wir nehmen das Hängerchen und diese Jeans hier.“

Nach dem Bezahlen fahren wir eine Etage höher und schlendern durch ein riesiges Schuhgeschäft, in dem es kilometerlange Regale voller Chucks in den verschiedensten Farben, Formen und Größen gibt. Sofort steuere ich auf ein paar silbergraue zu, aber Anna schüttelt schon wieder den Kopf und zeigt auf ein Paar himmelblaue, die ihrer Ansicht nach perfekt zu meinem neuen türkisen Hängerchen passen würden.

„Oder nimm Fuchsia“, sagt sie, ein entsprechendes Modell betrachtend. „Grau ist doch total öde. Das kannst du in hundert Jahren tragen, aber doch nicht jetzt! Fuchsia ist ein cooler Kontrast!“

Ich sag’s nicht gern, aber sie hat schon wieder Recht. Als Shoppingberaterin ist Anna unschlagbar! Vielleicht sollte sie das später mal beruflich machen?

Die Fuchsia-Treter gefallen mir spontan, auch wenn die Farbe ein bisschen gewöhnungsbedürftig ist. Aber in Kombination mit griechischem Türkis und einer verwaschenen Jeans? Nicht übel. Ich seh mich direkt schon vor mir.

„Gekauft", nicke ich und zücke mein Portemonnaie, nachdem eine Anprobe und ein paar Schritte hin und her den Beweis erbracht haben, dass die Fuchsia-Chucks mir und meinen Füßen stehen und zudem genau die richtige Größe haben.

Vor den Dessous brauchen wir eine Stärkung, beschließen wir. Wir gehen in ein kleines, rundherum verglastes Café am Rande der Einkaufsmeile. Anna ordert einen O-Saft; ich wähle eine Spezi und einen Blaubeermuffin mit weißer Schokolade.

„Willst du nichts essen?" Ich werfe ihr einen Blick zu, bevor ich meine Gabel in dem warmen, weichen, süßen Teig versenke.

„Bis zur Party nicht, ich schwör's! Vielleicht sogar nie wieder!" Anna rollt ihre Augen zu der Glitzerdecke, die sich über uns und unserem Tisch spannt, und nippt an ihrem Saft.

Ob jetzt ein guter Zeitpunkt wäre, um sie nach Lukas zu fragen und warum sie heute auf dem Schulhof offensichtlich auf Distanz zu ihm gegangen ist?

Bevor ich meinen Mut zusammenraffen kann, kommt sie mir zuvor und sagt seufzend: „Ich hab im Moment dermaßen Stress mit Luki, das glaubst du nicht!"

„Worum geht's denn?", erkundige ich mich möglichst wertneutral, was mir bei dem brisanten Thema zugegebenermaßen echt schwerfällt.

Anna dreht ihr Glas nachdenklich hin und her. „Ich hab das Gefühl, er schränkt mich irgendwie total ein in letzter Zeit."

Ich unterdrücke ein Lachen. Die Frage, woher sie diese revolutionär neue und unglaublich schockierende Erkenntnis nimmt, verkneife ich mir genauso wie die Bemerkung, dass ich diesen Eindruck schon seit ihrem ersten gemeinsamen Tag habe. Stattdessen nicke ich verständnisvoll und murmele etwas Unverständliches.

„Manchmal fühl ich mich, als würde er mich am liebsten in einen Käfig sperren. In einen goldenen zwar, aber immerhin in einen Käfig." Anna guckt mich an. „Geht dir das auch manchmal so?"

Unter allergrößter Willensanstrengung gelingt es mir, nicht laut loszuprusten.

„Du meinst, mit Phillip?", frage ich.

Anna nickt todernst.

„Nö, also … nö", erwidere ich wenig geistreich. „Irgendwie nicht."

„Hach", macht Anna. „Phillip ist da ja auch ganz anders."

Na Gott sei Dank!, bestätige ich im Stillen. Das wär ja wohl auch noch schöner! Wo schon ihr Lukas ein Lukas zu viel ist. Wenn alle Jungs so wären wie der, würde ich mich mal ein bisschen mit Lenas Müttern unterhalten, um mich eventuell neu zu orientieren. Ernsthaft.

Anna seufzt ein bisschen vor sich hin. Weil ich sie nicht bedrängen will, höre ich ihr höflich dabei zu, verdrücke währenddessen den Rest meines Muffins und überlege, ob ich mir noch einen zweiten bestellen soll. Aber das wäre ein bisschen gemein. Schließlich ist Anna seit einer Viertelstunde auf Nulldiät.

„Ihr seid einfach füreinander bestimmt, Phillip und du", sagt Anna plötzlich.

Zuerst klingt es, als wollte sie mich verscheißern. Aber als ich sie angucke, sehe ich, dass sie es vollkommen ernst meint. Ich denke darüber nach. Füreinander bestimmt zu sein, hört sich total merkwürdig an, oder? Irgendwie aufgesetzt, übertrieben und pathetisch. Aber enthält es nicht ein klitzekleines Fünkchen Wahrheit? Ich hab mich vom ersten Augenblick fast magisch zu Phillip hingezogen gefühlt; unglaublich stark, wie von einem unsichtbaren Magneten. Und das, obwohl ich ihn zuerst total arrogant fand! Aber damals habe ich Selbstbewusstsein noch mit Arroganz verwechselt. Inzwischen kenne ich den Unterschied. Vielleicht hat Anna Recht, und wir sind tatsächlich füreinander bestimmt? Auf jeden Fall fühle ich mich so sehr mit ihm verbunden, dass ich mir nicht vorstellen kann, irgendetwas könnte uns jemals trennen. Keine Macht der Welt. Einen ernsthaften Streit hatten wir auch noch nie. Okay, das mögen manche langweilig finden. Ich finde es schön.

„Um aufs Thema zurückzukommen …“, unterbricht Anna meine Überlegungen. „Luki hat eine saublöde Wette am Laufen.“

„Was für eine Wette?“

Anna zögert.

„Ach, es ist eigentlich nur ein Gerücht“, weicht sie aus.

„Aha.“ Ich hasse es, ihr jedes Wort einzeln aus der Nase ziehen zu müssen. „Und was für ein Gerücht?“

Anna linst zu dem Kuchenbüfett, das dummerweise genau in unserem Blickfeld steht und mindestens tausend unwiderstehliche Leckerschmeckertorten für uns bereithält. Vielleicht sollte sie sich ein Stück Sahnetorte genehmigen, um sich ein bisschen locker zu machen?

„Die Pfirsichtorte sieht lecker aus", sage ich und beiße mir im selben Augenblick auf die Zunge.

„Hm, nö, ich finde die Schokosahne attraktiver." Anna leckt sich über die Lippen. „Ich glaub, ich nehm ein Stück. Was soll's? Heute hau ich noch mal richtig rein!"

Ein kurzes Winken und ein Fingerzeig auf die Tortenplatte genügen. Bruchteile von Sekunden später steht ein hochkalorischer Schokoladenberg vor Anna und bringt ihre Augen zum Leuchten.

„Kira aus meiner Klasse", mampft sie, während sie sich die erste Portion der Kalorienbombe in den Mund schiebt, „hat mir gesteckt, dass Lukas mit einem Typen aus dem Fitnessstudio gewettet hat, er würde mich spätestens auf Phillips Party rumkriegen."

„Wie, rumkriegen?", frage ich leicht begriffsstutzig.

„Na, mit mir schlafen!", faucht Anna.

„Wie-bitte-was?? Und das erzählt er überall rum und schließt Wetten ab? Was für ein Arsch!" Ich kann nichts dafür, dass meine Stimme schrill und laut klingt und sich plötzlich überschlägt. Zusätzlich werfe ich um ein Haar mein Speziglas um. Es ist wie ein spontaner Reflex.

Drei ältere Jungs am Nachbartisch werfen uns interessierte Blicke zu.

„Pscht!" Anna zischt einen feinen Schokosahnesprühnebel in meine Richtung. „Geht's vielleicht noch lauter?"

Ich versuche mich zusammenzureißen und senke die Stimme. „Hat der sie noch alle?"

Annas Augen huschen nervös hin und her. „Es ist ein Gerücht.

Ich weiß nicht, ob es stimmt. Kira hat es von ihrem Bruder. Und der hat es von einem Freund, der mit Luki trainiert."

„Mann, dann weiß es ja bald die ganze Schule!" Ich fische die Zitronenscheibe aus meinem Glas und lutsche sie aus. „Ich fass es nicht! Hast du schon mit Lukas gesprochen? Was sagt der denn dazu?"

„Er streitet alles ab." Nachdenklich betrachtet Anna das Tortenstück auf ihrer Gabel. „Und er ist sauer, dass ich ihm so was zutraue."

Zwischen uns entsteht eine kleine Denkpause. Anna mümmelt konzentriert ihre Torte.

„Traust du es ihm denn zu?", frage ich nach einer ganzen Weile.

„Ich weiß nicht", druckst Anna. „Er will mit mir schlafen, das weiß ich. Er sagt es mir schließlich andauernd."

„Und was willst du? Ich meine, es geht schließlich nicht nur darum, was er will, oder?"

Anna zuckt die Achseln und schnieft ein bisschen.

„Ja, nee, klar. Keine Ahnung", murmelt sie. „Auf jeden Fall will ich kein Wettobjekt sein. Und ich will mich auch nicht in einen miesen Arsch verliebt haben."

„Kann ich gut verstehen. Wär ja auch noch schöner!" Ich schüttele energisch den Kopf. Was für eine Story! Arme Anna …

Leicht gedämpft und ziemlich nachdenklich beenden wir unsere Tortenschlacht, die so fröhlich begonnen hat.

„Ist das zwischen dir und Phillip denn noch kein Thema?", fragt Anna mich, als wir unsere Portemonnaies rauskramen, um zu bezahlen.

„Nö, nicht wirklich", antworte ich. „Wir reden schon darüber, klar. Wie wir uns das vorstellen und so. Aber mehr eigentlich nicht. Auf jeden Fall müssen beide es wollen, das steht fest. Und es soll romantisch sein. Unbedingt! Schließlich ist so ein erstes Mal total einmalig. Das kann man nicht wiederholen. Das vergisst man sein ganzes Leben nicht!"

„Wenn's doof war, erst recht nicht", grinst Anna. „Wetten?"

Ich nicke. „Stimmt. Ich frag mich sowieso, ob man das überhaupt vorausplanen kann oder ob es nicht eher zufällig passiert. Wie soll das sonst gehen?"

„Na ja", meint Anna. „Vielleicht so: Du, Purzelbär, ich schlage vor, wir schlafen am 17. September um 18:35 Uhr zum ersten Mal miteinander. Einverstanden? – Oh ja, prima, Schnucki! Da hab ich noch nichts Besseres vor. Ich trag's gleich in meinen Terminkalender ein."

Prustend verlassen wir das Café und schlendern untergehakt zu den Läden zurück.

„Also, ich stell mir das eher so vor", sage ich. „Man ist allein, man küsst sich, kuschelt miteinander, berührt sich. Und dabei wird die Lust immer größer und größer und ist schließlich irgendwann so groß, dass man es einfach nicht mehr aushält, und dann –"

„Peng!", sagt Anna trocken. „Und was ist mit Verhütung?"

„Klar, gut vorbereitet sein muss man auf jeden Fall", gebe ich ihr Recht. „Auch dass man nicht gestört wird, finde ich total wichtig. Stell dir mal vor, deine Mutter platzt ins Zimmer!"

„Nee, lieber nicht", sagt Anna entsetzt.

Wir lachen, aber dann werden wir wieder ernst.

„Du solltest unbedingt noch mal mit Lukas darüber reden",

sage ich. „Damit dieses blöde Gerücht aus der Welt geschafft wird.“

Anna stimmt mir zu und zieht mich, bevor ich protestieren kann, in einen piekfeinen Wäscheladen.

Lingerie Petit Bijou steht in goldener Schnörkelschrift über der Glastür, die sich mit einem dezenten Bimmeln eines unsichtbaren Glöckchens hinter uns schließt und mich in eine mir bis dahin vollkommen fremde Welt entführt. Spitzen, Rüschen, hauchzarte Stoffe … Ganz kurz überlege ich, ob ich umdrehen soll. Aber da huscht schon eine Verkäuferin auf uns zu und nimmt Anna und mich strahlend in Empfang, um uns in die Geheimnisse wunderschöner Unterwäsche einzuweihen, deren Haupteigenschaft zu sein scheint, aus möglichst wenig Stoff zu bestehen.

*

Erst am Abend komme ich dazu, meine Beute in Ruhe zu begutachten. Der mitternachtsblaue BH mit den winzigen eingeprägten Sternen und der dazu passende Slip waren zusammen fast doppelt so teuer wie das Hängerchen und die Chucks. Echt unglaublich, aber – wenn ich Anna Glauben schenken soll – jeden einzelnen müden Cent wert. Trotzdem … Wenn meine Mutter die Sachen entdeckt, bin ich erledigt. So teure Unterwäsche hat sie selbst nicht, da bin ich mir sicher. Dabei sind die Teile nicht mal übermäßig spektakulär, sondern einfach nur hübsch. Und bequem natürlich. Darauf hab ich extra geachtet, denn nichts stelle ich mir ätzender vor, als einen ganzen Partyabend lang (möglicherweise sogar eine ganze Nacht) in einem zwickenden Slip zu stecken oder von einem kratzigen Push-up-BH malträtiert zu werden, der den Busen zusammenquetscht und mit seinen Trägern in die Schultern schneidet. Komfortabel und sexy sind keine Widersprüche, das habe ich heute in der *Lingerie Petit Bijou* gelernt.

Mit einer Nagelschere schneide ich vorsichtig die verräterischen Preisschildchen ab und schnippel sie in tausend Stücke, bevor ich sie im Papierkorb versenke. Dann lege ich die Unterwäsche und das Hängerchen zusammen, stecke alles in eine dezente Papiertüte und schiebe das Ganze oben auf den Kleiderschrank zu meinen Tagebüchern.

Hab ich ein schlechtes Gewissen? Nö. Mein Portemonnaie ist jetzt zwar ähnlich ausgedünnt wie Meat Loafs Bauch, aber der Einkaufsbummel war cool. Und die Klamotten sind es auch.

Phillip war neugierig wie ein junger Hund, als er die Tüten gesehen hat. Er wollte, dass ich eine kleine Privatmodenschau für ihn veranstalte. Nix da! Bis zur Party muss er sich noch gedulden. Schließlich soll mein Outfit eine Überraschung für ihn sein.

Zufrieden werfe ich mich aufs Bett und fahre mein Laptop hoch. Phillip ist on. Lieber wär's mir, er wäre hier bei mir, aber man kann nicht alles haben.

Während ich mir ein Kissen in den Rücken stopfe, denke ich mal wieder, wie gut ich es doch mit ihm habe. Anna und das Gerücht, das im Umlauf ist, fallen mir ein. Wenn auch nur ein Fünkchen Wahrheit dahintersteckt, dass Lukas-mit-drei-s diese

Wette am Laufen hat, wie mies muss sie sich dann fühlen? Wäre ich an ihrer Stelle, wäre ich außer mir vor Wut. Traurig, verletzt, enttäuscht, empört, stinksauer … alles zusammen.

Ich weiß, dass Jungs die unmöglichsten Wetten abschließen. Phillip hat zum Beispiel mit Paul gewettet, dass er es nicht schaffen würde, seinen Eltern die Erlaubnis für eine Tätowierung aus dem Kreuz zu leiern. Paul träumt schon lange davon, sich ein Tattoo stechen zu lassen, und wer Frau Hauser kennt, weiß, dass die niemals ihre Erlaubnis dazu geben würde. Paulchen wird also warten müssen, bis er achtzehn ist.

So was ist für mich eine typische Jungswette: ein bisschen kindisch, ziemlich albern und außerdem total überflüssig.

Dagegen geht das, was Luki sich als Wetteinsatz ausgedacht hat, irgendwie viel weiter. Das ist kein Spaß mehr; das verletzt schon fast die Menschenwürde, finde ich. Und die ist, wie wir alle wissen, unantastbar. Wenn Lukas wirklich so mies ist, sollte Anna schleunigst die Notbremse ziehen.

Und dann ausgerechnet auf Phillips Party! Wie stellt der Schwachkopf sich das überhaupt vor? Will er Anna vielleicht in ein leeres Schlafzimmer locken und da mit seinen Tentakeln über sie herfallen, oder wie? Unmöglich!

Etwas anderes, als sofort Schluss zu machen, käme für mich an Annas Stelle nicht in Frage. Allein schon, dass er sie so bedrängt, finde ich nicht okay. Ich bin der Meinung, jedes Mädchen sollte selbst entscheiden, wann es so weit ist. Im besten Fall natürlich mit dem Jungen zusammen, klar. Schließlich gehören immer zwei dazu. Aber manchen Jungs kann es mit dem ersten Mal anscheinend gar nicht schnell genug gehen. Wieso eigentlich?

Dieses ständige Drängeln kommt mir fast wie ein Wettbewerb vor. Als ob ein Countdown läuft. Total unromantisch.

Hey, bist Du noch da?

Mein Bildschirm blinkt auf. Phillip! Den hab ich glatt vergessen!

Klar! Wo sollte ich sonst sein?, tippe ich schnell zurück. *Ohne Dich geh ich nirgendwohin. Das weißt Du doch! ;-)*

Das klingt total schön!, antwortet er.

Oh ja!, denke ich und lächle. Das klingt nicht nur so, das ist auch schön!

KAPITEL 7

Love is in the Air – oder auch nicht.

ZEIT IST RELATIV, hat jemand in giftgrünen Großbuchstaben auf die schmuddelige Schulhofmauer gesprüht.

„Stimmt“, nickt Lena. „Vor allen Dingen vergeht sie relativ schnell. Oder kommt mir das nur so vor? Heute ist Montag, nä?“

„Ja“, bestätige ich.

„Und am Freitag ist unsere Party, oder?“ Sie stolpert über eine Stufe.

„Ja“, sage ich noch einmal. Im Gegensatz zu Lena bin ich noch nicht ganz wach, daher die Einsilbigkeit.

„Krass, ey!“ Sie hüpft neben mir her.

Wie kann man an einem Montagmorgen um zwanzig vor acht schon so viel Energie haben?

„Ich will das, was du zum Frühstück hattest“, murmele ich vor mich hin.

„Wie jetzt? Ich soll mein Nutellabrötchen wieder hochwürgen? Mitsamt dem leckeren Holundertee, den Sünje literweise in uns reinschüttet, weil er so gesund sein soll?“ Lena starrt mich entsetzt an. „Ist nicht dein Ernst!“

„Natürlich nicht“, gähne ich und schlappe weiter.

An der Mauer neben der Eingangstür steht in Pink: *DIE GANZE WELT IST EIN IRRENHAUS UND HIER IST DIE ZENTRALE.*

„Sieht aus, als hätten wir einen Sprayer an unserer Penne!“ Paul hat uns eingeholt.

„Ein echter Philosoph“, nicke ich.

„Ich find's cool“, meint Lena. „Schön bunt. Ach, übrigens …“, wendet sie sich an mich. „Wie sieht's mit unserer privaten Lerngruppe aus? Wollen wir uns nicht mal wieder treffen?“

„Mit oder ohne Biokiste?“, frage ich zurück.

Sie grinst. „Von mir aus gerne mit. Ich wollte Krischan sowieso fragen, ob er Lust hat, mit mir auf die Fete zu gehen.“

Paul ist in dem Gewühl in der Eingangshalle verschwunden. Lena und ich schieben uns die Treppe hoch.

„Du willst den Jungbauern mitbringen?“

„Klar“, sagt Lena. „*Why not?*“

„Weil er ein bisschen zu alt ist, zum Beispiel?“

„Wer sagt das?“

„Ist nur so eine Vermutung.“

„Es soll Frauen geben, die auf ältere Männer stehen“, säuselt Lena und hält mir die Tür auf.

„Ich wusste nicht, dass das auf dich zutrifft“, kontere ich grinsend. „Aber wenn es dich glücklich macht, lad ihn ein. Hauptsache, er langweilt sich nicht mit dem ganzen jungen Gemüse.“

„Ich werde dafür sorgen, dass es nicht so weit kommt.“ Lena zwinkert mir zu.

Ich habe längst den Überblick verloren, wie viele geladene und ungeladene Partygäste am Freitag in der grafschen Villa aufschlagen werden. Auf jeden Fall ziemlich viele, das steht fest. Ob Phillip noch mitzählt? Es scheint ihn nicht besonders zu interessieren. Hauptsache, die Party wird ein Erfolg. Und das wird sie, garantiert. Inzwischen habe ich meine Eltern breitgeschlagen, dass ich bei Anna übernachten darf. Anna hat ihren Eltern erzählt, dass sie bei Billi schläft. Billi hat Dina vorgeschoben, und Dina wiederum mich. Wir bilden so etwas Ähnliches wie ein soziales Netzwerk; man könnte auch sagen eine Notgemeinschaft. Wir müssen nur höllisch aufpassen, dass nirgends eine Lücke entsteht.

Die Einzige, die ganz offiziell so lange feiern darf, wie sie will, ist Lena. Ihre Mütter haben nichts dagegen, dass sie sich die Nächte um die Ohren haut. Echt beneidenswert.

Je näher das Wochenende rückt, desto mehr gerät die Schule in den Hintergrund. Niemand von uns verschwendet mehr einen Gedanken an Tests, Referate oder Hausaufgaben. Irgendwann fällt das auch dem hinterwäldlerischsten Lehrer auf. In diesem Fall Herrn Horst, unserem zwar nicht besonders beliebten, aber normalerweise harmlosen Experten für alles, was mit geschichtlichen Ereignissen von der Steinzeit bis zur Neuzeit zu tun hat.

Geschichte ist weder Lenas noch mein Lieblingsfach. Dass Horsti uns trotzdem einen Vortrag aufbrummt (und das nur, weil wir uns in der letzten Stunde darüber unterhalten, wie viele Bleche Pizza wir am Freitag backen müssen!), finden wir daher nicht besonders fair.

„Können wir den Vortrag bitte in der nächsten Woche halten?“, fragt Lena diplomatisch. „In dieser Woche haben wir schon ziemlich viel um die Ohren, Herr Horst.“

„Eure Ohren interessieren mich nicht“, kläfft unser Geschichtslehrer. „Hier geht es um historische Ereignisse. Es bleibt bei Freitag. Und nicht unter einer halben Stunde!“

Shit!

„Wann sollen wir das denn noch machen?“, jaule ich in der Pause.

„Am besten gleich heute“, meint Lena. „Je früher wir das Referat vorbereiten, desto eher haben wir's aus'm Kopp und können uns wichtigeren Dingen widmen.“

„Deinem Biobauern zum Beispiel“, sage ich.

„Stimmt genau!“ Lena lacht. „Heute ist Montag, Abo-Tag. Da können wir gleich zwei Fliegen mit einer Klappe schlagen. Oder drei, wenn wir die Englischgrammatik noch dazunehmen.“

„Wie praktisch“, finde ich, obwohl mir die Planung ein bisschen zu umfangreich ist. Wir sollen Englisch lernen, ein Geschichtsreferat vorbereiten und den süßen Krischan in Partylaune versetzen? Alles an einem einzigen Nachmittag? Lenas Optimismus möchte ich haben; wenigstens ein bisschen davon.

„Ich bin gegen drei bei dir“, seufze ich. „Stell schon mal die Kekse raus.“

*

Um fünf vor drei stehe ich vor Lenas Haustür, drücke auf die Klingel und – nichts passiert. Normalerweise dauert es nicht lange, bis der Summer schnarrt und ich die Tür aufdrücken kann. Ich klingle noch einmal. Wieder nichts. Vielleicht ist die Klingel kaputt? Oder der Türöffner? Ich rüttle an der Klinke. Keine Chance, die Haustür bleibt verschlossen. So ein Mist. Soll ich woanders klingeln? Aber wieso macht Lena nicht auf? Ich trete einen Schritt zurück, lege den Kopf in den Nacken und rufe „Haalloo!" nach oben. Leider sind alle Fenster zu, und mein Rufen verhallt ungehört irgendwo zwischen dem ersten und dem vierten Stock. Langsam komme ich mir wie bestellt und nicht abgeholt vor. Ziemlich blöd also. Umständlich schüttele ich meinen Rucksack von den Schultern und wühle nach meinem Handy, um Lena anzurufen, wo sie bleibt, als hinter mir ein Lieferwagen hält. Ich schaue nur kurz auf – Lieferwagen interessieren mich nicht so besonders –, wühle weiter und spüre plötzlich, wie sich eine fremde Hand auf meinen Rücken legt.

„Kennen wir uns nicht?"

Erschrocken tauche ich aus meinem Rucksack auf. Ein eisblaues Augenpaar mustert mich leicht spöttisch.

„Was? Wie bitte? Ach herrje!", stoße ich zusammenhanglos hervor. Krischan, der Biobauer, steht vor mir. In seiner ganzen blonden Pracht und mit einer gut bestückten Gemüsekiste unter dem Arm. Heute gibt's grüne Äpfel, stelle ich mit schnellem Blick fest. Außerdem Radieschen, Salat, Tomaten, Zucchini, Zwiebeln, an denen noch tiefdunkle Erde klebt, und ein knubbeliges lila Gemüse, das ich nicht kenne. Pastinake? Ingwer? Chinesische Artischocke? Irgendetwas Außerirdisches vielleicht? Ein verunglücktes Genexperiment auf der elterlichen Scholle?

„So ein Zufall!", grinst der fröhliche Landwirt.

„Haha, ja, das kann man wohl sagen!" Werde ich etwa rot? Wenn ja, wieso?

„Ist keiner da?" Er rüttelt mit einer Hand an der Tür, mit der anderen hält er die Kiste fest.

„Nö. Ich hab schon geklingelt. Macht keiner auf."

„Nanu? Lass mich mal! Das haben wir gleich." Krischan presst seinen Daumen auf den Klingelknopf. Zweimal kurz, einmal lang.

Ich will gerade zu einem triumphierenden „Siehste!" ansetzen, als unvermittelt der Schnarrer ertönt und die Tür aufspringt.

„Bitte schön!" Der Biokistenträger lässt mir galant den Vortritt.

Schnell raffe ich meinen Rucksack zusammen und stolpere vor ihm ins Haus und die Treppe hinauf.

Lena steht in der geöffneten Wohnungstür, mit nichts bekleidet als mit einem winzigen, himmelblauen Handtuch, und tropft vom Kopf bis zu den neongrün lackierten Fußnägeln. Auf der Smiley-Fußmatte unter ihren Füßen bildet sich eine kleine Pfütze.

„Hi!", ruft sie mir fröhlich entgegen. „Hast du gerade geklingelt?"

„Äh, ja. Zuerst ich und dann –", ich zeige mit dem Daumen über meine linke Schulter, „der nette junge Mann vom Ökohof."

„Oh, cool!" Lena quietscht vor Begeisterung. Doch anstatt sich umzudrehen, in ihrer Wohnung zu verschwinden und sich schnell etwas Trockenes und vor allem Größeres überzuwerfen – wie ich und jedes andere halbwegs normale Mädchen es in ihrer

Situation tun würden –, bleibt sie einfach auf der Fußmatte stehen und tropft unbekümmert weiter vor sich hin.

Krischans Huskyaugen sprühen Freudenfunken, als er sieht, was ich sehe, aber zum Glück hat er sich und seine Gemüsekiste fest im Griff und lässt sich sonst nichts anmerken.

„Sorry", lächelt Lena und sieht dabei ziemlich hübsch aus. „Ich war gerade in der Badewanne."

„Macht doch nichts", säuselt Krischan. Ihm ist anzusehen, dass er zu gerne dabei gewesen wäre, als Tüpfelchen auf Lenas Badeschaum sozusagen.

Ich muss mich beherrschen, um nicht laut loszuprusten. Was läuft hier eigentlich für ein Programm? Bauer sucht Frau vielleicht?

„Äh, wollen wir vielleicht mal reingehen?" Ich mische mich nur ungern ein; schließlich will ich die offenbar schwer voneinander Faszinierten nicht stören, aber ewig im Treppenhaus herumstehen möchte ich auch nicht. „Sonst wird das Gemüse noch welk." Ich deute auf das fremdartige Knubbelgewächs in Krischans Kiste.

„Ja, klar! Kommt rein!", sagt Lena.

Ich frage mich, ob sie den Rest des Nachmittags mit nichts als einem Handtuch bekleidet verbringen will.

Nein, will sie nicht.

„Ich zieh mir nur schnell was über", trällert sie. „Geht schon mal in die Küche und macht's euch gemütlich!"

Krischan murmelt etwas, das wie „Wegen mir kannst du gerne so bleiben" klingt, und schiebt sich mitsamt seiner Kiste durch den engen Flur. Ich folge ihm und lasse mich auf einen Küchenstuhl fallen. Auf dem Tisch stehen drei Becher und eine Thermoskanne mit heißem Tee neben einer Schale, die mit Schokoladenstückchen und Haribokonfekt gefüllt ist. Ich werfe mir sofort ein paar davon in den Mund, während Krischan das Gemüse auspackt und sachkundig in diversen Schränken und Körben verstaut, als wäre er tatsächlich hier zu Hause und nicht nur einmal pro Woche als Lieferant zu Besuch.

Es fällt mir schwer, einen entsprechenden Kommentar zu unterdrücken, aber ich schaffe es. Stattdessen frage ich ihn nach dem komischen Knubbelzeugs in seiner Lieferung.

„Batatas", erklärt er mir. „Süßkartoffeln."

„Ach", sage ich, weil mir nichts Geistreicheres einfällt.

Als Lena auftaucht, wirft Krischan ihr so einen strahlenden Blick zu, dass mir schon vom Zusehen warm ums Herz wird.

Lena sieht aber auch wirklich zum Anbeißen aus. Noch ganz rosig und weich gespült von ihrem Schaumbad, verbreitet sie einen betörenden Duft nach Vanille, Kokos und Veilchen um sich herum. Was sie anhat, würde bei jeder anderen albern aussehen; nicht bei Lena. Eine zerfetzte Männerjeans mit Farbklecksen und ein kariertes, drei Nummern zu großes Baumfällerhemd. Darunter trägt sie ein zartrosa T-Shirt, auf dem passenderweise *I'm your Babe* steht. Ihre Füße sind nackt. Ihre langen, hexenroten Haare hat sie zu einem dicken Strang gedreht. Ob sie ihren sexy Auftritt geplant hat? Angefangen mit meinem vergeblichen Klingeln und der anschließenden Show-Einlage als triefende Badenixe?

Ich schiebe mir noch ein paar Haribos zwischen die Kiemen und unterdrücke ein Kichern. Lena wirft mir einen amüsierten Blick zu.

Krischan lehnt an einem Küchenbord, hat knallrote Ohren und grinst verzückt vor sich hin. Es dauert ein Weilchen, bis wir zur Tagesordnung übergehen.

Leider hat der hübsche Bauer nicht viel Zeit, um mit uns englische Grammatik zu üben. Er muss noch einige Stammkunden beliefern, die übers ganze Stadtgebiet verteilt sind, und außerdem ist er dermaßen unkonzentriert, dass sein Englisch bei weitem nicht so perfekt ist wie beim letzten Mal.

Lena und ich sehen großzügig darüber hinweg. Ich schlürfe meinen Tee, während sie Krischan mit Schokolade füttert.

Kurz bevor er geht, stupst sie ihn mit ihrem nackten Fuß an und fragt, ob er Freitagabend schon was vorhätte.

„Nö“, meint er.

„Cool!“, strahlt Lena. „Hast du zufällig Lust auf eine Party?“

Diese Frage hätte sie sich getrost sparen können. Krischan würde so offensichtlich überall mit ihr hingehen – vollkommen egal, ob auf eine Party, zum Zahnarzt oder in ein multinationales Krisengebiet –, dass es mich nicht im Geringsten überrascht, als er, ohne zu zögern, nickt. Seine Augen haben einen fiebrigen Glanz. Muss ich mir Sorgen machen? Er sieht aus, als würde er jeden Augenblick kollabieren.

Bevor er unterzuckert, schiebt Lena ihm schnell noch ein Stückchen Vollmilchnuss hin.

„Cool“, sagt sie noch einmal. „Würdest du mich abholen? So um neun oder halb zehn?“

„Äh …“, mache ich. „Ich will mich ja nicht einmischen, aber ich glaube, wir sollten lieber etwas früher da sein. Wir müssen noch aufbauen und so.“

„Kein Problem“, sagt Krischan sofort.

Wir verabreden, dass er Lena gegen sechs abholt und die beiden dann direkt zu Phillip kommen.

„Ich werde wohl gleich von der Schule aus hinfahren“, sage ich. „Wir sehen uns dann da.“

Krischan nickt mir zu und klemmt sich seine leere Kiste unter den Arm.

Mit einem fröhlichen „Ciao!“ grinse ich ihm hinterher.

Lena begleitet ihn zur Tür. Es dauert verdächtig lange, bis sie zurückkommt. *Love is in the Air* …, summe ich vor mich hin.

Natürlich kommen wir an diesem Nachmittag nicht mehr zum Lernen. Wir beschäftigen uns weder mit Englischgrammatik noch mit unserem Geschichtsreferat. Alles andere ist wichtiger. Die Liebe zum Beispiel, die immer noch fast greifbar in der Küche hängt, obwohl der Mann mit den Bataten längst weg ist.

„Los, sag schon! Hat er dich geküsst?“, will ich von Lena wissen, kaum dass sie wieder mit untergeschlagenen Beinen auf ihrem Stuhl hockt und selig lächelnd in ihrem Tee rumrührt.

„Nicht er mich“, grinst sie, „aber ich ihn. Ich glaub, er ist ein bisschen schüchtern.“

„Hach, wie romantisch“, seufze ich. „Ihr passt echt gut zusammen. Rein optisch. Ein hübsches Paar. Vielleicht kann er dir am Freitag ja ein paar Süßkartoffeln ins Haar flechten.“

Sie wirft mir ein Stück Konfekt an den Kopf und lacht. „Du bist blöd!“

„Ja, ich weiß.“ Ich bücke mich über meinen Rucksack, den ich unter den Tisch geschoben habe, und ziehe mein Handy heraus, das leise vibriert. Eine SMS von Anna:

ES IST AUS. HAB STRESS MIT L.
KOMME NICHT ZUR PARTY.
<3 *ANNA*

„Scheiße!", fluche ich.

„Was denn?", fragt Lena.

„Anna und Luki haben Stress, und jetzt will Anna nicht zur Party kommen." Ich halte Lena mein Handy hin, damit sie die SMS selbst lesen kann. Sie winkt ab.

„Heute ist Montag", meint sie. „Bis Freitag haben die sich wieder eingekriegt. Wetten? Die können doch gar nicht ohne sich und ihren hausgemachten Stress!"

„Hm, ja, kann sein. Aber falls nicht, hab ich ein Problem." Ich erinnere sie daran, dass Anna mein Übernachtungsalibi ist. Aber auch das beeindruckt sie nicht.

„Na und? Dann denkst du dir was anderes aus. Sag deinen Eltern einfach, du schläfst bei mir."

Ich seufze. Zur Not bleibt mir wohl nichts anderes übrig. Trotzdem ... müssen Anna und dieser Schwachkopf sich ausgerechnet jetzt in die Wolle kriegen? Hätten sie damit nicht bis nach Phillips Party warten können? Und was soll überhaupt dieses ES IST AUS bedeuten? Heißt das, dass sie Schluss gemacht haben? So richtig endgültig?

„Ich glaub, ich fahr gleich mal bei ihr vorbei." Ich seufze noch einmal und lasse mein Handy in den Rucksack plumpsen. „Vielleicht braucht sie meine moralische Unterstützung."

„Ja, mach mal. Gute Idee", findet Lena. Sie bringt mich zur

Tür. Ich bedanke mich für Tee und Konfekt und umärmele sie kurz.

„Und was ist jetzt mit unserem blöden Vortrag?"

„Bis Freitag haben wir noch 'ne Menge Zeit." Sie grinst meine Bedenken weg. „Uns fällt bestimmt noch was Geistreiches ein."

„Hoffentlich." Ich schultere meinen Rucksack und hüpfe die Treppenstufen runter. „Tschüs, bis morgen! Und träum süß von deinem Ökobauern!"

Lena lacht. „Worauf du dich verlassen kannst! Bye!"

Mit dem Rad sind es nur ein paar Minuten bis zu Anna. Seitdem ihre Eltern sich getrennt haben, wohnt sie mit ihrer Mutter allein in einem kleinen Einfamilienhaus am Stadtrand. Nicki liegt im Garten. Als ich mein Rad gegen den Zaun lehne, springt er auf und begrüßt mich bellend. Ich kraule Annas Hund hinter den Ohren und schiebe mich an ihm vorbei zur Haustür.

Anna macht sofort auf. Sie sieht verheult aus, wirkt aber erstaunlich gefasst. Vielleicht hat Lena Recht und sie und Luki haben sich schon wieder vertragen?

„Hi", sage ich. „Wie geht's?"

„Beschissen. Komm rein."

Wir gehen in ihr Zimmer. Ich lasse mich auf ihr Bett fallen. Anna wirft sich in ihren Sitzsack. Ohne dass ich sie auffordern muss, fängt sie an zu erzählen, als hätte sie nur auf mich gewartet.

Offenbar hat sie noch einmal versucht, Lukas wegen der üblen Wettgerüchte zur Rede zu stellen. Zuerst hat er alles abgestritten, aber dann hat er sich verhaspelt und in wilde Widersprüche verwickelt.

„Dieser Arsch!“, schnieft Anna.

„Es stimmt also?“, frage ich.

Anna nickt. „Er behauptet, er hätte es nur so zum Spaß gesagt, aber seine Kumpels im Fitnessstudio wären sofort darauf angesprungen und hätten daraus diese abartige Wette gemacht. Er sagt, er kann überhaupt nichts dafür. Es hätte sich verselbstständigt, bevor er es stoppen konnte.“

„Wie, er kann nichts dafür?“ Ich schnappe empört nach Luft. Es würde mich nicht wundern, wenn mir die Haare zu Berge stünden. Mein Kopf fühlt sich total kribbelig an. „Er protzt im Umkleideraum, unter der Dusche oder sonst wo rum, dass er dich auf Phillips Party vernaschen will, und dann kann er plötzlich nichts dafür und jammert rum, es hätte sich verselbstständigt? Was soll das überhaupt heißen? Hat der sie noch alle?“

„Pscht!“, faucht Anna. „Meine Mutter!“

Ich senke meine Stimme, obwohl es mir schwerfällt. Ich bin echt außer mir.

„Du glaubst ihm das ja wohl hoffentlich nicht!“, zische ich zurück. „Du weißt ja, dass ich schon immer meine Probleme mit Lukas hatte, aber das hier –“ Ich schlucke runter, was ich sagen will. Anna geht’s auch so schon mies genug. Es muss nicht sein, dass ich ihr jetzt noch zusätzlich in den Rücken falle und ihren frischgebackenen Ex schlechter mache, als er ohnehin schon ist. Sie kennt meine Meinung über ihn. Ich habe nie ein Geheimnis daraus gemacht. Und für ein schadenfrohes *Ätsch! Hab ich’s nicht gleich gesagt?* sind wir eindeutig zu alt. Außerdem würde es nichts bringen.

Anna zögert.

„Doch. Nein. Ich weiß nicht, was ich glauben soll", sagt sie schließlich und macht ein unglückliches Gesicht. „Wenn wir alleine sind, ist er immer so unglaublich lieb und süß. Aufmerksam, liebevoll, zärtlich. Und überhaupt –", sie bricht ab und schnüffelt vor sich hin, als wäre sie vollkommen benebelt von ihren verklärten, rosaroten Erinnerungen. „Es war nicht alles nur schlecht", sagt sie dann und seufzt abgrundtief. „Auch wenn du das gerne glauben möchtest."

Ich starre sie an und zähle im Geiste bis zehn. Ganz ruhig, flüstere ich mir innerlich zu. Bleib gaaanz ruhig. Anna steht unter Schock. Sie weiß nicht, was sie sagt.

„Trotzdem gut, dass du mit ihm Schluss gemacht hast", sage ich nach einer kurzen meditativen Pause. „Besonders nach dem, was er dir mit dieser bescheuerten Wette angetan hat!"

Anna guckt mich verdattert an. „Hab ich doch gar nicht!"

„Wie jetzt?" Inzwischen bin ich mir ziemlich sicher, dass meine Haare zu Berge stehen. Es kann gar nicht anders sein.

„*Er* hat mit *mir* Schluss gemacht", klärt sie mich auf. „Nicht ich mit ihm!"

Mir klappt der Unterkiefer runter.

Anna schluchzt auf und prustet in ein zerknülltes Tempo.

„Kannst du vielleicht noch mal von vorne anfangen?", bitte ich sie, als ich wieder sprechen kann. „Ich glaub, ich hab irgendwo was Entscheidendes verpasst."

Als ich abends gegen acht nach Hause fahre, bin ich immer noch fassungslos. Fassungslos über Lukas, über Anna und über alles, was sie mir erzählt hat.

Lukas hat mit Anna Schluss gemacht, weil sie ständig *so ein Zickentheater* machen würde. Genau das hat er zu ihr gesagt – und zwar wortwörtlich! Zur Krönung hat er ihr dann noch unter die Nase gerieben, sie wäre hysterisch und total verklemmt, weshalb es besser wäre, sie würden ab sofort getrennte Wege gehen. Schließlich hätte er – Achtung, ich zitiere wieder! – *einen guten Ruf zu verlieren*.

Hallo?? Lukas? Guter Ruf? Und deswegen macht er mit seiner Freundin Schluss? Nur weil sie nicht so will wie er und außerdem seinen grottigen Humor in puncto Wetteinsatz nicht teilen mag? Ich kapier's einfach nicht! Da klebt dieser Möchtegern-Macho wochen- und monatelang an Anna wie eine Zecke im Hundepelz, und dann will er plötzlich nichts mehr von ihr wissen. Kann mir das vielleicht mal jemand verklickern? Muss ich das verstehen?

„Was bildet der Typ sich eigentlich ein?", schnaufe ich vor mich hin. „Hält der sich für unwiderstehlich? Denkt der etwa, Anna ist sein Eigentum? Oder sein Schoßhündchen, das auf Kommando Männchen macht?"

Unmöglich! Von wegen *Love is in the Air* … So was soll Liebe sein? Nie und nimmer!

Ich schiebe mein Rad in die Garage, schließe es ab, knalle das Garagentor hinter mir zu und kann mich immer noch nicht beruhigen. Alles Schlechte, was ich bis jetzt über Lukas gedacht habe, wurde heute um das Hundertfache übertroffen. Nein, um das Tausendfache! Mindestens.

Gut, dass das vorbei ist! Ich hoffe, Anna bleibt standhaft. Das hat sie echt nicht verdient!

Wenn ich an die Party denke, wird mir übel hoch drei. Ob ich Phillip bitten soll, Lukas und seine Freunde wieder auszuladen? Ja, natürlich. Ich kann gar nicht anders. Ich glaube, ich würde es nicht aushalten, wenn dieser Typ am Freitag am Mischpult steht, Musik macht und mit seinen Muskelfreunden feiert. Ich will ihn echt nicht mehr sehen.

Anna hat gesagt, sie kommt nur, wenn er nicht kommt. Er darf nicht kommen. Nicht wegen meines Alibis, sondern wegen Anna und ihrer beschädigten Psyche.

Schon auf der Eingangsstufe vor unserer Haustür habe ich mein Handy gezückt und wähle Phillips Nummer. Er ist sofort dran.

Es dauert ein Weilchen, bis er kapiert, worum es überhaupt geht. Ich bin viel zu aufgewühlt, um alles ruhig und geordnet zu erzählen, sondern blubbere einfach los. Ab und zu unterbricht er mich und hakt nach, weil er etwas nicht verstanden hat. Aber irgendwann ist alles klar und er sagt mit sanfter Stimme: „Hey, reg dich nicht so auf. Ich kümmere mich darum. Okay?"

Reg dich nicht so auf … Das sagt er immer zu mir, wenn ich mich über irgendetwas ärgere. Über meine Eltern zum Beispiel, einen ungerechten Lehrer oder die Weltpolitik im Allgemeinen und Besonderen. In Kombination mit seiner ruhigen Stimme sorgt es dafür, dass ich fast auf der Stelle runterkomme. Fast wie ein Fahrstuhl, der sich leise und kaum merklich abwärtsbewegt. Wie macht er das nur?

„Danke", sage ich und atme tief aus.

„Kein Problem." Ich höre sein Lächeln durch mein Handy und wäre jetzt gerne bei ihm.

KAPITEL 8

Auch ein verkorkster Vormittag führt irgendwann zum Ziel.

Das Wochenende kommt irgendwie überraschend schnell. Zu schnell, wenn ihr mich fragt. Heute ist schon Donnerstag, morgen ist Party, und wir haben noch so viel zu tun! Immer noch habe ich das saublöde Gefühl, dass so gut wie gar nichts organisiert und vorbereitet ist. Nichts. Nada. Niente.

Ein bisschen liegt das aber auch an mir, das muss ich zugeben. Ich hatte einfach zu viel um die Ohren.

Zuerst musste ich mich mal um Anna kümmern. Ihre anfängliche Wut ist nahtlos in Traurigkeit umgeschlagen. Sie läuft herum wie Falschgeld. Sie ist blass, verheult und kaum ansprechbar. Zuerst dachte ich, sie hätte sich ganz gut im Griff. Besonders, nachdem Phillip Lukas umgehend zu verstehen gegeben hat, dass er und seine Muskelfreunde aus dem Studio nicht auf seiner Party erwünscht wären. Phillip hat die Typen zwar nicht direkt ausgeladen, ihnen aber deutlich gemacht, dass er nicht besonders viel von ihnen hält.

Als ich Phillip erzählt habe, was zwischen Anna und Luki vorgefallen ist, war er ziemlich außer sich und hat sofort reagiert. Manchmal könnte ich ihn knutschen, und zwar mit Anlauf. Er redet nicht lange rum, sondern macht einfach. Das liebe ich so an ihm. Und noch viel mehr natürlich.

Ob Lukas den Ernst der Lage kapiert hat, wage ich zu bezweifeln. In den letzten Tagen ist er zwar auf Abstand gegangen und hängt mit seinen alten Freunden aus der Parallelklasse auf dem Schulhof rum, aber Anna lässt er dabei nicht aus den Augen. Irgendwie unheimlich. Fast ein bisschen Stalker-mäßig.

Und Anna? Die kommt mir im Moment so vor, als wäre sie hin und her gerissen. Als würde sie in der einen Sekunde am liebsten quer über den Schulhof sprinten, um sich ihrem schwachköpfigen Exfreund in die Arme zu werfen und ihm alles zu verzeihen, während sie in der nächsten Sekunde finstere Rachepläne gegen ihn schmiedet. Es ist ein bisschen schwierig mit ihr zurzeit.

Wenn ich an morgen denke, habe ich ein ganz merkwürdiges Gefühl. Eine Art Vorahnung, dass irgendwas Blödes passiert. Aber vielleicht bin ich auch einfach nur hysterisch. Wäre kein Wunder. Allein schon wegen Lenas und meinem Geschichtsvortrag zum Beispiel.

Natürlich haben wir es bisher nicht geschafft, ein einigermaßen anständiges Referat auszuarbeiten oder wenigstens so etwas Ähnliches wie ein tragfähiges Konzept. Und die Chancen, es bis morgen noch zu schaffen, sind auch eher gering. Ich wüsste jedenfalls nicht, wie, wo und wann das gehen sollte.

Lena ist liebesbedingt komplett von der Rolle. Sie schwebt in irgendwelchen unerreichbaren Sphären zwei Meter über dem Boden, hüpft dabei von einer Zuckerwattewolke zur nächsten und hat seit Montag nur noch Biogemüse im Kopf.

Und ich? Ich bin mit dem Kummer anderer Leute beschäftigt

und habe außerdem hart daran gearbeitet, meine frisch gewaschene Partyjeans mit Stickereien, Pailletten, Perlen und ein paar Flicken aufzurüschen. Leider war das Ganze wesentlich umfangreicher, zeitaufwendiger und viel komplizierter, als ich es mir in meiner Naivität ausgemalt hatte. Aber ich hab's geschafft. Und das Ergebnis ist so phänomenal, da kann sogar Vivienne Westwood einpacken!

Bleiben also nur noch Herr Horst und seine Vorstellungen von einem gelungenen Schülervortrag, seufz …

„Heute Nachmittag ist unsere letzte Chance", sage ich zu Lena. Wir haben eine Freistunde und hängen im Aufenthaltsraum ab. Lena hat zwei Stühle vors Fenster geschoben. Unsere Füße liegen auf der Fensterbank. „Oder jetzt sofort! Dann haben wir's wenigstens hinter uns."

„Ich hab meinen Geschikram aber nicht dabei", murmelt Lena und blinzelt träge in die Sonne, die durch das geöffnete Fenster auf ihr Gesicht fällt. „Du etwa?"

Natürlich liegt mein Geschichtsbuch zu Hause. Genau wie mein Geschichtsordner. Mist.

„Wir könnten uns ein Buch aus der Bibliothek holen", schlage ich halbherzig vor.

„Die hat zu", nuschelt Lena.

Leider hat sie Recht.

„Dann treffen wir uns eben heute Nachmittag", versuche ich sie zu überreden. „Bei dir oder bei mir?"

„Weder noch", antwortet Lena. Sie klappt die Augen auf, schirmt sie mit einer Hand gegen die Sonne ab und grinst mich an. „Wir improvisieren!"

„Wie bitte?"

Sie wiederholt es: „Wir improvisieren! Wir halten unseren Vortrag aus dem Stegreif!"

„Spinnst du?"

„Nö. Ich hab nur keine Lust, mich wegen einem Geschichtsreferat stressen zu lassen." Sie klappt die Augen wieder zu.

„Dann geh doch zu Horsti und lass dir gleich 'ne Sechs anschreiben", gifte ich.

Lena nickt, als würde sie diese Option ernsthaft in Erwägung ziehen.

„Mal ehrlich", sagt sie. „Novemberrevolution und Weimarer Republik … Wen interessiert das? Da wäre eine Sechs eine echte Alternative! Vielleicht gibt er uns auch nur eine Fünf. Ein nicht gehaltenes Referat ist doch nicht schlimmer als vergessene Hausaufgaben, oder?"

„Keine Ahnung", gebe ich zu. In Geschichte steh ich auf einer glatten Vier. Eine Fünf oder Sechs kann ich mir nicht leisten. Lieber stottere ich mir irgendwas zusammen. Und zwar mit Lena. Wäre ja wohl noch schöner! Immerhin ist das unsere gemeinsame Strafarbeit!

Ich stupse sie an. „Wir haben Geschi morgen erst in der Fünften. Lass uns wenigstens vorher in den Pausen ein paar Notizen machen. Davon stirbst du nicht. Und Horsti ist zufrieden. Einverstanden?"

„Oh Mann …", stöhnt Lena. „Ja, wenn's sein muss."

Zufrieden wechsle ich das Thema. „Hast du den Pizzateig schon besorgt?"

Wir haben uns entschieden, fertigen Teig zum Ausrollen aus

dem Kühlregal zu kaufen, den wir abends bei Phillip in der Küche nur noch belegen und in den Ofen schieben müssen.

„Bringt Krischan morgen mit", sagt Lena.

„Okay." Im Geiste gehe ich meine To-do-Liste durch und mache kleine Häkchen hinter die erledigten Aufträge. Bisher sind es erschreckend wenige Häkchen; die noch zu erledigenden Aufträge überwiegen eindeutig. Zum Glück haben wir morgen nur fünf Stunden. Phillip und ich wollen gleich nach Schulschluss zusammen den Vorratskeller seines Vaters checken und einkaufen, was noch fehlt. Für die Pizzen müsste alles da sein, meint Phillip. Champignons, Tomaten, Artischocken und Ananas; alles aus der Dose, weil's in dieser Größenordnung und für so viele Gäste einfach praktischer und außerdem billiger ist. Salami, Zwiebeln und Käse besorgt er heute Nachmittag. Säfte, Cola, Bier und Knabbersachen sind ausreichend vorhanden. Den Rest bringen die Gäste mit. Hoffentlich.

Billi und Dina wollen Brötchen und Kuchen backen. Anna und ich machen Salate und Frikadellen. Verhungern werden wir also nicht. Bleibt nur die Frage nach der Musik. Lukas ist aus bekannten Gründen als DJ gecancelt, und bis jetzt hat sich noch kein Freiwilliger gemeldet, der seine Nachfolge antreten möchte. Aber ich denke, das machen die Jungs unter sich aus. Das hat auf meiner Geburtstagsparty schließlich auch ganz gut geklappt.

Zufrieden setze ich ein weiteres Häkchen auf meiner Liste und spüre ein aufgeregtes Kribbeln im Bauch. Eine Mischung aus angespannter Nervosität, leichtem Wahnsinn und purer Vorfreude. Nicht nur wegen der Party, sondern viel mehr wegen Phillip. Wir haben uns in den letzten Tagen kaum gesehen und gesprochen, und wenn, ging es immer nur um Organisatorisches. Höchste Zeit, das zu ändern. Sonst bekomme ich noch Entzugserscheinungen!

*

Freitag. Der Tag der Tage. Tschakka! Ich strecke mich in meinem Bett aus und starre an die Decke. Haben wir an alles gedacht? Kann wirklich nichts mehr schiefgehen? Habe ich Fieber oder wieso fühle ich mich so komisch? Vor Aufregung habe ich kaum geschlafen. Mein Gesicht scheint zu glühen, meine Nerven vibrieren, und mein Magen flattert wie vor einer wichtigen Klausur. Nein, das kann kein Fieber sein. Höchstens Partyfieber. Alles im grünen Bereich, Conni Klawitter.

„Entspann dich!", sage ich zu Mau und meine mich selbst.

Meine Sporttasche mit allem, was ich brauche, habe ich gestern Abend schon gepackt und unters Bett geschoben. Weil ich nach Unterrichtsschluss gleich zu Phillip fahre, muss ich die Sachen mit in die Schule nehmen. Blöde Schlepperei, aber es geht nicht anders.

Ich ziehe die Tasche unterm Bett hervor und inspiziere ein letztes Mal den Inhalt: gepimpte Jeans, griechisches Hängerchen, Chucks, die neue Unterwäsche. Außerdem natürlich Wasch- und Schminkzeug. Alles, was eine Frau braucht, wenn sie vorhat, die Nacht außer Haus zu verbringen, nehme ich an. Meine Erfahrungen sind in dieser Hinsicht leider ziemlich dürftig – wenn ich mal von den Übernachtungspartys absehe, die Anna, Billi, Dina und ich früher regelmäßig veranstaltet haben. Aber die zählen nicht. Schließlich wird das heute Abend keine Babyveranstaltung, sondern unsere erste richtige Party ohne Erwachsene. Keine Eltern, keine Lehrer, kein ätzendes Generve … Wow, Leute! Das fühlt sich gut an!

Meine Eltern sitzen leicht zerknittert am Frühstückstisch und sehen aus, als hätten sie genauso wenig geschlafen wie ich. Vermutlich stimmt das sogar. Sie waren gestern auf einem Elternabend und anschließend essen.

Jakobs Klassenelternvertreterin ist eine von diesen wichtigen, überengagierten Müttern, die aus jedem Elternabend eine Mitternachtsveranstaltung machen. Ich frage mich echt, worüber man so lange labern kann. Kein Wunder, dass meine Eltern hinterher Hunger hatten.

Aber wenigstens lenkt ihre Müdigkeit sie von meiner bevorstehenden Abendveranstaltung ab. Sie schauen kaum von der Zeitung auf, die sie sich jeden Morgen teilen, als Jakob und ich uns hinsetzen und verschlafen unsere Toasts mümmeln.

„Ich weiß noch nicht, wann ich morgen wieder da bin", sage ich, als ich fertig bin und aufstehe. „Wahrscheinlich erst gegen Nachmittag. Wir wollen Phillip noch beim Aufräumen helfen."

„Fährt Annas Mutter euch?" Meine Mutter lässt ihre Zeitungshälfte sinken.

Als wäre das eine Art stummes Signal zwischen den beiden, folgt mein Vater ihrem Beispiel. Zwei Elternaugenpaare mustern mich über den Rand der aktuellen Schlagzeilen hinweg. Neugierig, interessiert und ein kleines bisschen argwöhnisch, wie mir scheint. Oder bilde ich mir das ein?

„Ja, äh, nö ..." Mist. Was sag ich denn jetzt? Natürlich fährt Annas Mutter uns nicht, weil wir gar nicht gefahren werden müssen. Aber falls es meine Eltern beruhigt ...

„Ähm, doch, klar", lüge ich, ohne rot zu werden. „Sie bringt uns heute Abend hin und holt uns gegen Mitternacht wieder ab. Morgen zum Aufräumen fahren wir dann mit den Rädern."

Puh. Klang das einigermaßen glaubhaft? Anscheinend ja. Meine Eltern verschwinden jedenfalls wieder hinter ihrer Morgenlektüre.

„Ruft an, falls Annas Mutter was dazwischenkommt", murmelt mein Vater noch. „Dann fahren wir euch."

„Ja, klar. Machen wir." Ich bin schon im Flur.

„Viel Spaß und schöne Grüße an Annas Mutter und Herrn Graf." Meine Mutter ist mir gefolgt und streicht mir über den Kopf.

„Richte ich aus", sage ich und gebe ihr ein Küsschen. „Danke."

„Tschüs, Conni."

„Ciao, Mama!"

Als ich auf meinem Rad sitze, habe ich einen winzigen Anflug von schlechtem Gewissen, weil ich meine Eltern belüge. Ich soll *Annas Mutter und Herrn Graf* grüßen. Tja, damit hat sich die Grüßerei quasi von selbst erledigt, denn weder die eine noch den anderen werde ich heute oder morgen zu Gesicht bekommen – vorausgesetzt, alles läuft planmäßig.

Der Anflug von schlechtem Gewissen dauert zum Glück nicht sehr lange, dann siegt das Gefühl von grenzenloser Freiheit und die Aussicht auf das wilde Abenteuer, das vor mir liegt. Man könnte es auch Verdrängung nennen, klar, aber wir wollen nicht kleinlich sein.

Herrlich frische, unverbrauchte Morgenluft weht mir um die Nase. Am liebsten würde ich vor Glück laut jodeln, aber das verkneife ich mir. Man weiß schließlich nie, wie lange Mütter einem hinterherschauen. Ein spontaner, positiver Gefühlsausbruch meinerseits – zumal um diese Tageszeit – würde meine Mutter garantiert misstrauisch machen. Also lieber nicht jodeln. Es fällt mir schwer, mich zu beherrschen, aber ich schaffe es und warte mit dem Freudenschrei, bis ich um die nächste Ecke gebogen bin. Dann lass ich's raus. Juchu!

In der Nacht muss es geregnet haben. Der Asphalt glänzt noch feucht. Mein Rad rollt durch Pfützen. Als ich unter einer Baumreihe hindurchfahre, tropft es mir eiskalt in den Nacken. Aber ich lache nur darüber und bin sofort ein Stück wacher. Über mir tirilieren Vögel, als würden sie sich genau wie ich über diesen neuen Tag freuen.

Die Morgenluft hat einen ganz speziellen Duft. Wie frisch gewaschen und weich gespült. Noch nie hat mich eine Fahrt zur Schule so glücklich gemacht. Außer vielleicht die an meinem Geburtstag, als Phillip auf mich gewartet hat.

Phillip … Ich berühre das kleine Kettchen an meinem Hals und kann es kaum erwarten, ihn zu sehen.

Er steht mit den anderen auf dem Schulhof und unterhält sich. Ich winke ihm kurz zu, schiebe mein Rad in einen freien Ständer, schließe es ab und hieve meine Sporttasche vom Gepäckträger. Zusammen mit meinem normalen Schulrucksack habe ich ziemlich viel Gepäck für einen fünfstündigen Unterrichtstag, aber dann sehe ich, dass es den anderen genauso geht.

Die meisten von uns – die *Hardcore-Partypeople*, wie Lena unsere Clique inzwischen nennt – haben ihre Übernachtungssachen dabei. Unter Pauls Arm klemmen ein Schlafsack und eine Zeltrolle. An so was hab ich natürlich nicht gedacht. Aber wer denkt schon ans Schlafen, wenn's darum geht, eine Nacht durchzumachen?

Phillip nimmt mich in die Arme. Ich lehne meinen Kopf gegen seine Brust, spüre seinen Herzschlag durch den dünnen Stoff seines T-Shirts und schließe kurz die Augen. Er riecht genauso gut wie der Morgen, stelle ich fest. Frisch und unglaublich lecker.

„Gut geschlafen?", fragt er mich leise.

Bevor ich antworten kann, küsst er mich so zärtlich, dass ich alles um uns herum vergesse. Erst der Gong, der über unseren Köpfen ertönt und wenig dezent auf den nahen Schulbeginn hinweist, befördert mich wieder ins *real life* zurück. Schade, ich wäre lieber noch ein bisschen in meiner Traumwelt geblieben. Phillips Küsse sind einfach göttlich. Davon hätte ich gerne mehr.

Früher wäre es mir peinlich gewesen, mich vor den anderen mit Phillip zu küssen – noch dazu vor der Schule, wo die Gefahr besteht, dass jederzeit ein Lehrer aufkreuzt. Heute ist mir das komplett egal. Heute ist mir irgendwie alles egal, glaub ich. Sogar das Geschichtsreferat, an das Lena mich erinnert, als wir uns endlich entschließen, die Schule doch noch zu betreten.

Wir sind spät dran, weshalb ich nicht sofort antworte, als sie mich fragt, ob wir das Referat nicht lieber sausenlassen wollen. Erst als wir auf unseren Plätzen sitzen, schüttele ich den Kopf.

„Nee, komm", sage ich zu ihr. „Lass uns das durchziehen und uns in den Pausen irgendwas zusammensuchen. Dann haben wir wenigstens eine geringe Chance auf eine Drei oder Vier. Wenn wir gar nichts machen, kriegen wir Ärger."

„Okay", nickt Lena schließlich. „Du hast Recht."

Zufrieden klappe ich mein Englischbuch auf. Geht doch!

Kann ein überirdisch herrlicher Maimorgen tatsächlich einen unglaublich dramatischen (um nicht zu sagen katastrophalen) Verlauf nehmen?

Ja, er kann. Das stelle ich im Laufe des Vormittags fest.

Das Doreensche ist krank. Das allein ist noch nicht schlimm; jedenfalls nicht für uns, ihre Schüler. Schlimm ist, dass sie dem Vertretungslehrer (ein humorloser, grauhaariger Typ in beigefarbener Strickjacke und Cordhose, den ich bisher nur vom Sehen kannte) aufgetragen hat, uns eine umfangreiche Grammatikwiederholung schreiben zu lassen. Ist so was überhaupt erlaubt? In der Pause danach sind Lena und ich viel zu groggy, um uns irgendwelche Gedanken über die Weimarer Republik und die Novemberrevolution (wieso heißt die überhaupt Novemberrevolution? Fand die im November statt?) zu machen. Lieber treffen wir uns mit den anderen in der Cafeteria, schlürfen eimerweise Kakao und teilen uns Pizzabrötchen und Nussecken.

„Lass uns einfach hier sitzen bleiben und Horsti vergessen", schlägt Lena vor und rülpst laut, als Anna mir von hinten auf die Schulter klopft.

Ich drehe mich um. Du liebe Güte! Anna sieht heute gar nicht gut aus! Ich frage mich, wie sie ihre verheulten Albinoäuglein bis heute Abend strahlend bekommen will. Von der fleckigen Haut und den strähnigen Haaren mal ganz zu schweigen. Kann es sein, dass sie sich ein bisschen gehenlässt?

„Ich wollte dir nur sagen, dass ich heute Abend nicht komme", nuschelt sie.

Wie bitte? Die Alarmglocke in meinem Kopf läutet schrill. Ich starre Anna an.

„Wie, du kommst nicht?", stoße ich hervor.

Sie zuckt die Achseln.

„Geht's dir nicht gut?", mischt Lena sich ein. „Du siehst echt ziemlich scheiße aus!"

„Danke!", faucht Anna und dreht sich um.

Bevor ich sie aufhalten kann, ist sie verschwunden.

„Mann, Lena … Musste das sein?", blaffe ich genervt.

Lena rollt die Augen. „Sind wir heute ein bisschen gereizt?"

„Nein. Ja. Vielleicht."

Die Jungs werden aufmerksam.

„Ist was?", will Paul wissen. Auf seinem T-Shirt steht die Parole des Tages: IF SCHOOL'S OUT, LIFE BEGINS.

Obwohl er überhaupt nichts dafür kann, schnauze ich ihn an: „Anna kommt heute Abend nicht!"

„Na und?" Mit einem Schulterzucken widmet er sich seinem Mettbrötchen. Ich halte mir schnell die Nase zu. Ich hasse Mettbrötchen! Sie stinken nach Zwiebeln und rohem Fleisch. Ekelhaft.

„Was ist?", fragt Phillip und nippt an seiner Gatorade.

„Anna will zu Hause bleiben. Ich vermute mal, es ist wegen Lukas", seufze ich.

„Aber der kommt doch gar nicht."

„Ja, ich weiß. Anna ist wohl einfach nicht in Feierlaune", erwidere ich. „Ich kann's ihr irgendwie nicht verdenken. Trotzdem ist es doof. Wir wollten zusammen Nudelsalat und Partyfrikadellen machen. Ich hatte mich darauf gefreut, sie auf andere Gedanken zu bringen." (Partyfrikadellen. Noch mehr rohes Fleisch und Zwiebeln!)

Phillip trinkt einen großen Schluck und runzelt die Stirn. Er sieht aus wie ein junger Labrador. Total süß.

„Ding-dang-dong", macht der Pausengong über unseren Köpfen.

„Ich rede mit ihr", meint Billi, die Annas Auftritt am Rande mitgekriegt hat.

Ich könnte sie küssen. Billi ist immer so ruhig und besonnen, ganz egal, was um sie herum in der Welt passiert. Die Gelassenheit in Person, echt.

Ich nicke ihr zu. „Ja, mach mal. Wir sehen uns in der nächsten Pause."

Ein flüchtiges Winken von Phillip, und Lena und ich schieben uns in die entgegengesetzte Richtung. Ob wir heute noch irgendwann dazu kommen, unser Referat vorzubereiten?

Ich unterdrücke ein Aufstöhnen und stopfe mir ein Pfirsichkaugummi zwischen die Backenzähne.

Lena schmollt zum Glück nicht lange. In der Deutschdoppelstunde schiebt sie mir einen Zettel rüber: NÄCHSTE PAUSE? RUHIGE ECKE? GESCHI-REF.?

JA!!, schreibe ich zurück.

Sie grinst.

Kaum, dass es zur Pause gongt, raffen wir unseren Geschichtskram zusammen und traben in die Pausenhalle. Es nieselt leicht, weshalb wir lieber drinnenbleiben und uns eine einigermaßen ruhige Ecke auf einer der Teppichstufen im Atrium suchen.

„Hoffentlich lässt der Regen noch nach", meint Lena. „Sonst müssen wir heute Abend indoor feiern. Dabei hätte ich viel mehr Bock auf eine Gartenparty."

„Nicht nur du", sage ich. Aber die derzeitige Großwetterlage ist im Moment mein geringstes Problem. Zuerst ist das blöde Referat dran; dann kommt Anna. Auf das Wetter hab ich sowieso keinen Einfluss.

Lena klappt ihr Geschichtsbuch auf.

„Stichpunkte müssen genügen", sagt sie.

Ich stimme ihr voll und ganz zu.

In Windeseile notiere ich die wichtigsten Stichworte, Namen und Jahreszahlen zur Novemberrevolution (für alle, die's interessiert: die hat tatsächlich Anfang November 1918 ihren Anfang genommen; daher der Name) und zur Weimarer Republik, die eine Folge davon war. Lena liest vor, ich schreibe auf. Eine sehr effektive Arbeitsmethode. So effektiv, dass wir am Ende der Pause tatsächlich ein ansehnliches, von oben bis unten vollgekritzeltes DIN-A4-Blatt haben.

„Das kann ja kein Mensch lesen“, nörgelt Lena und versucht, meine Hieroglyphen zu entziffern.

„Ich schreib's in der nächsten Pause noch mal sauber ab. Oder wir lernen es auswendig und halten ein freies Referat“, ächze ich, während ich meine Hand ausschüttele, die von dem Schreibmarathon total verkrampft ist.

„Okay, die paar Namen, Zahlen und Fakten haben wir schnell drauf“, lenkt Lena ein.

Sie macht ein zufriedenes Gesicht. Ich auch. Hauptsache, der liebe Horsti hat nachher einigermaßen gute Laune. Dann kann nichts mehr schiefgehen. Für eine Drei oder eine gute Vier sollte unser bescheidenes Halbwissen hoffentlich reichen.

Billi kommt uns im Gang entgegen und winkt uns zu.

„Hast du was erreicht?“, frage ich sie im Vorbeigehen.

Sie schüttelt den Kopf. „Nee, Anna stellt sich stur. Null Chance.“

„Ich versuch's heute Nachmittag noch mal“, seufze ich. „Danke.“

„Die soll sich mal nicht so anstellen.“ Lena verzieht den Mund. „Wenn man Liebeskummer hat, sollte man erst recht feiern!“

„In welchem Psycho-Ratgeber steht das denn?“, frage ich interessiert.

„In keinem“, antwortet Lena. „Das ist ein Naturgesetz.“

„Aha“, mache ich und unterdrücke jeden weiteren Kommentar. Lena muss es wissen. Sie war schon ziemlich oft unglücklich verliebt. Und mit Feiern kennt sie sich auch aus.

„Gut, meine Damen“, sagt Herr Horst am Ende der fünften Stunde und klappt sein Notizbuch zu. „Das war zwar nicht berauschend, aber etwas anderes habe ich auch nicht erwartet.“

„Wie, nicht berauschend? Was soll das denn heißen?“ Lena schnappt nach Luft.

Ich kneife sie unauffällig.

„Aua!“, motzt Lena mich an.

Wir stehen vorne an der Tafel. Alle grinsen uns an. Herr Horst sitzt auf einer Ecke des Lehrerpults.

„Drei minus“, sagt Herr Horst unnachgiebig. „Damit können alle Beteiligten mehr als zufrieden sein.“

Oh ja! Ich gebe ihm voll und ganz Recht. Schnell ziehe ich Lena am Ärmel hinter mir her zu unseren Plätzen.

„Ich finde, das war mindestens eine Zwei!“, faucht sie.

„Ist doch egal!“, zische ich zurück, froh, das Referat hinter mir zu haben.

„Ist es nicht!“

„Doch, ist es!“

Als Horstis langer Schatten auf uns fällt, knipsen wir ein Lächeln in unseren Gesichtern an.

„Alles klar“, versichert Lena strahlend.

Horsti zieht eine Augenbraue hoch und wandert weiter.

Ich atme erleichtert auf. Noch ein paar Minuten, dann ist Feierabend!

Als wir fünf Minuten später draußen sind, strahlt die Sonne. Ich bleibe stehen, lege meinen Kopf in den Nacken, blinzele in den wolkenlosen Himmel und grinse wie blöd.

Lena zieht ihre Fünfziger-Jahre-Sonnenbrille vom Flohmarkt aus der Tasche und stellt sich neben mich. Ein Fünftklässler rempelt uns an. Wir stehen mitten im Weg. Uns egal. Wie jeden Freitag nach der letzten Stunde zelebrieren wir unsere ganz persönliche Andachtsminute, um das Wochenende gebührend zu begrüßen.

„Ich glaube, heute wäre ein guter Tag für Sex." Lena schnurrt behaglich.

„Wie bitte?", pruste ich.

Sie mustert mich wortlos über den Rand ihrer Sonnenbrille und grinst. Kichernd beenden wir unsere Wochenendandacht und gehen zu den Fahrradständern, wo die anderen schon auf uns warten. Nur Anna fehlt. Paul erzählt mir, dass Frau Brunsberg sie mit dem Auto abgeholt hat.

„Hat sie noch irgendwas gesagt?", frage ich ihn.

„Nö." Er schüttelt den Kopf und verabschiedet sich. „Ich muss los. Hab noch einen Termin. Bis später!"

„Ciao." Paulchen und ein Termin? Ausgerechnet heute? Merkwürdig …

Er gibt Phillip seine Klamotten, den Schlafsack und die Zeltrolle. Anscheinend ist Phil informiert. Er verstaut alles auf seinem Roller und befestigt es mit einem Spanngurt. Paul trabt davon.

Als ich mein Rad aufschließen will, fällt mein Blick zur Seite. Lukas geht vorbei. Ausgerechnet. Ich will schnell weggucken, aber er hat mich leider ebenfalls bemerkt und bleibt stehen. Ganz langsam nickt er mir zu und grinst. Dann geht er weiter. Obwohl die Sonne scheint, bekomme ich Gänsehaut.

„Kann's losgehen?“ Phillip lässt seinen Roller an und klappt das Visier des Helms runter.

„Ich bin in zehn Minuten bei dir!“, rufe ich zurück.

Er hebt einen behandschuhten Daumen, setzt den Blinker und braust los.

Ein bisschen neidisch schaue ich ihm nach. Vielleicht sollte ich mir von meinem restlichen Geburtstagsgeld einen Mopedhelm kaufen? Dann könnte ich jetzt hinter ihm sitzen und meine Arme um ihn schlingen. Ich würde mich so eng an seinen Rücken schmiegen, dass kein Blatt Papier mehr zwischen uns passt. Und dann würde ich die Augen schließen, während wir durch den Sonnenschein bis ans Ende der Welt rollen. Oder vielleicht auch nur bis ans Meer. Hach ja, seufz … Schon die bloße Vorstellung macht mich ganz kribbelig.

„Krischan und ich tauchen dann auf, sobald es geht“, holt Lena mich von meiner privaten Traumwolke herunter.

Ich nicke ihr verwirrt zu. Wenn ich noch länger rumtrödele und träume, stehe ich heute Abend noch hier! „Ja, ist gut. Wir sehen uns!“

Billi und ich fahren los, begleitet von ein paar anderen, die uns beim Aufbauen helfen wollen. Unterwegs gabeln wir noch Dina auf. Wir fahren Slalom und lachen. Die Sonne scheint, es ist schnuckelig warm. Das perfekte Partywetter! Der vermurkste Vormittag ist komplett vergessen. Ich spüre ein aufgeregtes Prickeln auf der Haut. Jetzt geht's tatsächlich los.

„Hast du Badesachen mit?“, fragt Billi mich.

„Willst du ins Schwimmbad?“

Billi kichert.

„Nee, Blödsinn. Aber du hast erzählt, dass Grafs einen beheizten Pool haben.“

„Du denkst an eine Poolparty?“, grinse ich.

Billi nickt vielsagend.

Shit. Daran hab ich nicht gedacht. Dabei hat Billi Recht: Es ist fast sommerlich warm. Optimale Bedingungen für eine Poolparty. Ich werfe meine Haare in den Nacken und rufe: „Wer braucht schon einen Badeanzug?“

Die Vorstellung, splitternackt in Phillips Pool zu hüpfen, hat was. Ob ich mich wirklich trauen würde, weiß ich natürlich nicht. Nee, garantiert nicht. Schon gar nicht vor allen anderen. Höchstens vielleicht, wenn's dunkel ist. Oder nur mit Phillip. Im Mondschein. Oh, yes …

KAPITEL 9

Nicht alle Scherben bringen Glück.

„Mist!" Phillip lässt den Hammer ins Gras fallen und hält sich den Daumen. Die Lichterkette rauscht Lämpchen für Lämpchen wieder runter.

„Brauchst du ein Pflaster?" Ich stehe unter ihm und halte die Leiter fest. Unser Versuch, die Partybeleuchtung am Gartenhaus zu befestigen, ist gescheitert. Das Holz ist einfach zu hart. Zuerst reihenweise krumme Nägel, und jetzt das!

„Nein", ächzt Phillip. Er wirft einen Blick auf seinen Daumen. „Oder doch."

„Komm erst mal runter!" Ich trete einen Schritt zur Seite. „Wie wär's, wenn wir die Kette einfach in einen Baum hängen?"

Phillip schüttelt den Kopf. „Dann stolpert ständig ein Idiot über die Kabel. Nee, ich lass mir was anderes einfallen."

Wir gehen ins Haus – wenn man das, worin Phillip mit seinem Vater lebt, überhaupt Haus nennen kann. Eine zweistöckige Villa auf einem parkähnlichen Grundstück, rundherum von alten Bäumen und hohen Hecken umgeben. Im Erdgeschoss des Hauses befindet sich die Kanzlei von Phillips Vater, einem erfolgreichen Anwalt. Phillips Zimmer ist oben. Wir gehen die breite Treppe hinauf. Phillip hält seinen Daumen immer noch umklammert.

Wir verschwinden im Bad. Phillip hockt sich auf den Rand einer marmornen Badewanne, die das Format eines Nichtschwimmerbeckens und außerdem jede Menge Whirlpool-Düsen hat. Wie es wohl ist, darin zu baden? Natürlich mit ganz viel Schaum, versteht sich?

Von irgendwoher dringt laute Musik zu uns herauf. Phillips Fußballkumpel machen zusammen mit Billi und Dina einen ersten Soundcheck. Dem Wummern nach zu urteilen, haben sie gerade die Bässe gefunden.

Phillip verzieht das Gesicht. Keine Ahnung, ob wegen seines Daumens oder wegen des Beats, der die Wände der Villa fast zum Vibrieren bringt.

„Hoffentlich ist nichts gebrochen", sage ich. „Zeig mal her!"

Brav streckt er mir seine Hand entgegen. Der Daumen sieht wirklich übel aus, stelle ich fest. Er ist ziemlich dick angeschwollen und leicht bläulich.

„Kannst du ihn bewegen?"

Phillip wackelt ein bisschen damit hin und her und verzieht sofort das Gesicht.

„Tut's sehr weh?", frage ich mitfühlend.

„Nur, wenn ich Quittengelee und Holunderlikör sage", stöhnt er.

Ich muss lachen.

„Wo habt ihr Pflaster?"

Mit dem Kopf deutet Phillip auf einen Glasschrank. Ich mache ihn auf und werde nach kurzer Suche fündig. Dieser Haushalt ist besser ausgestattet als manche Notfallambulanz. Nicht, dass ich mich besonders gut auskennen würde, aber man hört ja immer, dass Krankenhäuser heutzutage sparen müssen. Bestimmt fängt das schon bei den Pflastern und Verbänden an.

Ich nehme eine Tube kühlendes Sportgel, eine Mullbinde und eine elastische Binde heraus und mache mich ans Werk. Wenig später hat Phillips Daumen Ähnlichkeit mit einem weißen Kaktus, dem man die Stacheln gezogen hat. Total unförmig.

„Hauptsache, es hilft", murmelt Phillip und guckt mich an. „Übrigens ... ich liebe Krankenschwestern!"

„Ach?", mache ich. „Seit wann das denn?"

„Seit gerade eben." Er zieht mich an sich.

Wir küssen uns zärtlich. Ich stehe augenblicklich in Flammen. Zum Glück ist nur der Daumen verletzt, denke ich, als ich Phillips Hand unter meinem T-Shirt spüre. Ganz leicht streichelt er meine Haut. Ich fahre ihm durch seine weichen Locken und könnte schnurren vor Wonne. Wir sind vollkommen ineinander versunken, als uns ein lautes Scheppern auseinanderreißt.

„Was war das denn?" Ich springe erschrocken von seinem Schoß.

„Keine Ahnung", knurrt er. „Aber es hörte sich nicht gut an."

Dem kann ich nur zustimmen. In Windeseile stopfe ich das Verbandmaterial in den Schrank zurück und trabe hinter ihm her nach unten.

Die Fußballjungs sind im Keller, das ist trotz der dröhnenden Musik nicht zu überhören. Da sonst niemand im Haus ist, muss das Scheppern von dort gekommen sein. Laute Stimmen streiten miteinander. Jemand flucht. Ich erkenne Billis Stimme.

Vorsichtig biegen Phillip und ich um die Ecke und treten um ein Haar in Scherben.

„Vorsicht!“, ruft Billi gerade noch rechtzeitig.

„Verdammt!“ Phillip bleibt so abrupt stehen, dass ich gegen seinen Rücken pralle.

Vor uns liegen die Reste eines Spiegels. Der Anzahl der Scherben nach zu urteilen, die den gefliesten Boden des Partyraums fast komplett bedecken, muss er ziemlich groß gewesen sein und mindestens eine halbe Wand bedeckt haben.

Phillip rauft sich die Haare.

„Sorry, ey …“, setzt einer seiner Freunde zu einer Erklärung an.

„Mein Alter tickt aus, wenn er das sieht!“, unterbricht Phillip ihn. Ihm steht das Entsetzen ins Gesicht geschrieben. „Das Ding war schweineteuer! Ich fass es nicht!“

Ich lege ihm eine Hand auf die Schulter, um ihn ein bisschen zu beruhigen. Er schüttelt sie ab.

„Macht doch erst mal die Musik leiser“, bitte ich Justin.

Auf Zehenspitzen stakst er über die Scherben und regelt die Lautstärke der Anlage runter.

„Habt ihr irgendwo einen Besen und ein Kehrblech?“, wendet sich Billi an Phillip.

„Ja, nebenan im Wirtschaftsraum. Aber zuerst will ich wissen, was hier passiert ist, damit ich meinem Vater eine plausible Erklärung liefern kann.“

„Ich wollte den Tapeziertisch für das Büfett raustragen“, sagt Justin und zeigt auf ein Möbelstück, das zusammengeklappt an der Außentür lehnt, die in den Garten führt.

„Dina und ich haben getanzt", ergänzt Jesko zerknirscht. „Dabei sind wir irgendwie gegen Justin und den Tisch gestoßen. Und mit einem Mal – pow!"

„Pow?", wiederholt Phillip tonlos.

„Pow!", bestätigt Jesko nickend.

Billi, Dina und Justin schieben sich an uns vorbei, um Besen und Eimer zu holen. Die anderen stehen ratlos herum.

„Gibt's nicht irgend so ein blödes Sprichwort, von wegen Spiegel und Pech und so?", fragt Melvin.

„Angeblich hat man sieben Jahre Pech, wenn man einen Spiegel zerbricht", sage ich. Ich hebe eine Scherbe auf, betrachte mich in dem gezackten Spiegelstück und lege es anschließend vorsichtig auf ein Regalbrett.

„Nur der, der ihn zerbricht, oder alle Beteiligten?", will Phillip wissen.

„Keine Ahnung." Ich gucke ihn ratlos an.

„Mein Alter ist garantiert sieben Jahre sauer", grummelt er.

„Ach was! Für so was gibt's schließlich Versicherungen." Melvin klopft ihm aufmunternd auf die Schulter.

Phillip zuckt zusammen. Bestimmt tut ihm sein Daumen weh.

Nachdem wir den Scherbenhaufen in der Mülltonne entsorgt haben, ist die Stimmung leicht gedrückt. Aber wenigstens schaffen es Dina, Billi und Jesko, die Lichterkette doch noch aufzuhängen, und zwar mit ganz viel Klebeband und Paketschnur.

Phillip guckt grimmig.

Ich stupse ihn an. „Lach mal!"

Er verzieht den Mund zu einem gequälten Grinsen.

„Sollten wir nicht langsam mit den Salaten und den Frikadellen anfangen?", fragt Billi. „Mein Vater bringt jeden Moment die Brötchen und die Bleche mit den Kuchen. Dina und ich haben gestern gebacken wie blöd."

„Mist. Einen Kuchen wollte ich eigentlich auch noch backen." Zerstreut ziehe ich mein Handy aus der Tasche. „Ich versuch mal, Anna zu erreichen. Vielleicht kann ich sie überreden, doch noch zu kommen."

Billi nickt mir zu und verschwindet mit Dina und den Jungs im Haus.

Ich wähle Annas Nummer. Ein bisschen Hilfe könnten wir wirklich gut gebrauchen. Und außerdem vermisse ich sie.

Sie hat ihr Handy ausgeschaltet. Nur ihre Mailbox springt an. Ich hinterlasse ihr die aktuelle Uhrzeit und bitte sie, mich zurückzurufen. Dann lege ich auf.

„Versuch's doch mal im Festnetz. Bestimmt hockt sie zu Hause und schmollt", meint Phillip.

„Kann ich in deinem Zimmer telefonieren?"

„Klar. Du weißt ja, wo's ist. Ich check inzwischen die Vorräte, ob wir noch was besorgen müssen."

„Bis gleich."

Ich zwinkere ihm zu und laufe ins Haus.

Phillips Zimmer ist ungefähr viermal so groß wie mein eigenes und hat einen sagenhaften Blick hinaus in den Garten. Lächelnd schlendere ich umher, betrachte die vollgestopften Bücherregale, die Bilder an den Wänden und das ungemachte Bett. Die zerknautschten Kissen sehen aus, als wäre Phillip gerade erst aufgestanden. Ich bin kurz davor, mich in seine Bettwäsche zu kuscheln und ein bisschen zu träumen. Ich reiße mich zusammen. Im Vorbeigehen gebe ich der Hängematte Schwung, die an einem Deckenbalken hängt, und setze mich schließlich an den Schreibtisch, der vor dem Fenster steht.

Die Tischplatte ist aus dickem Glas, das auf einem Chromgestell liegt. Ein aufgeschlagenes Buch liegt in der Mitte, ein Bildband über Amerika. Daneben stapeln sich weitere Bücher, alle über die USA. Auf der anderen Seite steht ein ultraflacher Computermonitor, an dessen Rahmen ein Stars-and-Stripes-Sticker klebt. Mein Blick fällt auf einen kleinen emaillierten Pin, der den Aufdruck ‚City of Berkeley, CA' trägt. Was bedeutet dieses CA? California? Hat Phillip das nicht irgendwann mal erwähnt? Doch, klar. Damals, kurz nach meinem Geburtstag, als er mich gefragt hat, wie spät es da ist.

Phillip und sein Fernweh … Er ist in Namibia aufgewachsen und hat lange dort gelebt. Bestimmt kommt ihm Neustadt manchmal ziemlich eng vor. Er träumt davon, irgendwann in einem alten VW-Bus durch die Staaten zu touren, sein Surfbrett auf dem Dach und ein paar Dollars in der Tasche. Wie ich ihn kenne, wird er seinen Traum eines Tages verwirklichen. Genauso, wie ich meinen eigenen Traum, nach London zu fliegen, eines Tages wahr machen werde. Am schönsten wär's natürlich, wenn wir beide Träume zusammenwerfen könnten. Vielleicht zuerst ein Trip durch England und Schottland und anschließend einer durch Amerikas Westen? Ich wäre sofort dabei. Auch in der anderen Reihenfolge.

Ich schnappe mir das Telefon, das von Reiseprospekten halb

begraben neben dem Monitor liegt, und tippe Annas Nummer ein. Frau Brunsberg meldet sich. Anna ist tatsächlich zu Hause. Ich kann hören, wie ihre Mutter die Treppe hinaufächzt und oben an die Zimmertür klopft. Annas Stimme. Sie murmelt etwas. Dann ist sie am Telefon.

„Jaa?", sagt sie gedehnt.

„Hi."

„Ach, du …"

„Ja. Ich wollte fragen, ob du nicht vielleicht doch kommen willst."

Anna schweigt eine Runde. Als ich schon fast sicher bin, dass sie aufgelegt hat, fragt sie: „Wieso?"

„Weil du uns fehlst", sage ich ehrlich. „Uns allen. Wir vermissen dich."

Schweigen.

„Anna? Hallo? Bist du noch da?" Ich kann sie atmen hören und erzähle ihr von dem zerbrochenen Spiegel. Sie lacht leise. „Und jetzt wollen wir mit den Salaten anfangen und Klopse braten. Und ich will vielleicht noch einen Kuchen backen. Phillip checkt gerade die Vorräte. Paul kommt auch gleich. Und Lena und Krischan mit der Pizza." Ich mache eine Pause. „Bitte, Anna", sage ich dann. „Ohne dich macht es keinen Spaß!"

Ich spüre ihr Zögern durch das Telefon, merke, wie es in ihr arbeitet. Ich halte die Luft an.

Anna atmet tief ein und wieder aus. Dann seufzt sie. Sie lässt sich wirklich Zeit mit ihrer Antwort.

„Ach, und Anna …" Ich grinse in mich hinein.

„Was?", fragt sie.

„Bring deinen Bikini mit."

„Was? Wozu das?"

„Poolparty", sage ich. Mehr nicht.

Jetzt schnappt sie hörbar nach Luft.

„Das hättest du mir ruhig eher sagen können!"

Mein Grinsen wird breiter.

„Ich hab's ja selbst nicht gewusst", gebe ich zu. „Du kannst aber auch gerne ohne Bikini kommen. Ich hab auch keinen mit."

„Wie bitte? Du willst –"

„Vielleicht", antworte ich vergnügt.

Anna kichert. Doch dann wird sie wieder ernst.

„Du, Conni …"

„Ja."

„Ich glaub, ich will Lukas zurück."

„Wie bitte? Ach nee, Anna … Das bildest du dir bestimmt nur ein. Das denkst du jetzt nur, weil –"

Sie würgt mich ab.

„Ich will ihn zurück! Ich vermisse ihn ganz schrecklich! Ich sterbe ohne ihn! Ich –"

Wieder macht sie eine Pause. Irre ich mich oder höre ich sie leise schniefen?

„– würde sogar mit ihm schlafen", beendet sie ihren angefangenen Satz.

„Wa-wa-was?", entfährt es mir. „Das ist nicht dein Ernst, oder?"

„Doch!", sagt sie trotzig. „Ich meine, was ist schon dabei? Es kann echt keine so große Sache sein, wie immer behauptet wird. Schließlich tun es alle!"

„Nicht alle“, wende ich energisch ein. „Ich nicht. Billi und Dina auch nicht. Also, die meisten tun's nicht, wollte ich sagen. Anna, bist du noch dran?“

„Ja“, brummt sie leicht genervt zurück.

„Kommst du? Dann können wir in Ruhe weiterreden. Ich meine, immerhin ist das ein total wichtiges Thema, oder? Das bespricht man nicht mal eben nebenbei am Telefon.“

Ich zähle bis zehn. Sie anscheinend auch.

„Okay“, sagt sie bei neuneinhalb. „Aber ich muss noch duschen und Haare waschen.“

Ich unterdrücke einen Jubelschrei.

„Von mir aus kannst du duschen, solange du willst!“, schreie ich in den Hörer. „Hauptsache, du kommst!“

Anna lacht. Zum ersten Mal seit Montag. Dann legt sie auf, und ich tanze vor Freude durchs Zimmer.

Wenig später stehe ich mit den anderen in der Küche und brutzele einen Fleischklops nach dem anderen. Meine Klamotten, meine Haare … alles mieft nach Zwiebeln und Bratfett. Wenn wir hier fertig sind, muss ich dringend duschen, sonst denken noch alle, ich hätte einen Nebenjob in der Frittenbude!

Ich schaue kaum auf, als Paul kommt und sich zu uns gesellt. Erst als Dina leise aufschreit und Billi „Was ist das denn?“ ruft, nehme ich meinen Blick von den Frikadellen.

Paul lehnt am Kühlschrank und grinst. Er sieht aus wie immer, allerdings nicht alles an ihm. Sein linker Oberarm sieht merkwürdig aus, rot und leicht geschwollen. Außerdem ist er in Frischhaltefolie eingewickelt. Der Arm, nicht Paul.

„Du hast es echt getan, Alter!" Phillip und Paul klatschen sich ab.

Pauls Grinsen wird breiter. Er nimmt sich ein Bier aus dem Kühlschrank und ploppt es auf.

„Was getan?", fragt Jesko.

Paul hebt seinen Arm.

„Ey, krass! Zeig mal!"

Im Handumdrehen ist Paul von den Jungs umringt.

Dina, Billi und ich wechseln einen irritierten Blick.

Ich wende meine Frikadellen und frage: „Was ist so cool daran, mit einer Frischhaltefolie um den Arm auf einer Party aufzukreuzen? Mal abgesehen davon, dass es ziemlich bescheuert aussieht."

Die Jungs lachen.

„Es kommt darauf an, was *unter* der Folie ist." Phillip klaut einen Partyklops aus der Pfanne und verschlingt ihn mit einem Happs. Natürlich verbrennt er sich die Zunge. Geschieht ihm recht.

„Und was ist darunter?", fragt Billi.

„Ein Tattoo natürlich. Was sonst?" Phillip zuckt mit den Achseln.

„Paul hat sich tätowieren lassen?" Dinas Augen sind größer als meine Bratpfanne.

„Echt wahr?" Billi schiebt sich zwischen den Jungs hindurch und inspiziert Pauls Arm. „Und was soll das sein, wenn's fertig ist?"

„Ein Tribal-Armband." Paul stellt seine Flasche auf einen Küchenschrank und rülpst.

Ich beschließe, dass die Frikadellen fertig sind, und nehme die Pfanne vom Herd. „Das Nudelwasser kocht! Kann mal jemand die Nudeln reinwerfen?“ Die Jungs können gerne ein bisschen helfen, finde ich, wenn sie schon die halbe Küche blockieren. „Und einer müsste noch die Zwiebeln und die Paprika für den Salat schneiden und die Mayo anrühren.“

Ich fülle die Klopse in eine große Schale um und stelle sie zum Abkühlen in den Kühlschrank. Dann widme ich mich Pauls Arm. Eine Art gezacktes, in sich verschlungenes Dornenband rankt sich um seinen Oberarm. Dass es mir gefällt, kann ich nicht gerade behaupten.

„Sieht krank aus“, bemerke ich. „Irgendwie entzündet.“

„Das kommt, weil's noch ganz frisch ist“, meint Paul. „Die Schwellung ist in ein paar Tagen weg.“

„Mir gefällt's“, mischt Billi sich ein. „Ich hätte gerne einen kleinen Delfin auf der Schulter. Tut das sehr weh?“

„Nö“, sagt Paul. „Ist auszuhalten.“

„Und deine Eltern haben dir das erlaubt?“ Dina schüttelt den Kopf.

„Nicht wirklich.“ Paul lacht. „Ich musste ein bisschen nachhelfen.“

„Wie, nachhelfen?“, frage ich, obwohl ich mir die Antwort schon denken kann. Hausers würden Paul nie im Leben erlauben, sich ein Stammessymbol der Maori oder irgendetwas anderes in den Arm stechen zu lassen. Niemals.

„Na ja, die Unterschrift“, grient Paul.

„Du hast sie gefälscht?“ Jesko klopft Paul auf die Schulter. „Respekt, Mann! Hätte ich dir nicht zugetraut!“

Die beiden stoßen mit ihren Flaschen an. Wenn die weiter in diesem Tempo trinken, ist das Bier bald alle.

„Aber deine Eltern sehen das doch früher oder später", meint Billi.

„Na und?", kontert Paul. „Sollen sie mir das Tattoo aus dem Arm schneiden, oder wie? Dran ist dran. Das bleibt jetzt so."

Er macht ein Bäuerchen. Für ihn ist das Thema erledigt. Für mich auch. Was geht mich Pauls Oberarm an? Wenn's ihm gefällt … Den Stress, den er deshalb unter Garantie bekommen wird, stelle ich mir lieber nicht vor. Aber das ist seine Sache. Genau wie das Dornenarmband, das ihn ab jetzt für den Rest seines Lebens begleiten wird.

„Tüdelü, ihr Lieben!", ruft jemand durchs Fenster. „Pizzaservice!"

Ah, Lena mit dem Pizzateig!

Sie reicht ihre Einkäufe durchs Fenster und krabbelt hinterher. Krischan benutzt die Haustür und stellt zwei große Kisten auf den Küchentresen. Tomaten, Zucchini, Zwiebeln, Schafkäse, Basilikum und noch viel mehr. Lauter knackfrische Sachen.

„Alles eigene Ernte?", frage ich ihn und kann mir ein Grinsen nicht verkneifen.

„Logo", grinst er zurück. „Meine Spende für die Pizzen. Frisch schmeckt besser als Dose."

Ich widerspreche ihm nicht. Die Frage, wer das alles klein schnippeln und auf den Pizzateig werfen soll, verkneife ich mir. Ich finde, ich habe eindeutig genug getan. Jetzt sind mal die anderen dran. Ich möchte nur noch ausgiebig duschen, mir den ekligen Bratfettmief aus den Haaren waschen und mich stylen. Dann kann die Party von mir aus starten!

„Kann ich oben duschen?", frage ich Phillip.

„Klar."

„Mooomentchen!", ruft Jesko. „Soll ich dir den Rücken einseifen? Warte, Onkel Jesko kommt sofort!"

„Träum weiter! Von dir lass ich mir nicht mal den kleinen Zeh einseifen!"

Ich werfe Phillip einen Blick zu. Bei ihm sähe die Sache natürlich anders aus. Die Vorstellung, er würde mich von Kopf bis Fuß mit duftender Duschlotion einschäumen und den Schaum anschließend mit viel warmem Wasser und einem weichen Schwamm vorsichtig abduschen, bringt mich etwas aus dem Gleichgewicht.

Ihn anscheinend auch. Seine Augen bleiben an meinen kleben. Ich sehe die goldenen Sprenkel in dem tiefen Braun seiner Iris und versinke darin.

„Wolltest du nicht duschen?", fragt er und zieht mich an sich.

„Ähm, ja, schon. Ich stinke."

„Stimmt." Er lacht leise.

„Ich geh dann mal."

„Mach das, Nixe. Ich bleib hier und denk an dich. Und wenn du irgendwas brauchst, ruf mich. Okay?"

Ich kann nur stumm nicken. Eigentlich möchte ich hier stehen bleiben. Für immer. Oder zumindest für die nächsten zwei bis fünf Stunden. Aber dann fällt mir eine Haarsträhne ins Gesicht und ich rümpfe die Nase.

„Ich stinke wirklich", seufze ich. „Bis gleich."

„Bis gleich", lächelt Phillip.

Vorsichtshalber schließe ich die Badezimmertür hinter mir zweimal ab, bevor ich aus meinen versifften Klamotten schlüpfe. Ich möchte auf keinen Fall, dass Jesko plötzlich vor mir steht. Oder hinter mir. Man weiß ja nie.

Die grafsche Dusche ist ähnlich oversized und luxuriös wie die Badewanne. Und sie hat tatsächlich Massagedüsen!

Kichernd stelle ich sie ein und lasse mich von allen Seiten beprickeln, während von oben eine Art tropischer Regenschauer auf mich niederprasselt. Das ist so cool!

Auf einer gläsernen Ablagefläche stehen verschiedene Shampoos, Duschgels und -lotionen in Griffweite. Ich muss mich nur bedienen. Aber welches soll ich nehmen? Nach kurzem Abwägen entscheide ich mich für ein mildes Aprikosenshampoo plus Spülung für die Haare und eine Kokoslotion für den Rest. Im Nu bin ich in hauchzarten, duftenden Schaum gehüllt.

Wer die Sachen sonst wohl benutzt? Ich kann mir nicht vorstellen, dass Phillips Vater sich die Haare mit Aprikosenduft wäscht. Und Phillip erst recht nicht. Der benutzt mehr so Sportdüfte von Adidas und Nike.

Vielleicht gehört das Duftsortiment Herrn Grafs Freundin? Oder ist das einfach das normale Standardsortiment für geladene Gäste?

Egal … Im Moment will ich es einfach nur genießen.

KAPITEL 10

Finally, it's Partytime!

Nachdem ich mich mit einem ultraflauschigen Luxushandtuch in Übergröße trocken gerubbelt und meinen Body mit Vanillelotion verwöhnt habe, steige ich vorsichtig in die mitternachtsblaue Unterwäsche. Meine Haare sind noch feucht. Ich muss aufpassen, dass ich keine Wasserflecke auf den zarten Stoff tropfe.

Von unten dringt laute Musik zu mir herauf. Aus dem Garten kommt Gelächter. Obwohl es noch ziemlich früh am Nachmittag ist, scheint die Party schon Fahrt aufzunehmen. Aber hey, Moment! Doch wohl nicht ohne mich, oder?

Ich lege einen Zahn zu, schlüpfe in die bestickte Jeans, das türkisblaue Oberteil und die Chucks, die ich nur halb zuschnüre. Die oberen Ränder klappe ich einfach um. Meine Haare föhne ich über Kopf. Das Ergebnis sieht ziemlich wild aus, aber sexy.

Zuletzt kommt das Make-up. Normalerweise benutze ich nur eine getönte Tagescreme gegen unreine Haut und hin und wieder mal Wimperntusche. Heute darf's ein bisschen mehr sein. Ein Hauch von Rouge, ein feiner Kajalstrich, um meine Augen zu betonen …

„Wow!“, sage ich zu meinem Spiegelbild. „Ich wusste gar nicht, dass du so gut aussehen kannst, Conni Klawitter!“

Es stimmt. Ich sehe wirklich nicht schlecht aus. Das Türkis steht mir ausgesprochen gut. Danke, Anna! Ein paarmal drehe ich mich noch vor dem deckenhohen Spiegel hin und her und zupfe ein wenig an mir herum, aber im Großen und Ganzen gibt es nichts mehr zu verbessern.

„Partytime!“ Ich sprühe mir ein Parfümpröbchen hinter die Ohrläppchen und aufs Dekolleté und singe ein paar Takte mit den Black Eyed Peas im Chor: *„I've got a feeling, that tonight's gonna be a good night, tonight's gonna be a good night, a good good night …“*

Beschwingt von der Musik und den exotischen Aromen, die ich in der letzten halben Stunde inhaliert habe, hüpfe ich die Treppe hinunter und falle geradewegs in Phillips Arme. Das heißt, ich falle ihm nicht direkt in die Arme, sondern pralle gegen eine Bierkiste, die er vor seinem Bauch trägt.

„Hey!“, lacht er und strahlt mich an.

Über die Kiste hinweg gebe ich ihm einen Kuss. Seine Augen werden größer.

„Du siehst …“, er stellt die Kiste ab, „Hammer aus!“

Ich grinse. Anscheinend ist mein Auftritt geglückt. Phillips braune Augen kleben geradezu an meinem Hängerchen, als versuchten sie, es röntgenstrahlenmäßig zu durchdringen. Dabei kann er sich das Röntgen eigentlich sparen. Der BH blitzt auch so durch den tiefen Ausschnitt. Ich habe extra ein Knöpfchen aufgelassen. Und natürlich trage ich Phillips Kette. Er stupst den kleinen Stern mit dem Finger an.

„Lauf nicht weg“, sagt er. „Ich bin gleich wieder da.“

Dann stemmt er die Bierkiste hoch und trägt sie in die Küche, aus der ein interessanter Duftmix aus Frikadellen, Kuchen und Pizza durch das gesamte Erdgeschoss wabert.

„Müssen wir noch irgendwas einkaufen?“, rufe ich ihm hinterher.

„Nee!“, ruft er zurück. „Alles da!“

Eine Minute später ist er wieder bei mir und legt mir einen Arm um die Taille. Ich schmiege meine Wange in die Kuhle zwischen seiner Schulter und dem Schlüsselbein. Dann gehen wir eng umschlungen hinaus. Die Party kann beginnen.

Das ist alles nur in meinem Kopf …, schallt es aus den Lautsprechern. *Ich wär' gern länger dort geblieben. Doch die Gedanken kommen und fliegen. Und das ist alles nur in meinem Kopf …*

Stimmt nicht, denke ich. Das hier ist absolut real. Und es ist unglaublich! Lena winkt mir zu. Sie trägt ein bodenlanges Hippiekleid. Ihre Fingernägel sind verschiedenfarbig lackiert. Links kirschrot, rechts himmelblau. Es sieht total schräg aus, aber es passt zu ihr. Krischan steht neben ihr und strahlt sie an. Die Liebe sprüht fast Funken zwischen ihnen. Ob Phillip und ich auch so aussehen? So glücklich und funkensprühend? Ich schaue ihn von der Seite an und muss lächeln. Ja, da sind Funken. Eindeutig. Vielleicht sehe nur ich sie, aber sie sind da. Ich spüre sie sogar. Warm und wunderschön. Wie diese prickeligen Fünkchen von Wunderkerzen.

Phillip bemerkt meinen Blick und wendet mir sein Gesicht zu, um mich zu küssen. Ein paar Jungs aus seiner Mannschaft (Fußball? Basketball? Hockey?) johlen und applaudieren. Ich muss lachen, wobei ich feststelle, dass gleichzeitig lachen und küssen nicht besonders gut funktioniert. Aber witzig ist es trotzdem.

Wir schlendern langsam über den Rasen. Ob Anna schon da ist? Zu sehen ist sie nicht. Vielleicht ist sie bei den anderen in der Küche. Überall stehen Grüppchen beieinander; manche liegen auch im Gras rund um den Pool und unterhalten sich. Auf einem Plattenweg stehen Fahrräder, ein paar Motorroller und ein schwarzes Motorrad.

„Wie kommen die denn dahin?"

Phillip erklärt mir, dass man nur mit einem Einwohnerparkausweis auf der Straße vor dem Haus parken darf. „Der Gehweg ist zu schmal und die Garagenzufahrt zu klein. Da können die lieber gleich hinterm Haus stehen. Das erregt nicht so viel Aufsehen bei den Nachbarn."

„Die kriegen doch sowieso mit, was hier abgeht", wende ich ein.

„Klar. Aber man muss es ihnen nicht gleich auf die Nase binden, oder?"

„Nö. Stimmt."

Paul kommt uns entgegen. Kommt es mir nur so vor oder torkelt er ein bisschen? Die Frischhaltefolie hat er inzwischen abgenommen. Sein Arm sieht trotzdem nicht besser aus. Man kann zwar ungefähr die Ranke erkennen und sich mit viel Fantasie ausmalen, wie das Ganze später mal aussehen soll, aber eklig ist es trotzdem. Total blutunterlaufen irgendwie. Ich mag gar nicht hingucken.

„Hi, ihr Schnuckis!", grient er. „Auch 'n Bierchen?"

Er wedelt mit zwei Flaschen. Phillip greift zu. Ich schüttele den Kopf.

„Nee, danke. Später vielleicht." Ich hab schon mal Bier probiert, aber es hat mir nicht besonders geschmeckt. Außerdem möchte ich zuerst was essen.

„Soll ich dir lieber ein Sektchen holen?", fragt Paul mich. Er lallt. Eindeutig.

„Nein, danke. Auch nicht."

Er schüttelt den Kopf und wankt weiter, wobei er leichte Mühe hat, die Spur zu halten.

„Wenn der in dem Tempo weitermacht, ist er hinüber, bevor's richtig losgeht!" Phillip lacht.

„Sollten wir nicht ein bisschen auf ihn aufpassen?"

„Wir sind doch nicht seine Babysitter! Er weiß, wo sein Limit ist."

Okay, vermutlich hat er Recht. Paul muss wissen, was er tut.

Wir begrüßen einige Neuankömmlinge aus der Oberstufe. Ich kenne die drei nur vom Sehen. Zwei Flaschen Hochprozentiges und drei Packungen Grillwürste wechseln ihre Besitzer.

„Cool, danke", sagt Phillip und stellt die Flaschen hinter die Bar, die in einem Gartenpavillon aufgebaut ist. Die eingeschweißten Würstchen wirft er auf den Tapeziertisch, der später das improvisierte Büfett darstellen soll. Daneben steht ein großer Grill. So ein richtig fest installierter Barbecue-Grill, wie man sie manchmal in amerikanischen Spielfilmen sieht. Ein Pärchen, das ich nicht kenne, hat Holzkohle in die Metallwanne geschüttet und versucht gerade, sie anzuzünden. Phillip hilft ihnen.

„Danke“, sagt das Mädchen. Es hat einen unglaublich großen Busen, den es in ein viel zu kleines T-Shirt gezwängt hat.

Der Junge – er ist von Kopf bis Fuß schwarz gekleidet und trägt an jedem Finger dicke Silberringe mit Totenköpfen, Sternen und Stacheln – grunzt nur. Seine Augen sind hinter einer dunklen Sonnenbrille versteckt.

„Kanntest du die?“, raune ich Phillip zu, als wir uns ein Stückchen entfernt haben.

Er schüttelt den Kopf. „Nö. Wahrscheinlich irgendwelche Freunde von Freunden oder so.“

„Aha“, sage ich. Phillip achtet nicht weiter auf das Pärchen. Offenbar kommt es nur mir seltsam vor, dass plötzlich wildfremde Typen durch den Garten latschen und sich benehmen, als würden sie hier wohnen.

An der Musikanlage, die zum Schutz vor der Sonne unter einer Markise aufgebaut ist, lungern zwei Typen rum und wühlen in den CDs. Ab und zu zieht einer von ihnen eine heraus, zeigt sie dem anderen und legt sie beiseite.

„Neue DJs?“, frage ich Phillip.

Er zieht eine Augenbraue hoch. „Scheint so. Eigentlich hatte Jesko versprochen, sich um die Musik zu kümmern.“

Wie auf Bestellung tritt Jesko durch die Terrassentür. Die beiden Typen verdrücken sich erstaunlich schnell.

„Geile Party, Alter!“, strahlt Jesko. „Gerade sind ein paar echt heiße Bräute angetanzt. Ich wusste gar nicht, wen du alles kennst!“

„Ähm … das wusste ich bis gerade eben selber nicht“, sagt Phillip leicht irritiert. „Von was für Bräuten redest du?“

„Na, so aufgebrezelte Tussis", meint Jesko. „Ich glaub, die sind von der Gesamtschule."

„Gesamtschule?" Phillip runzelt die Stirn. „Ich kenne niemanden auf der Gesamtschule."

„Bestimmt sind die mit jemandem gekommen", mische ich mich ein.

„Nö, glaub ich nicht. Die sahen ziemlich einsam aus." Jeskos Augen funkeln.

Ich schüttele den Kopf. Ticken eigentlich alle Jungs gleich? Bier, Party, Mädchen ... Was anderes scheinen die echt nicht im Kopf zu haben. Okay, Fußball noch. Und vielleicht noch Musik und Computer. Ob Phillip auch so drauf wäre, wenn er nicht mit mir zusammen wäre?

Plötzlich entdecke ich Anna. Sie steht ein bisschen verloren am Pool und schaut vom Rand aus in das glitzernde Wasser. Phillip hat mir erzählt, dass sein Vater die Beheizungsanlage schon Ende April abgestellt hat. Obwohl die Luft heute warm ist, ist das Wasser noch viel zu kalt zum Schwimmen, sonst wäre garantiert schon jemand reingesprungen.

„Ich geh mal rüber zu ihr."

Phillip nickt mir zu, bevor er sich an die Anlage stellt und eine neue CD reinschiebt. Der Übergang zu dem harten, schnellen Death Metal, das jetzt aus den Boxen dröhnt, ist ziemlich krass. Ein paar Jungs fangen sofort mit Headbanging an. Jesko spielt Luftgitarre. Phillip grinst hinter mir her. Das sehe ich, als ich mich kurz umdrehe und ihm zuwinke.

Anna verdreht die Augen, als ich bei ihr bin. Wir begrüßen uns mit einem Küsschen. Sie sieht süß aus. Gestylt natürlich, aber nicht zu sehr. Enge Jeans, enges T-Shirt, Push-up. Ein leichtes Make-up verdeckt die Kummerspuren der letzten Tage.

„Es ist noch nicht mal sieben“, sagt sie verwundert. „Wieso sind schon so viele Leute hier?“

„Keine Ahnung“, antworte ich mit einem Schulterzucken. „Heute ist Freitag, da haben die meisten wohl nichts Besseres vor, nehme ich an.“

Ihr Blick wandert über die verschiedenen Grüppchen von Mädchen und Jungen, die parkenden Roller, den qualmenden Grill und bleibt schließlich an Paul hängen, der mit freiem Oberkörper in einem Liegestuhl liegt und aussieht, als würde er schlafen.

„Ist das etwa eine Tätowierung an seinem Arm?“ Anna schnappt nach Luft.

„Ja.“ Ich nicke.

„Abgefahren!“ Sie zupft den Ausschnitt ihres T-Shirts zurecht und zeigt auf einen Korb, der neben ihr steht. „Ich hab Backmischungen mitgebracht. Wenn ihr noch Eier und Butter habt, können wir schnell noch was zaubern.“

„Ich glaub, wir haben genug. Billis Vater hat vorhin ein paar Blechkuchen und Brötchen vorbeigebracht. Aber komm mit in die Küche. Dann gucken wir mal.“

In der Küche herrscht ein derartiges Gedränge, dass Anna und ich einige Mühe haben, uns bis zum Kühlschrank durchzuschieben. Billi und Dina hocken auf der Fensterbank und grinsen uns entgegen. Neben Dina steht ein hübscher schwarzhaariger Junge und zwirbelt verträumt eine Haarsträhne von ihr zwischen den Fingern.

„Wer ist das?“, zischt Anna mir zu.

„Keine Ahnung“, sage ich. „Aber er ist süß!“

„Allerdings!“

Wir gucken uns an und prusten. Ich bin echt froh, dass Anna da ist. Und noch froher bin ich, dass es ihr anscheinend besser geht.

„Ich glaub, das Kuchenbacken haken wir ab“, rufe ich ihr zu. Ich muss rufen, weil der Lärmpegel um uns herum inzwischen wirklich hoch ist.

Sie nickt mir zu und stellt ihren Korb unter den Tisch.

„Vielleicht später, wenn die Küche leerer ist!“

Wir schieben uns zurück ins Freie.

„Wie halten Billi und Dina es dadrinnen aus?“ Ich nehme mir eine Bionade aus einer Kiste, die neben der Kellertreppe steht. Mit der anderen Hand wedele ich mir Luft zu.

„Wenn so ein schnuckeliger Typ an meinen Haaren rumdrehen würde, würde ich mich auch nicht vom Fleck rühren.“ Anna nimmt sich ebenfalls eine Flasche.

Kichernd stoßen wir an.

Um uns herum tauchen immer neue Leute auf. Einige kenne ich; manche von ihnen nur vom Sehen, andere gar nicht. Wir setzen uns auf eine Treppenstufe.

„Geht's dir besser?“, frage ich nach einer Weile.

Anna lässt sich Zeit mit ihrer Antwort. Zuerst glaube ich, sie hat mich gar nicht gehört, doch dann schüttelt sie leicht den Kopf und sagt: „Ich weiß nicht so genau.“

Es klingt ratlos und auch ein bisschen traurig.

Ich gebe ihr einen kleinen Stups.

„Das vorhin … dass du Lukas zurückhaben willst und mit ihm schlafen würdest …", sage ich vorsichtig. „War das ernst gemeint?"

Sie betrachtet die Flasche in ihrer Hand, als würde sie sich wundern, wie sie dorthin gekommen ist.

„Keine Ahnung", sagt sie schließlich. „Aber ich glaub schon. Wen interessiert's?"

Mich zum Beispiel, denke ich. Aber ich spreche es nicht aus.

Schweigend süffeln wir unsere Holunderbrause aus. Mir ist, als stünde plötzlich eine unsichtbare Wand zwischen Anna und mir. Als hätte ich eine Hand ausgestreckt und wäre an dieser Wand abgeprallt. Es ist ziemlich offensichtlich, dass sie nicht über das Thema sprechen möchte. Jedenfalls nicht mit mir. Ihr Gesicht sieht mit einem Mal abweisend aus.

Als Phillip auftaucht, bin ich erleichtert.

„Hey, hier steckt ihr! Habt ihr keinen Hunger? Der Grill ist heiß. Wir wollen das Büfett aufbauen."

Anna springt auf. Viel zu schnell für meinen Geschmack. Als wäre sie froh, von mir wegzukommen. Vielleicht ist sie's auch. Schließlich liegt die Zeit, in der wir beste Freundinnen waren und alles geteilt haben – auch unsere Geheimnisse und unseren Kummer –, schon ein ganzes Weilchen zurück. Inzwischen gibt es Lukas. Oder soll ich sagen, *gab* es Lukas?

Auf jeden Fall ist etwas zwischen Anna und mir kaputtgegangen. Das Vertrauen, das wir früher zueinander hatten. Es war bedingungslos. Das ist es inzwischen nicht mehr, das spüre ich. Oder liegt das einfach daran, dass die Zeit vergangen ist? Vielleicht gehört es einfach dazu, Freunde ziehen zu lassen, wenn man älter wird, überlege ich. Vielleicht sollte ich langsam alt genug sein, um zu erkennen, dass jeder von uns sein eigenes Leben lebt; dass jeder seine eigenen Fehler macht und dafür geradestehen muss. Ich genauso wie die anderen. Vielleicht sollte ich einfach akzeptieren, dass Anna meinen Rat nicht mehr braucht. Und ich sollte aufhören, mich einzumischen.

Paul, mein ältester Freund, fälscht die Unterschrift seiner Eltern, lässt sich tätowieren und gibt sich die Kante. Und Anna, meine ehemalige beste Freundin, lässt sich von ihrem (Ex-)-Freund verarschen und träumt vom ersten Mal.

Ja und? Sollen sie doch!

Die guten alten Zeiten sind vorbei, Conni Klawitter. Zeit, dein eigenes Leben zu leben!

Nachdenklich stelle ich meine leere Flasche in die Kiste und gehe mit Phillip hinaus, um das Büfett aufzubauen. Anna ist in der Küche verschwunden. Vielleicht heult sie sich jetzt bei Billi und Dina aus. Vielleicht haben die ja mehr Verständnis für sie. Dabei hab ich ja Verständnis für Anna. Sehr großes sogar! Ich begreife nur nicht, warum sie immer noch an diesem Lukas hängt. Und warum sie ihn plötzlich zurückhaben will, nach allem, was er ihr angetan hat. Das ist doch echt nicht normal, oder?

Dass das erste Mal Sex keine besondere Bedeutung für sie hat, glaub ich ihr übrigens nicht. Das passt nicht zu Anna. Nee, da muss sie sich schon was anderes einfallen lassen.

Lena, Krischan und Paul stehen am Grill. Zu meiner Erleichterung hat Paul statt einer Bierflasche ein Glas Cola in der Hand. Das kleine Nickerchen im Liegestuhl scheint ihm gutgetan zu haben – auch wenn er sein T-Shirt verkehrt rum angezogen hat. Ist vielleicht aber auch besser so. Der Aufdruck MASTER OF DISASTER kam mir schon fast wie eine Drohung vor.

Lena umarmt mich, als sie mich sieht. Die Silberreifen und Armbänder, die sie sich um beide Handgelenke geschlungen hat, klimpern. Sie sieht aus wie eine Zigeunerin. Krischan nickt mir zu.

„Wollen wir die Salate und das Brot raustragen?", fragt Lena mich. „Die Pizza ist auch längst fertig."

„Ja. Am besten schneiden wir sie in Stücke und legen Servietten daneben", schlage ich vor. „Dann kann sich jeder was nehmen. Gibt es Pappteller und Plastikbesteck oder sollen wir das Familiensilber nehmen?", wende ich mich an Phillip.

„Das liegt im Tresor", sagt er todernst, während er Paul hilft, die Koteletts zu wenden. „Im Keller findet ihr alles, was ihr braucht. Servietten, Plastikgabeln und so."

Krischan gibt Paul und Phillip wertvolle Ratschläge für die einzig wahre Zubereitung von Grillfleisch. Die Jungs achten nicht mehr auf uns.

„Männer in ihrem Element …", grinst Lena.

„Männer?", frage ich mit hochgezogenen Augenbrauen.

Wir verschwinden im Haus, in dem sich mittlerweile neue Gäste ausgebreitet und es sich so richtig schön gemütlich gemacht haben. Sie fläzen sich auf den riesigen Ledersofas und in den Sesseln im Wohnzimmer. Zwei haben ihre Füße auf den Tisch gelegt. Der Fernseher läuft. Irgendein Musiksender versucht, sich gegen die Anlage auf der Terrasse zu behaupten. Jemand raucht.

„Sollte Phillip das Haus nicht lieber abschließen?“, raunt Lena mir zu. „Oder wenigstens die wichtigsten Zimmer? Es reicht doch, wenn die Klos offen sind. Alles andere würde ich zusperren.“

Sie hat Recht. Wenn das so weitergeht, breiten sich die Leute überall aus. Ich kann mir nicht vorstellen, dass Herr Graf davon sonderlich begeistert wäre.

„Ich sag's ihm gleich.“ Ich reiße ein Fenster weit auf und sage zu dem rauchenden Typen, dass er sich gefälligst nach draußen verziehen soll. Dann mache ich den Fernseher aus. Der vielstimmige Protest stört mich nicht im Geringsten. „Abflug, Leute! Musik gibt's im Garten. Essen und Trinken auch.“

Ein paar von den Typen stehen tatsächlich auf und schleppen sich durch die Terrassentür ins Freie, als würde ihnen jeder Schritt unerträgliche körperliche Schmerzen bereiten. Die anderen bleiben, wo sie sind. Kopfschüttelnd stopfe ich die Fernbedienung in meine Jeans. Dann folge ich Lena in die Küche, die sich in der Zwischenzeit glücklicherweise ein wenig geleert hat.

Von Anna, Billi und Dina ist nichts zu sehen. Lena und ich verdonnern kurzerhand ein paar der zufällig Anwesenden zum Tragen der Pizza- und Kuchenbleche.

Ich schnappe mir mit einer Hand den Brotkorb, mit der anderen die Schale mit den Minifrikadellen. Lena balanciert zwei Salatschüsseln und schickt zwei Mädchen aus unserer Klasse in den Keller, um Servietten, Besteck und das Plastikgeschirr zu holen. Wir haben alles im Griff. Hoffe ich jedenfalls.

Das Büfett ist ziemlich schnell aufgebaut. Wir stellen noch Ketchup, Senfgläser und Grillsoßen dazu.

Keine Ahnung, ob es am Duft der Grillwürstchen und Koteletts oder an der Aussicht auf Pizza und Nudelsalat liegt. In Bruchteilen von Sekunden ist das Büfett so brutal umlagert, dass Lena und ich Mühe haben, uns aus dem Gedränge zu schieben.

„Haben die extra vorher nichts gegessen?“ Lena runzelt die Stirn. „Da haben Hyänen ja bessere Tischmanieren!“

Leider muss ich ihr zustimmen.

„Wir hätten Nummernkärtchen ausgeben sollen“, seufze ich. „Oder vielleicht lassen wir immer nur höchstens fünf Leute gleichzeitig ans Büfett?“

„Zu spät“, meint Lena trocken. „Wenn du dich da jetzt einmischst, wirst du in der Luft zerrissen und gefressen!“

Ich werfe Phillip einen Hilfe suchenden Blick zu, aber der steht vollkommen unbeeindruckt am Grill und sorgt wie ein Fließbandarbeiter für Nachschub. Dass ihm das Fleisch mittlerweile fast aus den Händen gerissen wird, scheint ihn nicht weiter zu stören.

Da anscheinend alle mit der Nahrungsaufnahme beschäftigt sind, wäre jetzt vielleicht ein guter Zeitpunkt, um das Haus zu sichern, fällt mir ein. Ich ziehe Lena am Ärmel hinter mir her. „Los, komm!“

Sie fragt nicht, sondern trabt einfach hinter mir her.

„Lass uns alles abschließen“, sage ich zu ihr. „Bis auf das Gästeklo und die Küche, okay?“

Lena nickt mir grinsend zu und schnappt sich zwei Brotkörbchen aus der Küche. Sie wirft mir eines zu. Dann flitzen wir durchs Haus.

Hatte ich erwähnt, dass Phillip und sein Vater in einer alten, verwinkelten Villa leben? Es dauert ziemlich lange, bis wir sämtliche Türen bis zum Dachboden abgeschlossen und die Schlüssel abgezogen haben. Auch die Außentüren in den Garten und auf die Terrasse haben wir abgeschlossen, damit das ständige Rein- und Rausgerenne aufhört. Wer aufs Klo will, muss durch den Keller.

Als wir nach einer geschätzten Ewigkeit fertig sind, fühle ich mich, als könnte ich schon wieder eine Dusche brauchen. Aber die Tür zum oberen Bad habe ich persönlich verrammelt, und natürlich habe ich mir nicht gemerkt, welcher Schlüssel der richtige ist. Hilfe! Von keinem der Schlüssel habe ich mir irgendetwas gemerkt. Und wir haben viele Schlüssel eingesammelt. Sehr viele, wenn man's genau nimmt. Muss ich noch hinzufügen, dass sie sich so ähnlich sehen wie ein Ei dem anderen? Ich glaube nicht.

„Lena", sage ich zu Lena. „Hast du zufällig den Überblick, welcher Schlüssel zu welcher Tür gehört?"

„Spinnst du? Wie das denn?"

„Och, ich dachte nur so."

Wir beugen uns über die Brotkörbchen in unseren Händen und stöhnen gleichzeitig auf.

„Es wird hundert Jahre dauern, bis wir die alle sortiert und wieder zugeordnet haben", ächzt Lena.

„Mindestens", füge ich schwach hinzu.

Wir schwören uns, uns später ganz in Ruhe darum zu kümmern, wenn die Party vorbei ist (also frühestens morgen), und verstecken die Körbchen mitsamt den Schlüsseln im Vorratsschrank in der Küche. Die Fernbedienung lege ich gleich dazu. Als Lena vorschlägt, den Schrank vorsichtshalber auch abzuschließen und den Schlüssel mitzunehmen, schreie ich leise auf. Wenn ich noch einmal das Wort Schlüssel höre, krieg ich die Krise. Sie schließt trotzdem ab.

Erstaunlicherweise hat sich der erste große Ansturm auf das Büfett gelegt, als wir in den Garten zurückkehren. Und es ist sogar noch etwas übrig. Damit hatte ich nicht gerechnet.

„Yummy-yummy!" Lena leckt sich die Lippen und häuft Salat, Käsewürfel und Klopse auf ihren Teller.

Ich nehme ein großes Stück Pizza in die Hand und staune darüber, wie voll es inzwischen geworden ist. Die Terrasse ist belagert, die Poolumrandung auch, und vom Rasen ist kaum noch was zu sehen. Ein paar Jungs spielen in dem Gedränge Fußball und lachen sich scheckig, sobald sich jemand über sie beschwert. Zwei Typen sind auf einen Baum geklettert und werfen mit Chips auf ein knutschendes Pärchen, das so in sich vertieft ist, dass es nichts davon merkt.

Etwas abseits hockt Billi auf einem Mäuerchen und unterhält sich mit zwei Mädchen aus der Oberstufe. Ab und zu lachen sie laut. Mir fällt ein, dass Billi als Einzige von uns noch nie einen festen Freund hatte. Aber sie macht nicht den Eindruck, als hätte sie ein Problem damit. Im Gegenteil, sie wirkt total glücklich und zufrieden. Als hätte sie meinen Blick gespürt, schaut sie plötzlich in meine Richtung und winkt mir fröhlich zu. Ich winke zurück.

Inzwischen wird natürlich auch getanzt, und ich verspüre große Lust, Phillip vom Grill loszueisen. Will der etwa den ganzen Abend da rumstehen und mit Paul und Krischan Würstchen umdrehen? Nö, oder?

Ich gebe ihm noch zehn Minuten. Wenn er bis dahin nicht von sich aus zu mir kommt, hole ich ihn mir!

Als Lena und ich satt sind, schlendern wir ein bisschen herum. Es wird langsam dunkel. Jemand hat die Lichterketten angemacht. Die Poolbeleuchtung springt automatisch an. Das Wasser leuchtet in einem irren Blau. Es sieht unglaublich cool aus.

Aus den Boxen kommt ein langsames Stück. Von hinten schlingen sich plötzlich zwei Arme um meine Taille. Ich schließe die Augen und lehne mich zurück. Als ich sie wieder aufmache und mich umdrehe, sehe ich Phillip. Und hinter ihm Krischan, der Lena küsst.

„Tanzen?", fragt Phillip leise. Seine Augen funkeln.

Ich nicke ihm zu. Er nimmt meine Hand und führt mich zu einem freien Rasenstück neben dem Pool. Dort lege ich meine Hände in seinen Nacken und schmiege mich an ihn. Er riecht nach Holzkohle und Grillfeuer, aber es stört mich nicht. Zärtlich streift er mir über den Rücken. Wie zufällig rutscht seine Hand unter meine Bluse und streichelt meine Haut. Warm, sanft und vorsichtig.

„Du hast mir gefehlt", murmelt er in meine Haare.

„Du mir auch."

Über uns blitzt ein kleiner Stern am Abendhimmel auf. Wie spät es wohl ist? Als ich das letzte Mal auf eine Uhr geschaut habe, war es halb zwölf. Inzwischen muss es schon nach Mitternacht sein. Egal ... Ich mache die Augen zu und kuschele mich noch ein bisschen enger in Phillips Arme. Jetzt spüre ich nur noch ihn und die Musik.

Wir drehen uns langsam zu der Ballade, die so schön ist, dass ich heulen könnte. Oder liegt es daran, wie Phillip mich berührt?

Er fährt mir durchs Haar, löst seine Hand von meinem Rücken, hebt ganz behutsam mein Kinn und küsst mich so voller Zärtlichkeit und Hingabe, dass ich glaube, auf der Stelle sterben zu müssen. Oder bin ich vielleicht schon im Himmel?

Dieser Augenblick ist einfach perfekt. Ich wünschte, er würde niemals vorübergehen.

Ein lautes, gläsernes Scheppern reißt uns aus unserer Umarmung. Es kam von der Terrasse.

„Fuck!", flucht Phillip.

Ich halte seine Hand fest und merke, wie er sich anspannt.

„Ich seh lieber mal nach, was passiert ist", sagt er und gibt mir einen kurzen Kuss.

Ich versuche, ihn zu beruhigen.

„Bestimmt ist nur ein Glas runtergefallen."

„Nee", knurrt er. „Das klang nach etwas Größerem, und ich wüsste gerne, was –"

Er kommt nicht dazu, seinen Satz zu beenden. Ein ohrenbetäubend schriller und unerträglich lauter Ton zerreißt die romantische Dunkelheit. Ich halte mir die Ohren zu.

„Scheiße!", schreit Phillip. „Die Alarmanlage! Ich hab vergessen, die Zeitschaltuhr auszustellen!"

Ich starre ihm hinterher, wie er mit wenigen Sätzen in Richtung Terrasse spurtet, und weiß nicht, ob ich lachen oder heulen soll.

Es dauert eine gefühlte Ewigkeit, bis der Alarm endlich aufhört. Zögernd nehme ich meine Hände runter, als könnte das Gejaule jeden Augenblick wieder von vorne losgehen, und gehe langsam auf die Villa zu.

Unter den Partygästen ist leichte Unruhe ausgebrochen. Manche lachen, andere rufen sich etwas zu. Jemand hat die Musik ausgemacht. Ich sehe einen umgekippten Stuhl auf der Terrasse liegen.

„Was war das denn?", fragt mich jemand.

Es ist Anna. Sie mustert mich mit großen, erschrockenen Augen.

„Keine Ahnung." Ich zucke die Achseln. „Ich glaub, Phillip hat vergessen, irgendeinen Alarm abzuschalten."

Ich versuche, Phillip in der Menschenmenge auszumachen, kann ihn aber nirgends entdecken. Dafür steht plötzlich ein älterer Herr vor mir.

„Kann mir mal jemand erklären, was hier los ist?", schnauzt er mich an.

„Ähm …", mache ich.

„Soll ich die Polizei rufen?" Er kommt einen Schritt auf mich zu.

Wie aus dem Nichts taucht Krischan neben mir auf.

„Kristian Kruse mein Name. Ich bin ein Freund der Familie. Kein Grund zur Sorge", sagt er, und seine Stimme klingt bewundernswert ruhig und sehr erwachsen. „Ich nehme an, Sie sind ein Nachbar? Dann entschuldigen Sie bitte die Störung. Es war nur ein Fehlalarm."

„Fehlalarm? Fehlalarm?", keift der Mann und fuchtelt Krischan mit einem ausgestreckten Zeigefinger vor der Nase herum. „Was soll das heißen? Um diese Zeit?"

Unauffällig werfe ich einen Blick auf die Uhr an seinem Handgelenk. Es ist weit nach Mitternacht. Kein Wunder, dass er sich so aufregt. Ältere Leute sind um diese Zeit längst im Bett. Meine Eltern zum Beispiel.

„Vielleicht ein Kurzschluss", sagt Anna unschuldig.

Ich könnte sie knutschen.

„Was machen Sie hier? Wer sind Sie überhaupt?" Der alte Mann lässt nicht locker. „Was haben all die Leute hier zu suchen? Und wo ist überhaupt Herr Graf?"

„Mein Vater ist im Haus." Phillip hat sich einen Weg durch die Umstehenden gebahnt und begrüßt den Nachbarn mit einem festen Händedruck. „Hallo, Herr Worthmann. Es ist alles in Ordnung. Nur eine Fehlschaltung in der Zeitschaltuhr."

Herr Worthmann grummelt etwas.

Phillip legt ihm eine Hand auf die Schulter.

„Nein, Herr Worthmann. Ihre Frau muss nicht die Polizei anrufen", sagt er, als würde er mit einem durchgeknallten Pferd sprechen. „Ganz sicher nicht. Wir haben nur eine kleine Familienfeier. Es ist alles in bester Ordnung. Ganz bestimmt, Herr Worthmann. Sie können beruhigt sein."

Ohne dass Herr Worthmann es bemerkt, geleitet Phillip ihn sanft zur Gartenpforte und schiebt ihn schließlich hindurch. Dort bleiben die beiden noch eine Weile stehen, wobei Herr Worthmann immer wieder nervös zum Haus blickt und dabei besorgt den Kopf schüttelt. Phillip hört nicht auf, ihm pausenlos beruhigende Formeln zuzumurmeln.

Irgendwann zeigt die Beschwörung Wirkung. Mit einem leichten Kopfnicken verabschiedet sich der Nachbar und verschwindet in der Dunkelheit des Nachbargrundstücks. Phillip atmet hörbar auf.

„Meine Fresse!“, stöhnt er und rauft sich die Haare, als er wieder bei uns ist.

„Was war los?“ Ich lege ihm meine Hand auf den Unterarm.

„Irgendein Idiot ist mit seinem Stuhl umgekippt und hat eine von den kleinen Scheiben in der Terrassentür zerbrochen“, schnauft er. „Und weil ich Depp vergessen habe, die Zeitschaltuhr zu deaktivieren, ist der Alarm losgegangen. Er schaltet sich jeden Abend automatisch ein.“

„Ach je, noch mehr Scherben ...“, meint Anna.

„Wenigstens war's diesmal kein Spiegel“, sage ich.

Phillip wirft uns einen düsteren Blick zu.

„Cool“, grinst Paul. Er hat sich zwischen Anna und Lena geschoben und hält eine volle Bierflasche in der Hand. MASTER OF DISASTER leuchtet es mir von seiner Brust entgegen. Er hat sein T-Shirt wieder richtig rum an.

„Cool ist was anderes.“ Phillip seufzt. „Kann mir übrigens jemand sagen, warum sämtliche Türen im Haus abgeschlossen sind?“

Ich erkläre es ihm. Er nickt.

„Alles klar, gut gemacht. Zum Glück ist der Sicherungskasten für die Alarmanlage in der Garderobe neben der Haustür. Sonst hätte ich ganz schön alt ausgesehen.“

„Und der nette Herr Worthmann und seine Frau hätten fröhlich die Polizei alarmiert“, fügt Krischan hinzu.

Ich schlucke trocken. War Lenas und meine Idee, alles abzuschließen, vielleicht doch nicht so genial? Wenn der Sicherungskasten in einem der abgeschlossenen Zimmer gewesen wäre … Echt nicht auszudenken!

„Ist ja noch mal glattgegangen“, sage ich vorsichtig. „Wollen wir jetzt vielleicht weiterfeiern?“

Phillip gibt mir einen Kuss.

„Auf jeden Fall, Süße!“, sagt er und wischt sich eine verschwitzte Haarsträhne aus der Stirn. „Worauf warten wir?“

„Habt ihr gesehen, wer gerade mit dem Stuhl ins Terrassenfenster gekippt ist?“ Wie aus dem Nichts tauchen Billi und Dina neben uns auf.

Ganz plötzlich macht Anna ein Geräusch zwischen Örks und Humpf. Es klingt wie ein ersticktes Örmpf, und sie macht dabei ein Gesicht, als hätte sie Freddy Krueger aus „Nightmare on Elm Street“ persönlich gesehen.

„Lukas …“, würgt sie hervor und starrt wie hypnotisiert in Richtung Terrasse.

„Stimmt!“, strahlt Billi. „Hundert Punkte!“

„War der nicht eigentlich ausgeladen?“, fragt Dina. Der hübsche Schwarzhaarige aus der Küche steht einen halben Meter hinter ihr und schmachtet sie an.

„Lukasss??“, zischen Lena und ich im Chor. „Wo?“

Phillip kommt mit dem Haareraufen kaum noch hinterher.

„*Der* Lukas?“, fragt er.

„Ja.“ Billi zuckt die Achseln und macht ein unschuldiges Gesicht. „Ich dachte, ihr wüsstet es. Er ist schon vor einer ganzen Weile mit seinen Muskelfreunden aufgetaucht.“

Ich drehe mich langsam um und sehe, was Anna sieht: Ihr Vielleicht-oder-vielleicht-auch-nicht-Exfreund lungert mit drei auffällig bemuskelten Typen auf der Terrasse rum. Phillip stöhnt unterdrückt auf.

„Ganz schön dreist", meint Paul.

„Haben die nicht Hausverbot?", wende ich vorsichtig ein.

„Ich hab ihm nur gesagt, dass er und seine Freunde hier nicht erwünscht sind", knurrt Phillip. „Wer ahnt denn, dass die trotzdem kommen? Hätte ich Ordner engagieren oder an der Haustür eine Gesichtskontrolle machen sollen?"

Seine Laune ist auf dem Nullpunkt oder zumindest kurz davor. Das sehe ich auf einen Blick. Und ich kann ihn gut verstehen.

„Wo kommen überhaupt diese ganzen Leute her?" Phillips Stimme klingt nicht nur gereizt, sie ist es auch. „Wer hat die alle eingeladen?"

Die Party hat sich längst verselbstständigt, das sieht inzwischen auch der letzte Optimist. Überall hängen fremde Typen herum, die keiner von uns kennt. Mehrere Jungs werfen sich mit Klamotten in den Pool, in dem bereits zwei Gartenstühle, ein paar CD-Hüllen und diverse Pappbecher und Plastikteller schwimmen. Auf der Terrasse liegen leere Flaschen. Whisky, Wodka, Gin … lauter richtig harte Sachen; vermutlich mitgebracht oder aus der Hausbar von Herrn Graf.

Zwei schlaksige Mädchen torkeln über den Rasen.

„Warte mal", ächzt die eine und lehnt sich gegen einen Baum. „Ich muss kotzen."

Ihre Würgegeräusche dringen bis zu uns. Angeekelt wende ich mich ab.

Unter einem anderen Baum wälzt sich ein eng umschlungenes Paar auf einem schmalen Liegestuhl. Zum Glück ist es zu dunkel, um genau sehen zu können, was sie da machen. Ich wette, es ist nicht jugendfrei.

Langsam komme ich mir vor, als wäre ich im falschen Film. In einer von diesen amerikanischen Highschool-Komödien vielleicht, in denen es nur ums Partymachen und Saufen geht. Wie konnte es so weit kommen?

Irgendetwas ist ganz gewaltig schiefgelaufen.

Unsere schöne Party wurde von wildfremden Leuten gesprengt, so viel steht fest.

Ich fühle mich total überfordert, ganz ehrlich. Für den Bruchteil einer Millisekunde denke ich sogar daran, meine Eltern anzurufen, damit sie mich hier rausholen. So wie früher, als ich noch klein war.

Saublöde Idee, ich weiß.

Ich werfe Phillip einen hilflosen Blick zu.

Er guckt mich lange an. Sein Gesichtsausdruck ist mindestens genauso hilflos wie meiner, aber dann strafft er die Schultern.

„Ich glaube, es ist Zeit, etwas zu unternehmen", sagt er und klingt, als wäre er Arnold Schwarzenegger persönlich.

Wir wollen uns gerade in Bewegung setzen, als zwei Typen auf Motorrollern haarscharf vor uns über den Rasen schlingern. Die Motoren jaulen auf, es stinkt nach verbranntem Benzin, Gummi und Abgasen. Ausgerissene Gras- und Erdbrocken fliegen uns um die Ohren. Einer trifft mich an der Schulter. Es tut nicht weh, aber einen Schreck kriege ich trotzdem. Und außerdem hat meine Bluse einen Fleck.

„Ey!“, schreit Krischan. „Das ist nicht gut für den Rasen!“

„Nicht so laut, sonst kommt Herr Worthmann zurück!“, faucht Lena ihn an.

Die Situation ist so unglaublich abgefahren, dass ich am liebsten laut losprusten würde. Aber das Lachen bleibt mir buchstäblich im Hals stecken.

„Das war's“, sagt Phillip gefährlich leise und ballt die Fäuste. „Jetzt reicht's!“

KAPITEL 11

Wahrheit oder Pflicht.

Ich weiß nicht, wie lange es gedauert hat, einigermaßen Ordnung in das Chaos zu bringen. Als ich das nächste Mal auf die Uhr schaue, ist es halb vier. Spricht man um diese Uhrzeit noch von Nacht oder schon von frühem Morgen? Ich habe keine Ahnung. Ich weiß nur, dass ich hundemüde bin, friere und am liebsten zu Hause in meinem kuscheligen Bettchen liegen würde. Mit oder ohne Phillip – ganz egal.

Stattdessen robbe ich mit zwei großen blauen Abfallsäcken durch die Morgendämmerung und tüte Restmüll und leere Flaschen ein, wobei ich tierisch aufpassen muss, nicht in einen der ekligen Kotzehaufen zu treten, die überall zwischen den Bäumen vor sich hin modern. Ich möchte wirklich nicht wissen, wie meine armen, ehemals nagelneuen Chucks bei Tageslicht aussehen! Zum Glück hat die Putzfrau von Phillips Vater einen Jahresvorrat Gummihandschuhe unter der Spüle gehortet. Trotzdem fasse ich die Zigarettenkippen nur mit äußerstem Widerwillen, angehaltenem Atem und spitzen Fingern an. Zum Glück ist mir bisher nichts begegnet, das noch schlimmer als Kippen und Kotze ist. Würg.

Wie auf jeder Fete üblich, ist nur der engste Kreis dageblieben, als es ans Aufräumen ging. Die *Hardcore-Partypeople*, wie Lena sagen würde.

Phillip, Krischan und die anderen Jungs – zumindest die, die für diese Aufgabe noch nüchtern genug waren – haben es tatsächlich geschafft, sämtliche ungebetenen Gäste aus dem Haus und aus dem Garten zu befördern. Es hat ein paar Pöbeleien und Rangeleien gegeben; zum Glück nichts Dramatisches. Aber zwei Nachbarn haben trotzdem Stress gemacht (nein, nicht Herr Worthmann; der hat vermutlich kübelweise Baldrian geschluckt und sich Ohropax in die Lauscher geschoben) und wollten die Polizei rufen, weil ein paar Bierflaschen auf der Straße kaputtgegangen sind. Cem, Björn und Jesko haben die Scherben aufgesammelt und sogar die Straße gefegt.

Schließlich hat jemand den Stecker der Anlage rausgezogen. Die Nachbarn sind irgendwann in ihren Häusern verschwunden, um noch eine Tüte voll Schlaf zu nehmen. Dann war endlich Ruhe. Herrlich.

Lena macht mit einem langen Kescher den Pool sauber. Anna und Billi fischen die Gartenstühle aus dem Wasser. Dina klappt die Liegestühle zusammen, die im ganzen Garten verteilt sind, und sammelt die Polsterauflagen ein, um sie ins Gartenhaus zu bringen, wo sie hingehören.

Die Jungs reparieren notdürftig, was zu reparieren ist. Die fehlende Scheibe in der Terrassentür haben Phillip und Paul mit einem Stück Karton und Paketband zugeklebt. Später wollen sie einen Glasernotdienst anrufen.

Krischan kümmert sich derweil um den Rasen und tritt die

ausgerissenen Grassoden fest. Er winkt mir zu, während ich mit meinem Müll an ihm vorbeischlurfe.

Und das alles findet im fahlen Licht der Lampions, der beginnenden Morgendämmerung und des abnehmenden Mondes statt. Es könnte fast romantisch sein. Es *könnte.* Aber nur fast.

In der Küche hat jemand mit rohen Eiern geworfen, stelle ich fest, als ich mir eine Cola aus dem Kühlschrank nehme. Die Wände und Schränke sehen gar nicht gut aus. Ob man die Sauerei wieder abkriegt? Und wenn ja, wie?

Ich bin viel zu erschöpft, um ernsthaft darüber nachzudenken. Außerdem haben wir noch den Rest der Nacht und den ganzen Tag Zeit, um alles wieder in seinen Ursprungszustand zu bringen. Herr Graf kommt frühestens morgen Mittag wieder. Und die Haushälterin hat bis Montag frei. Das ist das einzig Positive an der ganzen Sache: Wir müssen uns nicht beeilen.

Als ich mich umdrehe und wieder hinausgehe, um weiter Müllabfuhr zu spielen, kommt Lukas mir entgegen. Er grinst ein bisschen verlegen. Ich grinse zurück.

Lukas-mit-drei-s ist die Überraschung des Tages für mich. Nee, der Nacht. Egal. Auf jeden Fall hat er mich überrascht, und zwar angenehm. Ja, das ist erstaunlich, ich weiß.

Wie sich herausgestellt hat, ist er tatsächlich mit einem Stuhl in die Terrassenscheibe gekippt. Aber nur, weil ihn jemand geschubst hat. Lukas konnte nichts dafür. Im Gegenteil, er wollte einen Streit unter diesen blöden, betrunkenen Idioten schlichten. Das haben mir mehrere Leute bestätigt, die live dabei waren.

Außerdem ist er nicht gekommen, um die Party zu flashen, sondern um Phillip zu warnen. Irgendjemand hatte die Einladung bei facebook eingestellt und als öffentlich markiert. Zwar nur für kurze Zeit, aber immerhin lange genug, dass jeder Depp Datum, Uhrzeit und Ort ablesen und sich auf die Socken machen konnte.

Wie wir gesehen haben, haben sich ziemlich viele Deppen auf die Socken gemacht. Und wie jeder weiß, laufen solche fb-Veranstaltungen regelmäßig aus dem Ruder. Insofern haben wir fast noch Glück gehabt, dass es bei uns einigermaßen glimpflich ausgegangen ist. Es waren vielleicht zweihundert Leute hier, schätzt Phillip. Bei anderen Gelegenheiten werden es auch gerne mal viertausend oder noch mehr. Und genau davor wollte Lukas Phillip warnen. Weil er den Eintrag im Internet entdeckt und sich gleich gedacht hat, dass das irgendwie nicht gut gehen kann.

Er und seine Muskelfreunde waren ziemlich effektiv, als es darum ging, die ungebetenen Störer aus dem Haus zu begleiten. Sie haben ihre T-Shirts hochgekrempelt und ganz locker ihre Prachtmuskeln präsentiert, da sind die meisten lieber gleich freiwillig gegangen. Ein paar besonders Hartnäckige haben sie kurzerhand rausgetragen. Wie bei einer Sitzblockade. Ein echtes Highlight! Paul hat Videos mit seinem Handy gemacht. Nur für den Hausgebrauch, versteht sich.

Phillip werkelt draußen auf der Terrasse herum und packt die Anlage zusammen. Unter seinen Füßen knirschen zerbrochene CDs. Ich bücke mich, um die Bruchstücke aufzusammeln.

„Lass liegen“, sagt er müde. „Ich feg gleich alles zusammen.“

Wir sehen uns an. Er breitet seine Arme aus. Ich kuschele mich hinein. Mir ist schrecklich kalt.

„Ob wir das alles schaffen?“, frage ich.

„Klar, Süße“, sagt er. „Wer aufgibt, hat schon verloren.“

Ich lausche auf seinen Herzschlag und schlafe fast im Stehen ein. Phillip gähnt. Sein Brustkorb hebt und senkt sich.

„Schon komisch, dass ausgerechnet Lukas als Retter aufgetaucht ist“, murmele ich. „Das hätte ich ihm echt nicht zugetraut, wo er doch sonst so ’n Kotzbrocken ist.“

„Ich auch nicht.“ Phillips Stimme klingt kratzig und rau. Er gähnt noch einmal.

Schweren Herzens lösen wir uns voneinander. Wenn wir nicht weitermachen, werden wir nicht fertig.

„In ein paar Stunden frühstücken wir.“ Phillip gibt mir einen Kuss auf die Nasenspitze und zieht sein Sweatshirt aus. „Hier, zieh das über. Sonst erkältest du dich noch.“

Er hat mein Frösteln bemerkt! Wie süß ist das denn! Ich versinke in dem warmen, weichen, dunkelblauen Sweatshirtstoff. Nicht nur in dem Stoff, sondern auch in dem Geruch, der daran haftet. Dieser ganz spezielle Phillip-Geruch. Er umhüllt und wärmt mich auf der Stelle.

„Frühstück klingt toll.“ Ich winke Phillip zu und habe große Mühe, meine Augen offen zu halten.

Ich stapfe über den taufeuchten Rasen. Ein paar Meter weiter robbt Lukas mit einem Müllsack durch ein Rosenbeet. Als er mich bemerkt, lächelt er. Ich nicke ihm zu und versuche gleichzeitig, sein Lächeln zu analysieren. War es nicht ein bisschen zu selbstgefällig? Eine Spur triumphierend? Oder hat er es tatsächlich nur nett gemeint?

Seine auffallende Nettigkeit und Hilfsbereitschaft wollen

irgendwie nicht in das Bild passen, das ich bisher von ihm hatte. Kann ein Mensch sich so schnell ändern?

In mir keimt ein kleiner Zweifel. Keine Ahnung, woher der so unerwartet kommt. Auf einmal ist er da. Der Zweifelkeim ist hartnäckig und wächst ziemlich schnell. Plötzlich läuft es mir eiskalt den Rücken rauf und runter, was nicht an meinem Zustand der totalen Übermüdung, sondern vielmehr an dem Verdacht liegt, der sich mir blitzartig aufdrängt.

Was, wenn Lukas das Ganze eingefädelt hat? Wenn das alles eine Inszenierung war? Und zwar *seine* Inszenierung! Vielleicht war er selbst derjenige, der die Party ins Internet gestellt hat, um sich hinterher als der große Held und Retter in der Not präsentieren zu können?

Scheiße! Kann das sein? Ja, klar! Es würde perfekt zu ihm passen, so mies und hinterhältig, wie er bisher in Erscheinung getreten ist!

Mir stehen fast die Haare zu Berge, als ich mir vorstelle, wie er sich heimlich ins Fäustchen lacht. Sein Plan hat super funktioniert! Wir sind alle darauf reingefallen. Wie konnten wir nur so blöd sein?

Fieberhaft überlege ich, was jetzt zu tun ist, während ich mechanisch zerbrochenes Plastikbesteck, zerknüllte Servietten und ketchupverschmierte Pappteller aufklaube und in meinen Sack stopfe. Wie soll ich diesem Armleuchter sein doppeltes Spiel nachweisen?

Denk nach, Conni Klawitter, denk nach! Los! Bevor's zu spät ist!

Aus den Augenwinkeln beobachte ich, wie Lukas sich unauffällig in Annas Richtung bewegt. Ganz beiläufig hebt er ein Fahrrad auf, das jemand vergessen hat, und lehnt es gegen die Garagenwand.

Anna steht in der Nähe und bearbeitet die Umrandung des Pools mit einem Schrubber.

Ich raffe meinen Müllsack zusammen und sprinte los, bevor Lukas sie erreichen kann. Unter keinen Umständen darf sie noch einmal auf diesen verlogenen Miesling reinfallen!

Leider trete ich in eine tiefe Furche, die die Jungs mit den Motorrollern in den Rasen gefräst haben, und stolpere über meine eigenen Füße. Anscheinend war Krischan noch nicht in dieser Ecke des Gartens. So ein Mist aber auch.

Mit einem herzhaften Fluch auf den Lippen schlage ich der Länge nach hin und lande mit der Nase nur knapp neben einer leeren Cola-Flasche. Ich rappele mich in Lichtgeschwindigkeit wieder hoch. Komme ich zu spät? Eindeutiges Ja. Lukas steht bei Anna. Und Anna strahlt ihn an, als wäre er der Prinz in der weißen Rüstung. Lukas' Plan ist aufgegangen. Ich hab's gewusst.

Zwei Stunden später – es ist mittlerweile hell, die Sonne scheint, die Vögel zwitschern, und es könnte ein wunderwunderschöner Morgen sein; die Betonung liegt auf *könnte*! – sind wir fertig. Der Garten sieht zwar immer noch aus, als wären mehrere Panzer zu Übungszwecken durchgerollt, aber Krischan hat versprochen, dass man nach einer kompletten Neuansaat vermutlich schon bald nichts mehr davon sehen wird. Die gröbsten Spuren hat er jedenfalls beseitigt. Und strapazierfähiges Saatgut will er in den nächsten Tagen auch vorbeibringen. Wirklich nett von ihm.

Bleibt nur noch die Frage, wie Phillip das seinem Vater erklären soll.

Der Pool ist sauber, der Grill und die Terrasse auch. In der Küche und im Rest des Hauses duftet es frühlingsfrisch. Sogar die massakrierten Eier haben wir von den Schranktüren und Wänden fast spurlos abkratzen können. Nur einige wenige festgetrocknete gelbe Schlieren sind noch zu sehen, und das auch nur, wenn man's weiß und aus einem ganz bestimmten Winkel guckt.

In der Garage stapeln sich die gefüllten Müllsäcke bis zur Decke. Die Jungs haben sich für Montag verabredet, um sie fachgerecht zu entsorgen.

Die Schadensbilanz fällt erstaunlich gering aus. Der große Spiegel im Keller, die kleine Scheibe in der Terrassentür, zwei Lampen, eine Poolkachel, diverse Gläser, eine Salatschüssel und ein Tisch – mehr ist nicht zu Bruch gegangen. Erstaunlich, wenn man bedenkt, was noch vor ein paar Stunden hier abgegangen ist!

„Ey, Leute … Mein Bedarf an Partys ist erst mal gedeckt!" Paul lässt sich auf den Rasen fallen und stöhnt auf.

„Meiner auch", sage ich und meine es von ganzem Herzen ehrlich.

„Wo habt ihr eigentlich die Schlüssel versteckt?", will Phillip wissen. „Ich würde gerne duschen."

Lena und ich tauschen ein kleines Grinsen aus, bevor sie den Schrankschlüssel aus ihrer Jeanstasche zieht und ihn Phillip überreicht, der damit im Haus verschwindet.

„Und welcher davon ist der Badezimmerschlüssel?", fragt er, als er nach knappen zwei Minuten mit den beiden Brotkörbchen wiederauftaucht.

„Musst du ausprobieren“, gähnt Lena. „Keine Ahnung.“

Phillip macht so ein entsetztes Gesicht, dass ich ihm aus purem Mitleid eines der Körbchen aus der Hand nehme und verspreche, ihm zu helfen.

„Viel Spaß!“, wünscht Lena uns augenzwinkernd.

Auf dem Weg nach oben weihe ich Phillip in meinen Verdacht ein, Lukas könnte die Party im Internet verbreitet und seinen Auftritt als Retter geplant haben, um Anna zurückzugewinnen.

Er hört aufmerksam zu und nickt schließlich.

„Ehrlich gesagt hab ich auch schon daran gedacht“, meint er.

„Aber wie wollen wir es ihm beweisen?“, seufze ich. „Anna klebt jetzt schon wieder an ihm, als wäre er Superman. Dabei war alles nur gefakt!“

„Das müssen wir erst mal rauskriegen.“ Phillip bleibt vor der Badezimmertür stehen, wühlt in den Schlüsseln und probiert einen aus. Natürlich passt er nicht.

„Und wie?“

„Mit einem Spiel.“ Er nimmt den nächsten Schlüssel. Wieder nichts.

„Was für ein Spiel?“

„Schon mal was von Wahrheit oder Pflicht gehört?“ Er grinst. Der dritte Schlüssel passt. Unglaublich. Phillip ist ein echtes Glückskind! Jetzt muss er nur noch den richtigen für sein Zimmer finden, sonst kommt er nicht an seine frischen Klamotten.

„Ja, klar“, antworte ich auf seine Frage. „Aber du glaubst doch nicht im Ernst, dass Lukas sich an die Spielregeln hält!“

„Wahrscheinlich nicht“, gibt Phillip zu. „Aber wir können ihn dabei beobachten. Es gibt eindeutige Körpersignale, an denen man feststellen kann, ob jemand lügt."

Ich muss lachen. „Und das kannst du?"

„Logo", nickt er todernst. „Das nennt man Psychologie!"

Nach weiteren fünf Minuten haben wir seinen Zimmerschlüssel identifiziert.

„Leihst du mir eine Jeans und ein T-Shirt?", frage ich und lasse mich auf sein Bett plumpsen. „Ich würde auch gerne duschen und was Sauberes anziehen."

„Alles, was du willst", raunt er mir zu und lässt sich neben mich fallen. „Und was ist mit Unterwäsche?"

Wir brauchen ungefähr eine halbe Stunde, um die Unterwäschefrage zu klären. Zuerst muss Phillip meine mitternachtsblaue Wäsche in allen Details bewundern. Und natürlich will er auch wissen, wie sie sich anfühlt. Ich kann es ihm nicht verdenken. Immerhin habe ich das Set in erster Linie zu diesem Zweck gekauft und angezogen. Allerdings wusste ich damals noch nicht, dass diese Nacht bei weitem nicht so romantisch verlaufen würde wie ursprünglich geplant. Aber das ist mir egal. Während Phillip mich küsst und mit seinen Fingern zärtlich über die Spitze des BHs streicht, ist mir alles egal. Sogar Lukas und sein intrigantes Spiel.

Als wir uns nach einer Ewigkeit voneinander trennen und Phillip endlich im Bad verschwindet, um zu duschen, kuschele ich mich in sein Kissen und schließe die Augen. Ich könnte auf der Stelle einschlafen. Auf der anderen Seite bin ich total aufgekratzt. Es ist ein merkwürdiges Gefühl. Aber wahrscheinlich ist es ganz normal, dass man sich so fühlt, wenn man eine Nacht durchgemacht hat. Irgendwie komplett abgehoben und benebelt, als würde man sich in klebriger Watte bewegen.

Ich beschließe, dass meine Unterwäsche von gestern noch mal gehen muss. Die hatte ich schließlich ganz frisch angezogen und nur für die Party gegen die Dessous getauscht. Wenn Phillip mir eine Jeans und ein T-Shirt von sich leiht, ist alles paletti. Dann kann ich vielleicht sogar ans Frühstück denken und daran, Lukas Großkotz beim Flaschendrehen dranzukriegen. Ich freu mich schon darauf!

Als Phillip und ich wieder runterkommen – ich in einem viel zu großen T-Shirt und einer original Boyfriendjeans, weil sie tatsächlich meinem Freund gehört –, gluckert in der Küche die Kaffeemaschine. In einem Topf auf dem Herd blubbern ein paar Eier vor sich hin. Daneben brutzeln Spiegeleier und Speck in einer Pfanne. Auf dem Gartentisch unter der Markise steht ein großer Korb randvoll mit frischen Brötchen. Krischan ist extra losgefahren und hat sie besorgt, wie Lena erzählt. Dieser Biobauer ist ein echter Schatz! Den sollte sie sich unbedingt warmhalten!

Der Tisch ist mit allem gedeckt, was das Herz begehrt. Käse, Marmelade, Nutella, Kakao, Wurst … einfach alles! Ich merke, wie hungrig ich bin. Unsere Freunde sitzen auf ihren Stühlen und grinsen uns erwartungsvoll entgegen. Sie sehen wie eine total übernächtigte, aber glückliche Großfamilie aus. Bis auf Cem, der eingeschlafen ist und leise schnarcht.

„Bevor ihr fragt …“ Phillip nimmt ein Glas O-Saft, trinkt einen Schluck und setzt sich hin. „Nein, Conni und ich haben *nicht* zusammen geduscht!“

Er zupft an dem Pflaster, das er sich als Ersatz für den verschmuddelten Verband auf den Daumen geklebt hat.

Pauls Grinsen reicht von einem Ohrläppchen zum anderen. „Haha, schon klar", sagt er.

Ich strecke ihm die Zunge raus, schnappe mir ein Körnerbrötchen aus dem Korb, belege es dick mit Käse und beiße hinein.

Es ist herrlich! Die Sonne scheint warm und freundlich. Irgendwo bellt ein Hund. Erst jetzt kann ich die himmlische Ruhe wirklich genießen und stelle fest, wie angenehm sie ist, nach dem ganzen Partytrubel, den vielen Stimmen und der lauten Musik.

Eine Hummel summt vorbei. Verträumt schaue ich ihr hinterher und seufze vor mich hin. Ich könnte für den Rest des Tages hier sitzen bleiben, und vielleicht tue ich es sogar. Meine Eltern erwarten mich schließlich erst im Laufe des Nachmittags zurück.

Als ich Anna und Lukas bemerke, die mir schräg gegenüber sitzen und Händchen halten, holt mich das auf den harten Boden der Wirklichkeit zurück.

Anna fängt meinen Blick auf, von dem ich ziemlich sicher bin, dass er meine volle Missbilligung zum Ausdruck bringt, und lächelt. Das Zurücklächeln fällt mir extrem schwer, ich geb's zu, aber ich zwinge mich dazu, und irgendwie gelingt es mir tatsächlich. Als Lukas, diese elende Schleimbeule, mich angrinst, bröckelt mein Lächeln allerdings. Zur Beruhigung genehmige ich mir ein zweites Brötchen, diesmal mit Nutella.

Es fühlt sich an, als würden wir stundenlang frühstücken. Immer wieder steht jemand auf, holt neuen Kaffee und Kakao oder macht frisches Rührei. Niemand von uns macht Anstalten, nach Hause zu gehen. Die Gespräche plätschern träge vor sich hin. Ab und zu lachen wir über einen Witz, oder wir schweigen und blinzeln müde in die Sonne, die inzwischen ziemlich hoch am Himmel steht.

Paul schlägt vor, im Pool zu schwimmen. Als niemand vor Begeisterung applaudiert, vergisst er seine Idee ganz schnell wieder. Phillip nimmt meine Hand. Ich lehne mich zurück und schnurre wie eine satte, zufriedene Katze.

„Denkst du, du kriegst Stress mit deinem Vater?", frage ich ihn. „Die Nachbarn waren ziemlich sauer. Bestimmt hat das noch ein Nachspiel, oder?"

Phillip nickt. „Ja, vermutlich. Ich werde nachher mal rumgehen und den Zerknirschten machen. Vielleicht akzeptieren sie eine Entschuldigung und gut ist. Obwohl … der Worthmann steckt meinem Vater garantiert, was hier los war. Aber mein Alter ist strapazierfähig. Den haut so schnell nichts um. Niemand ist ernsthaft zu Schaden gekommen, wir haben die übelsten Spuren beseitigt, und für den Rest komme ich mit meiner eigenen Kohle auf. Nächste Woche ist das Ganze gegessen."

„Und was machen wir jetzt?" Paul hat in den Überresten der Party eine rosarot getönte Sonnenbrille gefunden und aufgesetzt. Sie steht ihm nicht wirklich.

„Wie wär's mit einer Runde Wahrheit oder Pflicht?", frage ich.

Phillip drückt meine Hand und meint: „Gute Idee!"

„Ich bin dabei", murmelt Cem, der aus seinem Nickerchen aufgewacht ist und sich etwas orientierungslos umsieht.

Alle wollen mitmachen. Auch Lukas.

Billi steht auf und holt eine leere Flasche aus der Garage. „Wodka", stellt sie trocken fest.

Paul stöhnt auf. „Können wir nicht irgendwas Alkoholfreies nehmen?"

„Stell dich nicht so an", sagt Billi. „Die Flasche ist leer."

Bevor es losgeht, räumen wir den Tisch ab, tragen Teller, Tassen und Besteck in die Küche und schmeißen den Geschirrspüler an. Ich werfe Phillip einen unauffälligen Blick zu. Ob unser Hobbypsychologentrick tatsächlich funktioniert?

Zuerst gibt es die stinknormalen Pflichtaufgaben und Wahrheitsfragen, die jeder von uns auswendig kennt: „Hüpfe auf einem Bein dreimal um den Tisch und gackere wie ein Huhn!"; „Gib dem dritten Mädchen links von dir einen Kuss!"; „Hast du schon mal mit Zunge geküsst?"; „Hast du heute Unterwäsche an?", und so weiter und so fort. Alles total harmlos. Wir lachen und haben jede Menge Spaß, und ich vergesse schon fast das eigentliche Ziel des blöden Spiels. Doch dann ist Phillip mit Drehen dran, und die Flaschenöffnung zeigt ausgerechnet auf Lukas. Besser geht's nicht!

Ich drücke Phillips Hand unter dem Tisch. Er erwidert den Druck kaum merklich.

„Wahrheit oder Pflicht?", fragt er Lukas.

Lukas zögert kurz. „Wahrheit."

Perfekt! Meine Kopfhaut kribbelt vor Anspannung.

Phillip räuspert sich. Mir kommt es vor, als würden Minuten verstreichen, bis er endlich seine Frage stellt: „Hast du unsere Party bei facebook eingestellt und als öffentlich markiert?"

Anna schnappt nach Luft. Paul runzelt die Stirn. Am Tisch

herrscht plötzlich Schweigen. Ich drücke Phillips Hand, so fest ich kann.

„Ha?“ Cem findet als Erster seine Stimme wieder. „Hab ich was verpasst?“

„Nein“, sagt Lukas. Seine Stimme klingt schneidend, sein Blick wirkt selbstbewusst und kühl zugleich.

„Nein was?“, fragt Phillip ihn ebenso kühl und beherrscht.

„Nein, Cem hat nichts verpasst. Und nein, ich habe die Party nicht bei facebook eingestellt und als öffentlich markiert. Zufrieden?“ Lukas stupst die Flasche an. Sie dreht sich wacklig einmal im Kreis herum und bleibt schließlich bei Anna stehen.

Billi runzelt die Stirn. „Was soll das? Kann mich mal jemand aufklären, worum es hier geht?“

„Phillip glaubt anscheinend, dass Lukas etwas mit dem Party-Flashmob zu tun hat“, sagt Anna. Ihre Stimme zittert leicht.

„Und? Hat er?“, fragt Jesko verwirrt.

„Er hat Nein gesagt“, antwortet Phillip und fügt nach einer kurzen Pause hinzu: „Ich glaub's ihm.“

Lukas nickt gelassen.

Was? Wie bitte? Und das soll's gewesen sein? Damit gibt Phillip sich zufrieden? Ich überlege gerade, ob ich aufspringen und nach Hause fahren soll, weil ich Lukas' selbstherrliches Getue nicht länger ertragen kann, da meldet Anna sich zu Wort.

„Ich war's“, sagt sie. Mehr nicht. Sie presst die Lippen aufeinander, bis sie nur noch zwei schmale Linien sind. Ihr Gesicht wird zuerst blass, dann rot.

Ich hätte kaum für möglich gehalten, dass das Schweigen von gerade eben noch übertroffen werden könnte. Aber es kann.

Es gibt nämlich ein noch stärkeres Schweigen als ein normales Schweigen. Ich glaube, man nennt es Grabesstille. Wahrscheinlich, weil plötzlich alles aufhört, sich zu bewegen und Geräusche zu machen. Genau so eine Stille – Grabesstille – herrscht plötzlich an unserem Tisch. Obwohl natürlich alles weitergeht, die Vögel weiterzwitschern, die Sonne weiterscheint, das Wasser im Pool weiterplätschert. Trotzdem ist es so, als hätte das alles schlagartig aufgehört. Es fühlt sich wie ein Vakuum an; als würden wir unter einer schalldichten Kuppel sitzen, in der jemand die Zeit angehalten hat.

Ich kann in diesem Vakuum nicht atmen, stelle ich fest und schnappe nach Luft. Ungläubig starre ich Anna an. Sie weicht meinem Blick aus.

„Ich war sauer, traurig, wütend, enttäuscht", bricht sie die unheimliche Stille. „Ich saß allein zu Haus und wollte nicht auf die Party, weil ich Stress mit Lukas hatte. Da hab ich's gemacht."

„Was gemacht?", fragt Paul begriffsstutzig. Er runzelt die Stirn und blinzelt verwirrt durch seine rosarote Brille.

„Na, die Party bei fb eingestellt! Ich wollte …", Anna unterbricht sich selbst mit einer ärgerlichen Geste. „Ach, ich weiß eigentlich gar nicht, was ich wollte! Ich glaub, ich war irgendwie nicht zurechnungsfähig. Ich stand total neben mir. Ich hab den Eintrag aus Quatsch gemacht und im selben Moment wieder gelöscht. Trotzdem haben ihn welche gelesen und geteilt. Es war saublöd von mir, total überflüssig. Tut mir leid."

„Äh …", macht Paul.

„Ich muss das jetzt nicht verstehen, oder?", murmelt Cem.

„Nein!", rufen Billi, Dina und ich im Chor.

„Okay, okay." Cem zieht den Kopf zwischen die Schultern und grinst.

„Ich versteh's selber nicht", sagt Anna zerknirscht. „Ich kann's auch nicht erklären. Ich war einfach nur frustriert!"

„Hast du zufällig gerade deine Tage?", mischt Lena sich ein. „Frauen, die unter großem emotionalem Stress stehen und menstruieren, können vor Gericht auf Unzurechnungsfähigkeit plädieren. Das hab ich neulich erst in einer Zeitschrift gelesen. Du warst tatsächlich nicht zurechnungsfähig, Süße." Sie beugt sich über den Tisch und tätschelt Anna liebevoll die Hand. „Das bedeutet Freispruch, ganz klar." Dann wirft Lena einen finsteren Blick auf Lukas und zeigt ihm den Mittelfinger. „Das gilt nicht für dich, Mister Muskel! Wir alle wissen, dass du für Annas Unzurechnungsfähigkeit verantwortlich bist. Schäm dich!"

Lukas zuckt schuldbewusst zusammen. Er wird sogar ein bisschen rot.

Ich muss lachen. Vermutlich hat Lena Recht, und Anna war wirklich nicht zurechnungsfähig. Denn eins steht fest: Wer sich mit Lukasss Schwachbirne Muskelmann abgibt, kann definitiv nicht bei klarem Verstand sein!

„Was gibt's da zu lachen?", brummt Phillip von der Seite. Er sieht ein bisschen eingeschnappt aus.

Aus meinem Lachen wird ein Prusten.

„Ich kann nicht anders, tut mir leid", kichere ich.

Nach und nach fallen die anderen in mein albernes Gegiggel ein. Es ist wie eine Kettenreaktion. Wie beim Domino Day. Einer stößt den ersten Stein an, und dann …

Anna sieht ein bisschen hin und her gerissen aus, als würde sie sich nicht trauen mitzulachen. Doch dann verzieht sie ihren Mund und lächelt.

Ich spüre, wie erleichtert sie ist. Wir sind nicht böse auf sie. Niemand macht ihr einen Vorwurf.

„Eigentlich war's doch 'ne geile Party", meint Paul, als wir uns endlich halbwegs beruhigt haben.

„Ist nicht dein Ernst, oder?", fragt Krischan.

„Doch", beharrt Paul. „Ich fand's saucool!"

„Das glaubst du nur, weil du alles durch deine rosarote Brille siehst", ziehe ich ihn auf.

„Auf ein paar Features hätte ich gut verzichten können", meint Phillip breit grinsend. „Besonders auf das Kloschrubben. Aber wo Paulchen Recht hat, hat er Recht: Insgesamt war's 'ne ziemlich geile Party!"

„Stimmt. Auf jeden Fall war's kein Kindergeburtstag."

Paul schrumpft ein wenig in seinem Stuhl, als ich das sage. Ich werfe ihm schnell ein Lachen an den Kopf. Alles ist gut.

KAPITEL 12

Schockzustand hoch zehn!
Untertitel:
Wie kann er mir das antun?

Der Stress mit den Nachbarn hat sich ziemlich geschmeidig in Wohlgefallen aufgelöst. Phillip hat sich bei allen entschuldigt, und sie haben es akzeptiert. Genial. Nicht mal Herr Graf hat bei seiner Rückkehr einen Anfall gekriegt. Allerdings hat er darauf bestanden, dass wir alles, was bei der Party beschädigt wurde, wieder in Ordnung bringen oder ersetzen. Aber das war uns klar. Ist also kein Problem. Jesko hat seinen Eltern den kaputten Spiegel gebeichtet. Zum Glück haben sie eine Haftpflichtversicherung, die einspringt.

Obwohl inzwischen – im wahrsten Sinne des Wortes – längst Gras über die Sache gewachsen ist, sorgt unsere Party noch Tage danach für Gesprächsstoff in der Schule, und wir werden ständig darauf angesprochen. Die halbe Oberstufe will wissen, wann die nächste Fete steigt. Die Kleinen aus der Unterstufe hören neidisch zu.

Dabei hat der schnöde Alltag uns längst wieder im Griff. In ein paar Wochen fangen die Sommerferien an, und wie immer um diese Zeit passiert es, dass sämtliche Lehrer gleichzeitig damit beginnen, uns wichtige Tests und Klausuren schreiben zu lassen. Und das, obwohl der Ferientermin seit mindestens einem Jahr feststeht und ganz und gar nicht überraschend kommt. Wie organisieren die eigentlich sonst ihr Leben? Auch immer auf den letzten Drücker und alles auf einmal? Echt abtörnend.

Anna und Lukas sind seit der Party wieder zusammen. Im Grunde ist alles wie vorher. War ja irgendwie klar. Er tentakelt an ihr rum; sie schmachtet kuhäugig zurück. Ich frage mich, ob sie ihre Ankündigung schon wahr gemacht hat. Aber eigentlich sieht sie aus wie immer. Jedenfalls nicht so, als hätte sie schon Sex gehabt. Kann man das überhaupt sehen? Ich bilde mir ja irgendwie ein, dass so ein wichtiges Ereignis deutlich sichtbare Spuren hinterlassen muss. Dass man hinterher anders aussieht vielleicht. Eine andere Körperhaltung hat. Von innen heraus strahlt oder so. Keine Ahnung.

Lena und Krischan haben es jedenfalls noch nicht getan, das hat Lena mir erzählt. Bei den beiden hat es aber trotzdem ganz schön eingeschlagen, trotz des Altersunterschieds. Immerhin ist Krischan fast vier Jahre älter als sie. Macht aber nix, meint Lena, und dass ältere Männer durchaus ihre Vorzüge haben. (Klar, Biogemüse zum Beispiel. Haha …) Neulich ist sie sogar mit ihm Trecker gefahren! Er musste irgendein Feld beackern und hatte keine Zeit für sie, worauf Lena sich mal eben kurzerhand zu ihm auf den Treckersitz geschwungen und stundenlang mit ihm Furchen in sein ökologisch korrektes Gemüsebeet gezogen hat. Im Spätsommer wollen sie dann zusammen Mähdrescher fahren. Wenn's Spaß macht, warum nicht? Solange sie nicht Hand in Hand in Gülle baden …

Wenn Phillip Landwirt wäre, würde ich vielleicht auch den

ganzen Tag in Latzhosen und Gummistiefeln rumlaufen und mit ihm zusammen Kühe melken, Heu wenden oder was sonst so gemacht werden muss. Könnte vielleicht ganz romantisch sein. Aber zum Glück ist er kein Bauer. Und heute Nachmittag hat er sogar mal Zeit für mich. Wir wollen endlich die Kinogutscheine einlösen, die seit meinem Geburtstag in meinem Schreibtisch liegen und auf ihren Einsatz warten.

Wir sind zwar erst um halb fünf verabredet, aber ich überlege trotzdem schon den ganzen Tag hin und her, was ich anziehen soll. Das superschöne Vorsommerwetter hat leider vor kurzem schlappgemacht. Im Moment ist es wieder kühl und regnerisch. Das bedeutet Jeans und Sweatshirt, was anderes fällt mir nicht ein. Doch, halt! Ich habe eine nagelneue weiße Bluse mit Lochstickerei im Schrank, die ich noch nie anhatte. Dazu eine Kapuzensweatjacke und meine gepimpte Partyjeans, die nach einer gründlichen Vollwäsche wieder wie neu aussieht. Genau wie die Chucks übrigens, die die Party erstaunlich gut überstanden haben. (By the way: Mich würde mal interessieren, ob Jungs sich auch solche Gedanken über ihr Outfit machen, wenn sie mit einem Mädchen verabredet sind. Kann ich mir irgendwie nicht vorstellen. Sonst würden sie nicht immer gleich aussehen, oder? Irgendwie sind die deutlich entspannter als wir Mädels.)

Um Punkt halb fünf bin ich mit meinem Rad vor Phillips Haustür. Der Jaguar seines Vaters steht in der Einfahrt. Daneben parkt ein großer BMW. Vermutlich Kundschaft. Phillips silbergraues Rennrad lehnt ein Stück weiter hinten an der Hauswand. Im Nachbargarten brummt ein Rasenmäher. Args, Hilfe! Herr

Worthmann ist dabei, seinen Rasen auf den Millimeter genau zu stutzen. Ich schaue lieber schnell woandershin, sonst identifiziert er mich noch als eine von diesen aufständischen Jugendlichen, die seine Nachtruhe gestört haben. Die Party ist noch nicht soo lange her. Wenn Herr Worthmann und seine Frau nicht gerade an Alzheimer leiden, werden sie sich noch gut daran erinnern können. Vielleicht also auch an mich.

Als Phillip fünf Minuten später immer noch nicht aufgekreuzt ist, versuche ich ihn mit meiner Fahrradklingel aus dem Haus zu locken. Vergeblich. Liegt er etwa in seiner Hängematte und hat mich vergessen?

Ich stelle mein Rad ab und drücke auf den Klingelknopf neben der Haustür. Ich habe uns zwar Plätze für die Fünf-Uhr-Vorstellung reservieren lassen, aber das Kino liegt mitten in der Fußgängerzone, und wenn wir vorher noch Cola und Popcorn kaufen wollen, sollten wir uns langsam auf den Weg machen. Ich finde es extrem peinlich, zu spät zu einer Kinovorstellung zu kommen. Besonders wenn das Licht schon aus ist, alle brav auf ihren Plätzen sitzen, der Film womöglich schon läuft und man sich durch die Reihen quetschen und pausenlos entschuldigen muss, um auf seinen Platz zu kommen. Nee, das muss echt nicht sein.

Als ich leicht genervt aufstöhne und gerade noch einmal klingeln will, reißt Phillip die Tür vor meiner Nase auf und strahlt mich an.

„Hey, Süße! Sorry, ich war noch on. Wartest du schon lange?“

Er war im Internet, während ich mir hier die Füße in den Bauch gestanden, Herrn Worthmann bei der Rasenpflege zugeguckt und vor lauter Warten kringelige Haare gekriegt habe? Geht's noch?

„Elf Minuten ungefähr“, antworte ich auf seine Frage. „Es können auch elfeinhalb gewesen sein.“

„Nicht sauer sein, bitte“, sagt er mit seinem Ich-bin-ein-kleiner-Labrador-und-will-nur-spielen-Blick. „Wir sind in fünf Minuten in der Stadt. Das schaffen wir locker.“

Meine Antwort ist ein Seufzen, während er sein Rennrad aufschließt.

„Lach mal!“, fordert er mich auf.

Ich schiebe meine Augenbrauen zusammen, versuche ein ernstes Gesicht zu machen und muss leider trotzdem lachen. Mist.

Eine knappe Viertelstunde später sitzen wir tatsächlich auf unseren Plätzen in der letzten Reihe, schlürfen Cola aus Pappbechern und greifen gleichzeitig in den riesigen Popcorneimer, der auf der Armlehne zwischen uns steht. Der Vorspann hat gerade angefangen. Das Kino ist halb leer. Das Reservieren hätten wir uns locker sparen können, aber dafür haben wir die letzte Reihe fast für uns allein.

„Was gucken wir eigentlich?“ Phillip schnippt ein Popcorn in die Luft und fängt es mit geöffnetem Mund auf. Ich kann noch so viel üben, aber das schaffe ich nie! Nicht mit Popcorn, nicht mit Erdnussflips, nicht mit Gummibärchen.

„Den neuen Film mit Robert Pattinson“, raune ich ihm zu. Wie kann er das vergessen haben? Wir haben heute Vormittag in der Schule ewig lange hin und her diskutiert, weil er lieber was mit Vin Diesel sehen wollte!

„Sagt mir nichts“, behauptet er allen Ernstes. „Muss ich den kennen?“

Ich beuge mich leicht vor und starre ihn an, soweit das in der Dunkelheit des Kinos möglich ist.

„Vergiss es!“, kichert er. „War nur ’n Witz.“

Ich lehne mich wieder zurück und kuschele mich tief in meinen Sitz. Das Neustädter Kino ist uralt, aber gemütlich. Mit Phillip an meiner Seite ist es gleich noch mal gemütlicher – auch wenn der sich heute ein bisschen verhaltensauffällig benimmt.

Nach dem Film haben wir Hunger und beschließen, in den Citygrill zu gehen, um uns einen Döner zu genehmigen.

Phillip stapft schweigsam neben mir her. Ich nehme seine Hand. Er streichelt abwesend über meine Finger, als wäre er mit seinen Gedanken ganz woanders.

„Ist was?“, frage ich ihn.

„Was? Nee, alles klar“, versichert er schnell und schiebt die Tür zum Imbiss auf. „Was nimmst du?“

„Pomdöner“, sage ich. „Und ’ne Selters.“

Im Gegensatz zum Kino tobt im Citygrill das Leben. Kein Wunder, die Stadt hat sonst nicht viel zu bieten. Kein Jugendtreff, kein Internetcafé, kein Garnix. Bei schönem Wetter lungern die Kids am Sportplatz oder im Park herum, bei schlechtem versammeln sie sich im Citygrill, wo sie sich stundenlang an ihre Colas und Pommes klammern. Akin, der Wirt des Dönergrills, hat ein großes Herz für seine junge Kundschaft.

Wir nehmen unsere Döner und die Getränke in Empfang und gehen nach draußen, um an einem der Stehtische zu essen.

Phillip trinkt einen großen Schluck von seiner Cola und starrt in die Ferne. Zuerst denke ich, er hat vielleicht irgendwas Interessantes gesehen, aber in der Richtung, in die er starrt, ist nichts. Nur parkende Autos. Grinsend stupse ich ihn mit dem Ellbogen an und mache ihn darauf aufmerksam, dass Knoblauchsoße aus seinem Döner tropft. Er wischt den Fleck mit seiner Serviette weg.

Bisher bin ich davon ausgegangen, dass Robert Pattinson nur kleine Mädchen aus der Fassung bringt. Dass er auf Phillip eine derartig hypnotische Wirkung ausübt, ist mir ehrlich gesagt ein bisschen unheimlich. Obwohl es sehr niedlich aussieht, wie er vor sich hin starrt, stupse ich ihn noch einmal an. „Hey, träumst du?"

Er zuckt zusammen. Ein bisschen schuldbewusst, kommt es mir vor. Als hätte ich ihn bei etwas ertappt. Aber wobei?

„Ich? Nein. Alles bestens!" Er beißt in seinen Döner, als wäre nichts gewesen. Hm …, denke ich bei mir. Vielleicht beschäftigt ihn irgendwas Schulisches? Eine bevorstehende Klausur? Ein kompliziertes Computerproblem? Die aktuelle Bundesligatabelle? Ein Trainerwechsel bei Real Madrid? Oder die stoffliche Zusammensetzung seiner Socken?

Ich werde es wohl nie erfahren. Jungs sind in solchen Dingen ja nicht besonders kommunikativ, und Phillip bildet da leider keine Ausnahme. Aber eigentlich ist es auch nicht so wichtig. Als er mir einen Knoblauchsoßenkuss gibt, habe ich es schon vergessen.

Ein paar Tage später finde ich Phillips Abwesenheitsproblem allerdings gar nicht mehr so niedlich. Ständig ertappe ich ihn dabei, dass er sich in Gesprächen ausklinkt, mir nicht zuhört oder mit seinen Gedanken ganz woanders ist. Alles, wirklich alles muss ich wiederholen oder ihm dreimal hintereinander erklären. Hat er vielleicht irgendeinen Vitaminmangel, eine Hormonstörung oder was? Es nervt!

„Was ist eigentlich mit dir los?", frage ich, während wir nach Schulschluss unsere Fahrräder aus dem Gewirr der anderen Räder befreien. Gerade habe ich ihn gefragt, ob wir zusammen ins Freibad wollen, weil ausnahmsweise mal die Sonne scheint, aber er guckt einfach durch mich hindurch und gibt keine Antwort.

„Hast du mir überhaupt zugehört?"

„Natürlich!"

„Und?"

„Was und?"

Bitte schön. Das ist der Beweis. Er hat natürlich *nicht* zugehört!

„Wollen wir nachher ins Freibad?"

„Freibad?", fragt er unsicher.

„Ach, vergiss es!" Schnaubend zerre ich mein Rad aus dem Unterstand und krempele mein rechtes Hosenbein energisch bis unters Knie. Ich bin neulich erst in der Kette hängengeblieben, mitten auf einer Kreuzung. Es ist nicht besonders witzig, von allen Seiten angehupt zu werden, während man krampfhaft versucht, seine Jeans aus einer blockierten Fahrradkette zu ziehen und dabei möglichst elegant hoppelnd die andere Straßenseite zu erreichen, obwohl die Autos links und rechts längst Grün haben. Ich habe es sofort in meine Liste von Dingen, die nerven und keine Wiederholung brauchen, eingetragen, die ich vor kurzem auf meinem Laptop eingerichtet habe.

Natürlich führt Phillips akute geistige Anwesenheitsblockade diese Liste an, und zwar haushoch. Was soll ich mit einem Freund, der zwar neben mir steht, aber in Gedanken Lichtjahre weit weg ist? Mich würde brennend interessieren, *wo* er ist, wenn er abwesend ist. Aber er sagt nichts. Es ist zum Krisekriegen!

„Komm doch zu mir", schlägt er vor. „Wir können in den Pool."

Seine braunen Augen funkeln warm. Ein tiefer Blick, und es ist um mich geschehen. Privatpool? Gebongt.

„Okay. Um drei?"

Phillip nickt erleichtert.

Auf dem Nachhauseweg denke ich nach. Es geht gar nicht anders. Ganz automatisch drängt sich der Gedanke auf, ein anderes Mädchen könnte hinter Phillips merkwürdigem Benehmen stecken.

Ich meine, woran denken Jungs zuerst, wenn sie denken? Richtig, an Fußball. Und an zweiter Stelle kommen Mädchen, wenn ihr mich fragt. Eins steht fest: Phillip sieht umwerfend aus (sonst hätte ich ihn mir nicht ausgesucht, haha!), und natürlich bemerke ich die Blicke der anderen Mädchen, wenn er an ihnen vorbeigeht. Ich bin schließlich weder blöd noch blind, sondern nur blond.

Ich wette, allein an unserer Schule gibt es mindestens zwanzig Tussis verschiedener Altersstufen, die sofort mit mir tauschen würden, wenn sie die Gelegenheit dazu hätten. Und ein paar von denen würden garantiert vor nichts zurückschrecken, um mir meinen Freund auszuspannen. Ich wiederhole: vor nichts.

Muss ich mir Sorgen machen?

Eigentlich bin ich mir absolut sicher, was Phillips Treue angeht. Wir lieben uns. Treue ist für uns beide unheimlich wichtig. Vielleicht das Wichtigste überhaupt, neben Ehrlichkeit natürlich. Trotzdem ist das keine Garantie, ich weiß.

Je länger ich darüber nachdenke, umso mulmiger wird mir. Ist Phillip auf Abwegen? Denkt er an ein anderes Mädchen, wenn er mit mir zusammen ist? Schon der Gedanke daran genügt, dass mir auf der Stelle schlecht wird. Und obwohl die Sonne scheint, bekomme ich Gänsehaut.

Auf der anderen Seite, versuche ich mich zu beruhigen, hat er ständig so viel um die Ohren, dass er überhaupt keine Zeit für eine andere hätte. Wann sollte er mich betrügen? In der Schule laufen wir uns andauernd über den Weg, nachmittags ist er in allen möglichen Sportvereinen und AGs, und den Rest der Zeit verbringen wir zusammen. Mal bei ihm, mal bei mir, mal bei unseren Freunden. Da ist nirgendwo Platz für ein anderes Mädchen.

Betrug fängt im Kopf an, sagt eine innere Stimme zu mir.

Stimmt das? Hm, tja, irgendwie schon. Aber ist es wirklich schon Betrug, nur wenn er hin und wieder vielleicht an ein anderes Mädchen denkt? Ich denke schließlich auch mal an andere Jungs. Selten zwar, aber es kommt vor. Ist ja auch nichts dabei, oder?

Solange es nur hin und wieder passiert, nicht, sagt die Stimme in meinem Hinterkopf. Aber wenn es zum Dauerzustand wird …

Punkt, Punkt, Punkt? Was soll das denn heißen?

Leider schweigt die Stimme. Ich weiß auch so, was sie mir sagen wollte: Phillips permanente Träumerei sollte mir ein Warnsignal sein. Ich sollte es ernst nehmen und versuchen herauszufinden, was dahintersteckt. Und zwar, bevor es zu spät ist.

„Bevor eine andere mir meinen Freund wegnimmt!", sage ich laut und erschrecke fast darüber. Über den bloßen Gedanken, und noch viel mehr über die Bedrohung, die dahintersteht. Ich glaube, ich würde sterben, wenn Phillip eine andere hätte!

*

Am Nachmittag ist er total gut drauf. Nicht der Hauch von latenter Abwesenheitsproblematik oder geistiger Fremdgeherei. Im Gegenteil, Phillip ist superlieb und aufmerksam.

Wir dümpeln auf durchsichtigen Luftmatratzen auf dem Wasser herum und chillen im Sonnenschein. Aus dem Haus kommt Musik von Jack Johnson; gerade laut genug, dass wir sie im Pool hören können, aber nicht so laut, dass die Nachbarn sich daran stören könnten. Die Haushälterin hat Feierabend, und Phillips Vater ist wegen irgendeines wichtigen Gerichtstermins unterwegs.

Es ist das totale Urlaubsfeeling! Als wäre das Haus unsere ganz private Ferienvilla. Fehlen nur noch ein paar Palmen und dahinter das Meer. Aber auch ohne das ist es schon ziemlich nah an genial.

Der Garten sieht fast wieder aus wie vor der Party. Krischan hat sein Versprechen gehalten und neuen Rasen ausgesät. An einigen Stellen sehe ich schon die ersten zarten Hälmchen aus dem Boden sprießen. Auch die Terrassentür hat wieder alle ihre Scheiben, und die hartnäckigen Eierflecke in der Küche hat die Haushälterin weggezaubert. Nur der große Spiegel im Keller ist noch nicht ersetzt, weil es eine Sonderanfertigung ist. Zum Glück hat Jeskos Versicherung den Schaden anstandslos übernommen, sonst wäre es richtig teuer für uns geworden.

Phillip lässt sich von seiner Luftmatratze ins Wasser gleiten und taucht unter. Als er wieder an die Oberfläche kommt, streift er sich die Haare aus der Stirn und gibt mir einen ziemlich feuchten Kuss. „Willst du was trinken?"

„Ich hätte Lust auf eiskalten Kakao", schnurre ich. „Mit Eiswürfeln. Und einer Kugel Vanilleeis in der Mitte, wenn's geht!"

Er legt seine nasse Hand auf meinen sonnenwarmen Bauch. Bei der Berührung zucke ich kurz zusammen.

„Ich bin gleich zurück. Bleib, wo du bist, Nixe!" Er taucht wieder unter, um am anderen Ende des Pools aus dem Wasser zu steigen.

Als er im Haus verschwunden ist, um mir meine Eisschokolade zu mixen, schließe ich die Augen und lächle vor mich hin.

Wir bleiben den ganzen Nachmittag draußen, schwimmen, sonnen, relaxen, schlürfen Kakao mit Eis und genießen das schöne Wetter. Ich wünschte, wir hätten schon Ferien. Ich freue mich so auf den Sommer mit Phillip!

Erst als ein paar Wölkchen aufziehen, trocknen wir uns ab

und ziehen uns an. Phillips Vater ist inzwischen nach Hause gekommen. Er hat uns kurz begrüßt und ist gleich darauf in seiner Kanzlei verschwunden.

„Kann ich oben meine Haare föhnen?“ Ich packe meine Sachen in meine Strandtasche.

„Klar“, nickt Phillip.

Während er in seinem Zimmer verschwindet, mache ich einen Abstecher in das Luxusbad und begutachte mich von allen Seiten im Spiegel. Ich bin tatsächlich ein bisschen braun geworden, aber meine Haare sind eine einzige Katastrophe! Es dauert eine Weile, bis ich sie gebändigt kriege. Phillip sitzt an seinem Schreibtisch am PC, als ich in sein Zimmer komme. Auf dem Teppichboden liegen die USA-Bildbände von neulich. Amerika, wohin ich schaue. Sogar Phillips Bettwäsche besteht heute aus Stars and Stripes!

„Was machst du?“ Ich trete von hinten an Phillip heran und fahre ihm mit einer Hand durch die Haare. Sie sind noch feucht und kringeln sich im Nacken.

„Mails checken.“

„Und wie lange dauert das?“

„Hm, nicht lange.“

Ich löse meine Hand und schlendere durchs Zimmer. Muss er seine blöden E-Mails ausgerechnet jetzt checken? Hat das nicht Zeit bis später? Wenn ich wieder weg bin? Mein Blick fällt auf einen Prospekt, der aufgeschlagen neben dem Bett liegt.

BERKELEY, KALIFORNIEN, springt es mir in Großbuchstaben entgegen. Als ob es keine anderen amerikanischen Städte und Bundesstaaten gäbe!

Ich würde gerne mal nach New York fliegen. Das stelle ich mir absolut gigantisch vor! Der Broadway, der Central Park, all die tollen Museen und die riesigen Kaufhäuser … Dagegen kommt mir Berkeley fast wie Neustadt vor, nur dass es in Kalifornien liegt, was unbestritten ein großer Vorteil gegenüber meiner Heimatstadt ist. Trotzdem …

Ich schaue etwas genauer hin. So übel sieht dieses Berkeley eigentlich gar nicht aus, muss ich zugeben. Anscheinend liegt es an der San Francisco Bay, wie ein Bild von der Golden Gate Bridge im glühenden Abendrot eindrucksvoll bestätigt. Auch die Stadt selber macht einen hübschen Eindruck – zumindest auf den Fotos. Viele alte Häuser, hübsche Stadtvillen, lachende Menschen, strahlender Sonnenschein und ein wolkenloser Himmel, der sich über die Bucht und den – ja, was eigentlich? – Atlantik? Pazifik? – spannt. Ich krame meine bescheidenen Geografiekenntnisse heraus und komme zu dem Schluss, dass es der Pazifik sein muss. Klar, schließlich liegt Kalifornien eindeutig an der Westküste der USA. Aber damit hört mein Wissen auch schon auf.

Der Prospekt ist übrigens von einem Sprachreiseveranstalter, das fällt mir aber erst auf, als ich darin blättere und über verschiedene Angebote stolpere. Sprachreisen für Schüler und Studenten, Angebote für Erwachsene, Ferienkurse, Schüleraustauschprogramme … Moment mal! Schüleraustauschprogramme? Wieso Schüleraustausch? Und warum ist da ein Kreuz? Und gleich daneben ein Ausrufezeichen? Mein Herz stolpert kurz, bevor ich anfange zu lesen.

Entdecke San Francisco, eine der schönsten Städte Amerikas!

Verbringe dein Austauschjahr bei einer netten Gastfamilie und besuche den Unterricht an einer der renommierten Highschools in der berühmten Universitätsstadt Berkeley.

Die Golden Gate Bridge im Morgendunst, die Cable Cars, Fisherman's Wharf, North Beach, Lake Tahoe, der berühmte Yosemite-Nationalpark und viele andere Sehenswürdigkeiten warten auf dich!

Erlebe die fünf großen S: Sommer, Sonne, Strand, Surfen, Schwimmen ... Das alles bietet dir Kalifornien – und noch viel mehr!

Die fünf großen S? Mit gerunzelter Stirn lese ich weiter. Meine Augen überfliegen die Fotos und bleiben schließlich an einer Tabelle hängen, die verschiedene Preise und Termine zur Auswahl anbietet. Auch hier stoße ich auf eine Kugelschreibermarkierung in Form eines Ausrufezeichens, und zwar eines sehr euphorischen, wie mir scheint.

Ich habe gar nicht bemerkt, dass Phillip aufgestanden ist. Plötzlich steht er hinter mir und legt mir beide Hände auf die Schultern, ganz sanft und behutsam. Die Geste ist so vorsichtig und zögernd, als hätte er Angst, mich zu verletzen.

„Ich wollte es dir schon lange sagen ...", sagt er leise in mein linkes Ohr.

Das Ohr fängt an zu fiepen. Total merkwürdig. Schrill und hoch, wie eine von diesen komischen Hundepfeifen, die das menschliche Gehör angeblich nicht wahrnehmen kann. Vielleicht möchte mich mein Ohr durch das Gefiepe vor dem beschützen, was Phillip mir sagen will?

Ich lasse den Prospekt sinken und drehe mich um.

„Was?", frage ich.

Gleichzeitig halte ich den Atem an. Kommt es jetzt? Das große Geständnis?

Du, Conni, es tut mir leid, aber ich habe da jemanden kennengelernt …

So oder so ähnlich wird es laufen. Man kennt das doch aus diesen ganzen bescheuerten amerikanischen Spielfilmen.

Ich versuche mich zu wappnen gegen das, was jetzt kommt, aber es will mir nicht gelingen.

„Ich –", setzt Phillip an. Er bricht ab, um mir eine Haarsträhne aus dem Gesicht zu streichen. Dann räuspert er sich. Er hört sich an, als würde er Schwung brauchen für das, was er sagen will. Er holt noch einmal tief Luft und sagt es schließlich: „Ich habe mich für ein Austauschjahr beworben."

Klick!, macht es in meinem Kopf. Mein Ohr fiept immer noch. Ich hebe den Reiseprospekt hoch und sage tonlos: „Berkeley, Kalifornien. Die fünf großen S: Sommer, Sonne, Strand, Surfen, Schwimmen. Und noch viel mehr."

Phillip nickt.

Hurra! Es ist kein anderes Mädchen! Phillip betrügt mich nicht! Er will nur ans andere Ende der Welt! Und zwar ohne mich!

Ohne mich? Mein Gehirn rastet wieder ein.

„Ohne mich?" Ich starre ihn an. „Ich meine … ohne mir was zu sagen?"

Er wird tatsächlich rot. Es ist kaum zu sehen unter seiner Sonnenbräune, aber ich sehe es trotzdem.

„Ich … ähm, ja, nein", haspelt er vor sich hin. Fast tut er mir leid. Aber nur fast.

„Was heißt das?“, fauche ich und fetze den Prospekt in eine Zimmerecke, wo er gegen die Wand knallt und liegen bleibt. „Ja oder nein? Kannst du dich vielleicht mal entscheiden?“

„Nein“, knirscht er. „Ich wollte es dir ja sagen. Aber irgendwie …“

„Irgendwie hast du dich nicht getraut“, springe ich ihm hilfreich bei. „Weil du irgendwie dachtest, ich könnte vielleicht irgendwas dagegen haben. War’s so? Irgendwie?“

„Ja, oder … nein, ich weiß nicht.“ Er nimmt meine Hand. „Conni, ich …“

Er sieht so aus, wie ich mich fühle: total hilflos. Wenn wir seinen Gesichtsausdruck und meinen Seelenzustand zusammenschmeißen würden, wären wir das perfekte Paar! Aber so sind wir nur zwei hilflose Hälften.

„Ich möchte nach Hause“, sage ich und ziehe meine Hand zurück. „Du kannst mir ja mal ’ne Postkarte schicken. Aus Berkeley!“

Meine Stimme zittert, als ich das sage, und ich sehe, wie sehr es ihn trifft.

„Conni, bitte!“

„Nein, lass mich! Ist schon gut, ich hab’s kapiert!“ In Windeseile raffe ich meine Sachen zusammen und eile zur Tür.

Er versucht nicht mal, mich aufzuhalten. Wie erstarrt steht er da und guckt mich an.

„Warst du deshalb so weggetreten in der letzten Zeit?“, frage ich, die Hand schon auf der Türklinke. „Weil du Reisepläne geschmiedet hast? Oder ist da noch mehr, was du mir sagen möchtest?“

Ich muss es wissen. Wenn er mir jetzt sagt, dass er eine andere hat – es könnte nicht schlimmer wehtun, als es ohnehin schon wehtut. Der Schmerz wäre genau gleich. Oder vielleicht würde er sich anders anfühlen. Aber es wäre egal. Alles ist egal. Die Enttäuschung wäre dieselbe.

Er sagt nichts. Jedenfalls nichts von einer anderen.

„Können wir nicht darüber reden?", fragt er. „Ich würde es dir gerne erklären."

„Wozu?", schleudere ich ihm entgegen. „Du hast dich doch längst entschieden!"

Es stimmt. Ich sehe es an seinem Blick.

Aufschluchzend drücke ich die Türklinke runter und fliehe aus seinem Zimmer, aus dem Haus.

Als ich – tränenblind und zitternd vor Schmerz – auf dem Rad sitze, fühlt es sich an, als würde ich auch aus seinem Leben fliehen. Wenn es das ist, was er will: Das kann er haben!

KAPITEL 13

Nie wieder Wolke sieben.

Ich weiß nicht, wie ich nach Hause gekommen bin. Ich bin bei Rot über eine Ampel gefahren, daran erinnere ich mich vage, und in falscher Richtung in eine Einbahnstraße gebogen. Das Hupen der Autofahrer hat mich so wenig berührt, als hätte es nicht mir gegolten, sondern jemand anderem. Wenn ich gestürzt oder angefahren worden wäre, hätte es mich genauso wenig interessiert.

Mein Rad werfe ich achtlos gegen die Hauswand. Natürlich fällt es um. Das Scheppern lässt mich kurz zusammenzucken, bevor ich mit zitternden Fingern die Tür aufschließe und ins Haus stürme. Meine Tasche mit den Badesachen werfe ich in den Flur. Sie kippt um. Mein Bikini fällt heraus. Nasser Bikini auf geöltem Holzfußboden. Mir doch egal.

Meine Mutter ist in der Küche.

„Conni?“, sagt sie, als ich, ein Schluchzen mühsam unterdrückend, an ihr vorbei- und die Treppe hinaufstolpere.

„Jetzt nicht!“

Ich reiße meine Zimmertür auf, knalle sie hinter mir zu und schließe ab.

„Jetzt nicht!“, schluchze ich noch einmal. Ich ziehe die Vorhänge zu. Bloß keine Sonne mehr! Nie mehr blauer Himmel! Nie wieder Wolke sieben! Dann werfe ich mich aufs Bett, drücke mein Gesicht in die Kissen und fange endlich an zu weinen.

„Conni!“ Meine Mutter klopft an. Als ich nicht antworte, rüttelt sie an der Türklinke. „Sagst du mir bitte, was passiert ist!“

Ich hebe meinen Kopf.

„Mir geht's gut!“, schleudere ich gegen die geschlossene Tür. Natürlich ist es eine Lüge. Mir ging's noch nie so beschissen.

„Mach bitte auf“, drängelt meine Mutter.

Kann sie mich nicht einfach in Ruhe lassen? Ich hasse sie!

„Conni!“

„Was?“

„Mach sofort die Tür auf! Ich finde es nicht gut, dass du einfach so ins Haus stürmst und dich in deinem Zimmer verbarrikadierst. Ich wüsste gerne, was los ist!“

„Nichts ist los!“, blaffe ich die Tür an und füge ein halblautes „Hau ab!“ hinzu.

Einen kurzen Moment lang ist es ruhig, und ich glaube schon fast, dass meine Mutter aufgegeben hat. Aber das passt nicht zu ihr. Sie hat nur einen neuen Anlauf genommen.

„Conni, wenn du jetzt nicht sofort diese Tür aufmachst –“

Was dann? Will sie etwa das Schloss aufbrechen? Die Tür eintreten? Hält sie sich für Super-Mom?

Stöhnend wühle ich mich aus meinem Bett, tapse zur Tür, drehe den Schlüssel rum und trete einen Schritt zur Seite.

„Zufrieden?“, frage ich, als meine Mutter ins Zimmer kommt.

Sie schaut mich an, als hätte ich ein Verbrechen begangen. Dabei will ich doch nur meine Ruhe haben.

„Du weißt, dass ich keine abgeschlossenen Türen mag“, sagt sie, und ich sehe, wie sehr sie sich beherrschen muss, ruhig zu bleiben.

„Ich will nicht, dass ständig jemand in mein Zimmer kommt!“, schnauze ich sie an.

„Ständig ist ja wohl etwas übertrieben.“ Sie mustert mich kühl, analysierend und besorgt zugleich. Wie eine Ärztin, die einen problematischen Fall vor sich hat. Das kann sie gut. Schließlich ist sie Ärztin. „Jakob und Papa sind nicht da, und ich wüsste gerne, was passiert ist, dass du wie eine Furie ins Haus geschossen kommst, ohne Gruß und ohne –“

„Nichts ist passiert!“

„Hattest du Ärger in der Schule?“

„Nein!“

„Mit Phillip?“

„Was soll das? Ist das jetzt ein Verhör, oder was?“

„Ach, Conni …“

Sie seufzt. Klar seufzt sie. Das tut sie immer.

„Alles. Ist. Gut“, sage ich, jedes Wort einzeln betonend. „Ich habe keinen Ärger, mir geht's gut, die Sonne scheint. Alles ist okay. Gehst du jetzt bitte?“

„Wenn ich dir irgendwie helfen kann –“

„Sag ich's dir. Klar.“ Ich zeige auf die Tür. „Ich muss Hausaufgaben machen. Wir schreiben morgen Mathe.“

Meine Mutter will eine Hand ausstrecken. Vielleicht, um mich zu streicheln, so wie früher. Mitten in der Bewegung hält sie inne. „Sag Bescheid, wenn du etwas brauchst. Oder reden möchtest.“

Zu mehr als einem stummen Nicken kann ich mich nicht durchringen. Es ist nicht fair, ich weiß. Aber was ist schon fair? Das ganze Leben ist ein einziger Beschiss. Daran können auch besorgte Mütter nichts ändern.

Endlich geht sie. Ich zwinge mich dazu, die Tür hinter ihr geräuschlos zu schließen, obwohl ich sie am liebsten zuknallen würde. Abzuschließen trau ich mich nicht. Nicht nach dem Theater. Sie ist im Stande und nimmt mir den Schlüssel weg, und damit wäre auch der letzte Rest meiner Privatsphäre flöten.

Ich bleibe unschlüssig mitten im Zimmer stehen. Mein Blick fällt auf meinen Schreibtisch. Ich gehe hin und nehme ein Buch in die Hand, das Lena mir geliehen hat. Die Hauptfigur darin heißt auch Lena. *Delirium*, so lautet der Titel, handelt davon, dass die Liebe in der Zukunft als Krankheit betrachtet wird. *Amor Deliria Nervosa* wird sie genannt. Durch einen harmlosen Eingriff soll die Menschheit ein für alle Mal davon geheilt werden. Jeder muss sich diesem Eingriff unterziehen, bevor er achtzehn wird.

Vielleicht ist das die Lösung?, überlege ich. Liebe ist eine Krankheit. Wenn ich könnte, würde ich mich sofort operieren oder impfen lassen oder irgendwelche Tabletten schlucken, um mich für den Rest meines Lebens davon zu befreien. Nie wieder falle ich darauf rein!

Ich lege das Buch zurück. Auf meinem Handy sind neun neue Nachrichten. Sieben von Phillip, eine von Lena, eine von Anna. Ich lese die erste von Phillip – ICH MUSS MIT DIR REDEN! BITTE!! – und lösche den Rest, dann schalte ich das Handy aus und schiebe es unter das Buch.

Amor Deliria Nervosa – ein schöner Name für eine tödliche, extrem schmerzhafte Krankheit.

Ich muss eingeschlafen sein. Als ich wieder aufwache, liege ich auf meinem Bett, ohne mich daran erinnern zu können, dass ich mich hineingelegt habe. Meine Kehle brennt, genau wie meine Augen. Mein Herz brennt nicht. Es tut auch nicht mehr weh. Ich fühle es einfach nicht. Es ist, als wäre es gar nicht da. Gut so. Wer braucht schon ein Herz?

Ich schiebe eine CD in mein Laptop und stopfe mir die Ohrstöpsel in die Ohren.

So still, dass alle Uhren schwiegen, ja, die Zeit kam zum Erliegen, so still und so verloren gingst du fort …

Ich spüre die Tränen in meinen Augen.

Plötzlich ist ein so großer Schmerz in mir, dass ich schnell in mein Kissen beißen muss, um nicht laut aufzuschreien. Es fühlt sich an, als würde etwas mit einem Ruck zerreißen. Ich stöhne auf.

Wie kann er mir das antun?

Wie lange plant er es schon?

Wann wollte er es mir sagen?

Kurz vor seiner Abreise?

Wollte er es mir überhaupt jemals sagen?

Oder wäre er eines Tages einfach verschwunden?

Ich hasse ihn. Ich hasse ihn so sehr!

*

In den nächsten Tagen versuche ich irgendwie zu funktionieren. Ich stehe morgens auf, wasche mich, drücke meine Stresspickel aus, ziehe mich an, schleppe mich zum Frühstück und anschließend in die Schule.

Meine Mutter beobachtet mich, aber wenigstens stellt sie keine blöden Fragen mehr. Ich habe meinen Eltern von Phillips Reiseplänen erzählt. Sie haben die Neuigkeit sehr überrascht zur Kenntnis genommen, aber sich jeden Kommentar verkniffen. Dafür bin ich ihnen dankbar. Irgendwelche dämlichen Sprüche wie „Aber das ist doch nicht so schlimm, Conni. Ein halbes Jahr geht so schnell vorüber. Sei ein bisschen großzügig und gönn ihm den Spaß!" wären echt das Letzte, was ich jetzt gebrauchen könnte.

In der Schule läuft das natürlich ganz anders. Alle haben inzwischen mitgekriegt, dass zwischen Phillip und mir etwas passiert sein muss. Wir gehen uns aus dem Weg. Er schickt mir jeden Tag mehrere SMS und Mails. Ich verschiebe sie ungelesen in den Papierkorb, traue mich aber nicht sie zu löschen. Vielleicht werde ich sie später lesen. Irgendwann …

Einmal hat er mich nach der Schule am Fahrradunterstand abgefangen und wollte mit mir reden, aber ich habe ihn abgeschüttelt und einfach stehenlassen. Worüber sollen wir reden? Sein Entschluss steht doch sowieso fest. Wahrscheinlich hat er sogar schon sein Visum beantragt und die Koffer gepackt. Bestimmt kann er kaum erwarten, endlich abzuhauen. Weg von mir. Endlich!

Lena guckt eine ganze Weile zu, aber nach ein paar Tagen nimmt sie mich beiseite. „Wenn du dir einbildest, ich würde noch länger dabei zusehen, dass du wie ein Gespenst durch die Gegend schleichst, hast du dich geschnitten, Süße! Komm heute Nachmittag zu mir. Sagen wir um vier? Wenn du nicht kommst, hol ich dich persönlich ab. Klar?"

Ich kann nur stumm nicken, so erschrocken bin ich.

Lena grinst zufrieden, aber an ihren Augen kann ich ablesen, dass sie sich tatsächlich Sorgen macht.

Ich fühle mich ertappt. Hatte ich mir wirklich eingebildet, meine Freundinnen würden mich in Ruhe lassen und meinen Zustand ignorieren, als hätte ich nur einen harmlosen Schnupfen? Ich habe *Amor Deliria Nervosa* – genau wie das Mädchen in Lenas Buch. Mein Freund hat mich verraten. Er hat mich im Stich gelassen und unsere Liebe für seinen Egotrip geopfert. Oder war's gar keine Liebe?

Komisch, bis vor kurzem habe ich es noch dafür gehalten. Ich muss mich getäuscht haben. Phillip hat das, was zwischen uns war, anscheinend ganz anders gesehen. Phillip … Ich kann diesen Namen nicht aussprechen, ohne dass ich einen Kloß im Hals spüre. Einen richtig dicken Kloß, der alles blockiert, sogar das Atmen.

Anna und Billi sind die Nächsten, die sich um mich sorgen.

„Willst du uns erzählen, was los ist?", fragt Billi so lieb, dass ich um ein Haar anfange zu heulen.

Anna steht mit bedröppeltem Gesicht neben ihr und schlägt vor, dass wir doch mal wieder was zusammen machen könnten. Alle zusammen, so wie früher.

Ich schüttele den Kopf. Weder möchte ich ihnen erzählen, was geschehen ist, noch verspüre ich gesteigerte Lust auf einen lustigen Mädelsnachmittag. Diese Zeiten sind vorbei.

„Ich bin nicht mehr mit Phillip zusammen", sage ich. Jetzt ist es raus. Anna und Billi schnappen gleichzeitig nach Luft. Synchronschnapping sozusagen.

„Und ich möchte nicht darüber reden."

„Ähm, okay", macht Anna, aber ich kann an ihrer Nasenspitze ablesen, dass es ganz und gar nicht okay ist. Jedenfalls nicht für sie.

„Schade", meint Billi. „Manchmal hilft es nämlich. Manchmal sorgt Reden dafür, dass man die Dinge plötzlich von einem ganz anderen Standpunkt aus betrachtet."

„Bist du jetzt Psychologin, oder was?" Ich fauche sie an. Billi zuckt zusammen. Meine heftige Reaktion tut mir auf der Stelle leid. „Sorry", sage ich etwas milder, „aber ich will echt nicht darüber sprechen. Könnt ihr das bitte akzeptieren?"

Sie nicken. Zuerst Synchronschnapping, jetzt Synchronnicking … Die beiden sollten das schleunigst zum Patent anmelden, als neue Trendsportarten vielleicht.

Ich weiß, ich bin zynisch. Und ich tue meinen Freundinnen Unrecht. Auch das weiß ich. Aber. Ich. Will. Wirklich. Nicht. Darüber. Sprechen. Mit niemandem. Und schon gar nicht mit Phillip.

Wie aus dem Nichts erscheint er plötzlich zwischen den anderen und baut sich vor mir auf.

Billi und Anna treten einen Schritt zurück und betrachten angestrengt ihre Fußspitzen.

„Wir müssen reden", sagt er allen Ernstes.

Ich starre ihn an.

„Ich wüsste nicht worüber!"

„Conni, bitte! Ich –"

Ich drehe mich um und lasse ihn stehen. Während ich davonstapfe, spüre ich die Blicke der anderen in meinem Rücken. Einen Blick spüre ich besonders deutlich: Phillips. Wie ein glühender Pfeil bohrt er sich zwischen meine Schulterblätter und hakt sich mit seinen Widerhaken in mein Fleisch, als wolle er mich auf diese Weise dazu bewegen, stehen zu bleiben.

Ich gehe weiter. Tränen laufen über mein Gesicht.

Bin ich feige?

Sollte ich ihn anhören?

Ihm noch eine Chance geben?

Vielleicht will er mir sagen, dass alles nur ein Irrtum war?

Vielleicht hat er seine Reisepläne geändert?

Vielleicht will er sich auch bei mir entschuldigen, weil er dummerweise ganz vergessen hat, mich darüber zu informieren, dass er demnächst auswandert?

Nein, nein und nochmals nein! Ich will es nicht hören! Und ich will ihn auch nicht mehr sehen! Die Kette, die er mir zum Geburtstag geschenkt hat, habe ich längst abgenommen. Zuerst wollte ich sie im Klo runterspülen, aber das erschien mir dann doch zu brutal. Der Sternanhänger kann schließlich nichts dafür. Außerdem hatte ich Schiss, dass das Klo verstopfen könnte und meine Mutter einen Klempner ruft, der die Kette wieder rausfischt. Das vorwurfsvolle Gesicht meiner Mutter wollte ich mir ersparen.

Ich habe die Kette und den Anhänger in Klopapier eingewickelt – *das* war mir nicht zu brutal, sondern erschien mir im Gegenteil sehr angemessen – und habe sie in die hinterste Ecke meines Schreibtischs gestopft. Dinge, die da verschwinden, tauchen nie wieder auf. Nie wieder.

Am Nachmittag bin ich pünktlich bei Lena. Ungefähr tausendmal hatte ich mein Handy in der Hand und wollte absagen, aber ich hab mich nicht getraut. Sie hätte maximal fünfzehn Minuten gewartet und wäre dann zu mir gekommen. Sie ist wirklich erstaunlich hartnäckig in solchen Dingen. Und außerdem hat sie Kuchen gebacken – Haselnusskuchen, sogar mit Zimtglasur –, und das finde ich so lieb von ihr, dass ich es nicht bereue, gekommen zu sein.

„Hi, Süße!" Schon in der Tür nimmt sie mich in den Arm und schiebt mich in die Küche, als hätte sie Angst, ich könnte wieder abhauen.

Der Nusskuchen steht auf einem antiken, verschnörkelten Tortenteller mit gläsernem Fuß genau in der Mitte des Küchentischs. Es sieht aus, als hätte ich Geburtstag. Sogar eine Kerze hat sie angezündet! Und Tee gekocht!

„Das ist Frauentee", erklärt sie und tätschelt meine Schulter. „Für stürmische Zeiten."

„Passt!", sage ich. Wenn ich eine Schwester hätte, müsste sie wie Lena sein, denke ich und fange fast zu heulen an. Schnell beuge ich mich über meinen Rucksack und wühle darin herum, damit sie es nicht sieht.

„In diesem Tee sind Ingwer, Orangenschalen, Kardamom, Zimt, Kamille, Löwenzahn, schwarzer Pfeffer, Wacholder, Nelken, Süßholz und selbstverständlich eine Prise Angelikawurzelextrakt", zählt Lena auf, als sie das duftende Getränk in zwei Becher füllt. „Er hilft dir dabei, leichter in Kontakt mit deinem inneren Wesen zu treten. Ein uraltes ayurvedisches Rezept."

„Klingt eher nach Zaubertrank." Grinsend halte ich meine Nase über den dampfenden Tee. Er ist noch zu heiß, um ihn zu trinken, aber der Geruch gefällt mir. Und der Kuchen ist leckerer als jeder Kuchen, den ich bisher gegessen habe. Saftig, süß, warm und weich. Ein echter Trostkuchen.

„Die Haselnüsse hat Krischan beigesteuert. Die sind natürlich bio", sagt Lena. „Überhaupt alle Zutaten."

„Yummy", mache ich und lecke mir die Zimtglasur von den Fingern.

Im Nu haben wir den halben Kuchen verputzt, und der Kräutertee sorgt dafür, dass sich ein wohliges Gefühl in meinem Bauch ausbreitet. Sogar der Kloß hat sich ein wenig an die Seite drängen lassen und ist kaum noch zu spüren. Solange ich nicht an Phillip denke, geht es mir fast gut. Aber natürlich denke ich an ihn. Unentwegt.

„So, nun erzähl mal", fordert Lena mich auf.

Sie sagt es so, dass ich keinen Widerspruch wage. Nicht direkt streng, aber irgendwie … *straight*. Lena ist so. „Jetzt mal Klartext!", sagt sie oft. Ich mag das.

Es ist schnell erzählt. Phillips ständige Abwesenheit; all die Bücher und Prospekte in seinem Zimmer; sein Geständnis, dass er sich für ein Auslandsjahr beworben hat …

„Und er hat dir kein Sterbenswörtchen davon gesagt?", fragt Lena.

Ich schüttele den Kopf. „Nein."

„Das ist schäbig." Sie schnippt einen Kuchenkrümel weg.

„Danke, ganz meine Meinung!", schnaube ich. Ich fühle mich bestätigt, aber etwas anderes hatte ich auch nicht erwartet.

„Trotzdem kann es gut sein, dass er Signale ausgesendet hat. Gut möglich, dass er versucht hat, es dir nonverbal mitzuteilen. Aber offenbar hattest du keine Antenne für ihn und seine Bedürfnisse", fährt Lena fort. „Das ist natürlich bedauerlich."

„Nonverbal? Bedürfnisse? Geht's noch?" Ich starre sie an. Ist ihr der Frauentee zu Kopf gestiegen? „Und was ist mit *meinen* Bedürfnissen? Habe ich etwa kein Recht darauf, so was Wichtiges von meinem Freund persönlich zu erfahren, statt durch einen puren Zufall dahinterzukommen?"

„Doch, schon", schränkt Lena ein. „Aber ich bin ziemlich sicher, dass er all diese Bücher und Prospekte offen liegengelassen hat, weil er mit dir darüber reden wollte. Das waren doch klare Hinweise! Bestimmt hat er die ganze Zeit gehofft, dass du ihn darauf ansprichst. Wetten? Männer ticken anders. Die sind total passiv, das weiß doch jeder! Die muss man ständig anstupsen und fordern, sonst wird das nix!"

Weil ich nicht weiß, was ich sagen soll, greife ich zu einem Stück Kuchen und stopfe es mir in den Mund.

Lena grinst.

„Typische Übersprungshandlung", sagt sie. „Du willst nicht darüber reden, dass ich mit meiner Theorie möglicherweise Recht haben könnte. Du füllst deinen Mund, um nicht sprechen zu müssen."

Hilfe! Studiert sie heimlich Psychologie?

„Schtümmt gar nüscht!", protestiere ich mit vollen Backen. Aber im Grunde weiß ich, dass ein klitzekleines Fünkchen Wahrheit hinter ihren Vermutungen stecken könnte. Phillip hat niemals ein Geheimnis aus seinem Fernweh gemacht. Die Bücher und Kataloge lagen wirklich offen herum. Heimlichtuerei sieht anders aus. Trotzdem …

„Wieso muss ich *ihn* darauf ansprechen, dass er *mir* etwas sagen soll?", blubbere ich, als ich wieder sprechen kann. „Das ist doch total unlogisch!"

Lena zuckt die Schultern und erwidert ungerührt: „Männer sind unlogisch, die meisten jedenfalls. Als Frau muss man einfach für sie mitdenken."

„Danke, dass du mir das nicht früher gesagt hast", schnappe ich ein. Ich soll für Phillip mitdenken? Ich denke ja gar nicht daran!

„Du musst zugeben, dass Phillip in den letzten Wochen ziemlich viel um die Ohren hatte." Lena geht an den Herd und setzt neues Teewasser auf. Als sie die Herdplatte eingeschaltet hat, dreht sie sich um und mustert mich. „Wenn er es dir vorher gesagt hätte, wäre unsere Party garantiert geplatzt. Oder glaubst du, du hättest dann noch großartig Lust aufs Feiern gehabt?"

„Nee, wahrscheinlich nicht", gebe ich zu.

„Und was willst du jetzt machen?"

„Keine Ahnung", sage ich ehrlich. „Er geht nach Berkeley und ich bleibe hier. Was sonst?"

„Du solltest ihm wenigstens die Gelegenheit zu einer Erklärung geben. Das ist das Mindeste, oder?", schlägt Lena vor.

Ich zögere mit meiner Antwort.

„Ich überleg's mir", sage ich schließlich.

„Du könntest natürlich auch deine Eltern fragen, ob sie dir ein Auslandsjahr spendieren." Lena füllt ein Teesieb mit Kräutertee aus einer Metalldose, hängt es in eine gläserne Kanne und gießt das kochend heiße Wasser darüber. „Wäre 'ne Alternative."

Diese Alternative gefällt mir ausgesprochen gut! Ich grinse Lena an. Sie grinst zurück. Phillip und ich fliegen einfach zusammen nach Berkeley, Kalifornien! Wie genial ist das denn?

„Kommt nicht in Frage!", sagt mein Vater, als ich ihn und meine Mutter beim Abendbrot mit meinem dringenden Wunsch konfrontiere, das kommende Jahr auf einem anderen Kontinent zu verbringen. „Nicht, bevor du sechzehn bist!"

„Cool! Krieg ich dein Zimmer, wenn du weg bist?", fragt Jakob.

„Nein!", antworte ich genervt, bevor ich mich an meinen Vater wende. „Was hat das denn damit zu tun?"

„Du bist gerade erst fünfzehn geworden", springt meine Mutter ihm bei.

Danke, Mama. Das sind ja ganz neue Erkenntnisse!

„Und?", frage ich.

„Du weißt, dass wir deine Pläne gerne unterstützen", sagt sie. „Aber bevor du für ein Jahr in die USA gehst, solltest du vielleicht erst mal Sprachferien in Europa machen. Nächstes Jahr, oder übernächstes."

„Wolltest du nicht eigentlich nach England?" Mein Vater zieht eine Augenbraue hoch, wie es nur Väter können, die ihre Töchter kritisch betrachten. „Wieso dieser plötzliche Sinneswandel?"

„Ähm, weil, also …", stammele ich. „Amerika ist irgendwie cooler, finde ich."

„Das ist natürlich ein starkes Argument!" Die Augenbraue bleibt oben.

„Mann, Papa …", quengele ich. „Ob ich irgendwann nach England gehe oder jetzt nach Amerika, ist doch ganz egal!"

„Nicht ganz", erwidert er und säbelt an seinem Schinkenbrot rum. „Nächstes Jahr um diese Zeit bist du ein ganzes Jahr älter und reifer. Du darfst mich gerne daran erinnern, dass wir dann noch einmal in Ruhe darüber reden."

„Nächstes Jahr ist es aber zu spät!", jammere ich. „Und was soll das überhaupt heißen, älter und reifer? Hältst du mich etwa für unreif?"

„Conni!", sagt meine Mutter mit diesem mütterlichen Mäßige-dich-sonst-knallt's-Blick.

Ich ignoriere sie und starre meinen Vater an, aber der hypnotisiert gerade sein Schinkenbrot.

„Papa!"

„Thema durch", sagt er und schiebt sich ein Stück Schinkenbrot zwischen die Zähne. Dank Lena weiß ich jetzt, was das bedeutet: Er will nicht mit mir darüber reden. Toll.

In meinem Zimmer begrabe ich meine Hoffnungen auf ein gemeinsames USA-Jahr mit Phillip. Bye-bye, Berkeley! Bye-bye, Kalifornien! Bye-bye, ihr fünf großen S! Bye-bye, my love, goodbye …

Wenn ich noch Tränen hätte, würde ich jetzt gerne eine Runde heulen, aber ich glaube, mein Tränenvorrat ist für die nächsten hundert Jahre erschöpft. Außerdem bringt Heulen mich auch nicht weiter.

Ich schnappe mir mein Laptop und logge mich ein. Lena ist nur noch selten im Chat. Die verbringt ihre Zeit inzwischen lieber auf kuscheligen Treckersitzen. Aber vielleicht kann ich ein bisschen mit Anna, Billi und Dina chatten und mich virtuell ausweinen.

Der Einzige, der on ist, ist Phillip. Das sehe ich sofort. Shit, ausgerechnet! Bevor ich mich heimlich, still und leise verkrümeln kann, hat er mich schon angestupst, als ob er nur auf mich gewartet hätte. Ich zögere und stupse schließlich zurück.

Hi, schreibt er. Wie geht's?

Ich bin in Versuchung, mit drei Pünktchen zu antworten und mich wieder zu verdrücken, aber als meine Finger über der Tastatur schweben, überlege ich es mir anders. Im Chat heiße ich Mausekatze. Phillip nennt sich TacoTuesday.

Geht so, antworte ich in meiner Mausekatze-Identität.

Mir auch, tippt TacoTuesday zurück.

Eine Weile chatten wir belangloses Zeug hin und her, bis sich derkleinelustmolch und Seppi27 einmischen und blöde Witze machen.

Wollen wir telefonieren?, fragt TacoTuesday.

Gute Idee!, postet derkleinelustmolch. Ruf mich an, Schatz!

Seppi27 nickt dazu.

Ja, antwortet Mausekatze.

Phillip loggt sich aus. Ich auch. Mausekatze und TacoTuesday haben den Chat verlassen. Sollen sich derkleinelustmolch und Seppi27 miteinander amüsieren. Viel Spaß dabei!

Es dauert gerade mal drei Sekunden, bis mein Handy düdelt. Mein Herz klopft, als würde es jeden Moment zerspringen. Meine Hand, die das Handy hält, zittert. Die andere ballt sich zusammen.

„Ja?", melde ich mich.

„Hi."

Ich presse mir die Faust auf den Mund, um nicht laut aufzuschluchzen. Trotzdem kann ich nicht verhindern, dass mir die Tränen in die Augen schießen. Seine Stimme klingt so nah und so vertraut!

„Ja", sage ich noch einmal. „Hi."

„Schön, dass du wieder mit mir sprichst." Phillip seufzt kaum hörbar. „Ich muss dir so viel erzählen."

„Das glaub ich auch." Ich hole tief Luft.

„Aber nicht am Telefon, oder?", fragt Phillip.

„Nein, lieber nicht."

„Wollen wir uns morgen sehen?" Er fragt ganz vorsichtig, als hätte er Angst vor meiner Reaktion.

„Okay", sage ich und räuspere mich. „Wo denn?"

Phillip schlägt den Park vor. „Um drei? An der Entenbrücke? Wir können ein bisschen spazieren gehen. Aber nur, wenn du willst."

„Okay", sage ich noch einmal. „Ist gut."

Eine Träne kullert meine Wange hinunter und tropft auf Maus Fell. Er ist auf meinen Schoß gekrabbelt und hat sich dort zusammengerollt. Seine bloße Anwesenheit und die Wärme seines kleinen Körpers geben mir Kraft. Ich streichele ihn mechanisch und heule lautlos weiter.

„Dann sehen wir uns morgen", sagt Phillip. Und, nach einer Pause: „Ich freu mich."

Soll ich sagen, dass ich mich auch freue? Ein Teil von mir tut es, aber ein anderer Teil nicht. Ganz und gar nicht. Ich glaube, es ist der ängstliche Teil von mir, der sich nicht freut. Er fürchtet sich und würde der Begegnung mit Phillip lieber aus dem Weg gehen.

„Bis morgen", sage ich schließlich und lege auf, bevor Phillip noch etwas sagen kann.

Mau schnurrt leise, als ich das Handy weglege. Ich vergrabe mein Gesicht in seinem warmen, weichen, tröstlichen Katzenfell. Schon bald ist es nass von meinen Tränen, aber mein lieber kleiner Kater schnurrt trotzdem weiter, als wolle er mir signalisieren, dass alles wieder gut wird. Ich weiß nicht, ob ich ihm glauben kann. Im Moment weiß ich gar nichts. Ich fühle mich einfach nur müde und leer.

KAPITEL 14

Ein Schloss im Park nur für uns zwei.

Wie immer bin ich superpünktlich an unserem Treffpunkt. Ich bin sogar zehn Minuten zu früh da, weil ich so nervös bin und es nicht mehr ausgehalten habe, noch länger zu Hause zu sitzen und auf den Sekundenzeiger meiner Uhr zu starren. Trotzdem ist Phillip schon da. Er lehnt an dem schmiedeeisernen Geländer der schmalen Holzbrücke und schaut auf das Wasser, als würde er darin nach Antworten auf viel zu viele Fragen suchen.

Er sieht verloren aus, denke ich, als ich ihn sehe. Verloren und traurig. Der Anblick tut mir weh.

Er schaut auf, als er mich kommen sieht, und ein kleines, unsicheres Lächeln spielt um seinen Mund. Ich kann nicht anders und lächle zurück. Dann stehe ich vor ihm.

Er ist mir nicht entgegengelaufen, er gibt mir keinen Begrüßungskuss und er nimmt mich auch nicht in den Arm. Wir stehen einfach nur voreinander und gucken uns an. Natürlich fange ich sofort an zu heulen. Mist.

Zögernd macht Phillip einen Schritt auf mich zu und nimmt mich endlich in die Arme. Ich schmiege mich in die Umarmung hinein, schließe die Augen und heule weiter.

„Ich hab dich vermisst“, flüstert er in meine Haare und streichelt mir sanft über den Kopf.

„Ich dich auch“, schniefe ich. „Und wie!“

Minutenlang bleiben wir so stehen. Spaziergänger gehen vorbei, Radfahrer schieben ihre Räder über die Brücke, Kinder trappeln über das Holz, ein Hund schnuppert an unseren Beinen und kläfft. Es interessiert uns nicht. Wir sind in unserem eigenen Universum. Da kommt keiner rein.

Nach einer halben Ewigkeit hebe ich meinen Kopf. „Ich hab dich total nass gerotzt“, sage ich kleinlaut und zeige auf den dunklen Fleck, den meine Tränen auf seinem T-Shirt hinterlassen haben.

Er umfasst mein Gesicht mit beiden Händen, lächelt und sagt „Scheiß drauf!“, dann gibt er mir einen langen, langen Kuss.

Ich glaube, wir legen all unsere Gefühle in diesen einen Kuss. Alles, was wir füreinander empfinden, all unsere Zärtlichkeit und unseren Schmerz. Es ist ein unbeschreiblicher Kuss. Ein Kuss, der total süß und bitter zugleich ist. Das hört sich bestimmt doof an, aber es ist so. Ich kann es nicht besser beschreiben.

Als wir uns voneinander lösen, sehe ich, dass in Phillips Augen Tränen schimmern, und das haut mich echt um. Ich habe noch nie einen Jungen weinen sehen. Außer meinen kleinen Bruder natürlich. Aber es ist ein himmelweiter Unterschied, ob euer kleiner Bruder plärrt, weil er beim Fußball verloren oder sich das Knie aufgeschlagen hat, oder ob euer Freund weint; der Typ, den ihr zufällig liebt. Das ist ein ziemlich heftiges Gefühl, glaubt mir, und im ersten Moment weiß ich überhaupt nicht, was ich sagen soll. Soll ich überhaupt etwas sagen? Ich stelle mich auf die Zehenspitzen, streichele sein Gesicht und küsse die Tränen weg. Ganz vorsichtig und ohne Worte. Sie schmecken salzig. Aber so sind Tränen nun mal.

„Wollen wir ein bisschen laufen?", fragt er.

Ich nicke.

Wir verschränken unsere Finger ineinander und gehen über die Brücke in den hinteren Teil des Parks, wo die Bäume älter und höher sind und nicht so viele Spaziergänger unseren Weg kreuzen. Wir wollen lieber für uns sein.

Eine Weile stapfen wir schweigend nebeneinanderher; jeder für sich in seine eigenen Gedanken versunken. Unsere Schultern berühren sich. Ab und zu drückt Phillip meine Hand.

„Es tut mir so leid", sagt er schließlich. Er hebt sein Gesicht und starrt in die Baumkronen, die sich wie ein grünes Dach über uns spannen. „Ich hab ein paarmal versucht, es dir zu sagen, aber dann … dann hab ich mich nicht getraut. Ich war zu feige. Ich wollte dir nicht wehtun. Das ist das Letzte, was ich will, das musst du mir glauben. Ich kann verstehen, dass du sauer bist. Und ich könnte auch verstehen, wenn du nichts mehr mit mir zu tun haben willst." Er löst seine Hand aus meiner und wir bleiben stehen. Ich runzele die Stirn und schaue ihn an, ihn und seine unglaublich braunen Augen mit den goldenen Sprenkeln darin. Er holt tief Luft, bevor er mich fragt: „Kannst du mir vielleicht trotzdem verzeihen?"

Schwups, da ist er wieder, der blöde Kloß! Ich spüre ihn genau. Er sitzt irgendwo zwischen meinem Sprachzentrum und meinem Herzen, das wie verrückt klopft, und macht es mir unmöglich zu antworten. Stattdessen nicke ich.

„Ich war blöd. Feige und blöd!“ Phillip stöhnt auf. „Es tut mir so leid, verdammt!“

Ich verschränke meine Hände in seinem Nacken.

„Heißt das … heißt das, du verzeihst mir?“, lächelt er.

Wieder nicke ich und finde endlich meine Stimme wieder, irgendwo in der Nähe meines Herzens. „Ja“, sage ich und gebe ihm einen Kuss. „Obwohl es mir echt schwerfällt!“

„Das kann ich verstehen“, erwidert er zerknirscht.

Wir schlendern weiter und folgen dem Bogen, den der Weg beschreibt. Phillip hat einen Arm um mich gelegt. Ich lehne meinen Kopf an seine Schulter und komme mir wie die Hälfte eines ziemlich alten Ehepaars vor, das schon ein paar Stürme zusammen erlebt hat. Aber vielleicht ist das so, wenn man so alt ist wie ich jetzt. Dass man sich zwischendurch manchmal ganz schön erwachsen fühlt, ob man will oder nicht.

Phillip schlägt vor, dass wir etwas trinken. Der Pavillon ist ganz in der Nähe.

Ein paar Minuten später sitzen wir in der Sonne, haben jeder eine Cola vor uns, und der Nachmittag könnte eigentlich total schön sein. Die Betonung liegt auf *könnte*, denn natürlich geht es mir nicht schlagartig besser, nur weil wir uns wieder vertragen haben und unter einem bunten Sonnenschirm sitzen. Nee, die Enttäuschung hat sich nur irgendwo zwischengelagert. Und die Furcht vor dem, was noch kommen muss, bringt mein Herz aus dem Takt.

„Dieser Schüleraustausch …“, sage ich zögernd, weil ich es eigentlich gar nicht so genau wissen will. „Wann fängt der überhaupt an? Wann fliegst du weg?“

Phillip spielt mit dem Strohhalm in seinem Glas, stupst einen Eiswürfel an.

„Gleich am ersten Ferientag“, murmelt er.

Ich schnappe erschrocken nach Luft.

„Was? Du … du bist in den Sommerferien schon weg? Aber wir –“

Ich breche ab. *Aber wir wollten doch so viel zusammen machen!*, hallt der unausgesprochene Satz in mir. Auf dem Waldsee surfen. Schwimmen gehen. Im Garten meiner Eltern zelten. Lachen, tanzen, Musik hören, uns küssen. Jeden einzelnen Tag zusammen verbringen, von morgens bis abends, und vielleicht sogar nachts! Und jetzt soll ich den Sommer plötzlich alleine verbringen? Ohne ihn?

Ich fühle mich, als hätte ich den Kopf voller Seifenblasen. Pling!, pling!, pling!, macht es, als eine nach der anderen zerplatzt.

„Mein Vater und ich wollen eine Rundreise durch die USA machen, bevor er mich bei meiner Gastfamilie abliefert“, sagt Phillip. „Er hat ein paar Semester in Berkeley studiert. Mein Gastvater ist ein alter Studienfreund von ihm.“

Pling!, macht die letzte Seifenblase, während mein Gehirn versucht, das, was Phillip gerade gesagt hat, einigermaßen zu sortieren.

Vergeblich.

Ich umklammere mein Glas mit beiden Händen und habe Angst, es könnte zerbrechen. Am liebsten würde ich Phillip die Cola ins Gesicht schütten. „Schöne Grüße an deinen Vater!“, schleudere ich ihm stattdessen entgegen. Zwei Frauen am Nebentisch schauen interessiert herüber. Ich funkele sie böse an und spreche weiter. „Das habt ihr euch ja wirklich super ausgedacht! Und ihr scheint es schon ziemlich lange geplant zu haben. Ganz toll, vielen Dank! Habt ihr bei euren bescheuerten Planungen vielleicht auch mal daran gedacht, dass du eine Freundin hast? Oder bin ich nicht so wichtig? Anscheinend nicht!"

Ohne es gemerkt zu haben, bin ich halb aufgesprungen, aber irgendetwas in Phillips Blick zwingt mich dazu, mich wieder hinzusetzen.

„Er wollte die Reise mit mir machen, sobald ich sechzehn war, aber es ist immer wieder was dazwischengekommen. Es ist so eine Art Traum von ihm. Jetzt will er's durchziehen, bevor ich erwachsen bin und ohne ihn verreise", antwortet er ruhig. „Ich hab sogar mal versucht, es dir zu erzählen, aber du hast mir nicht zugehört."

„Was?" Wütend schiebe ich die Augenbrauen zusammen und denke nach. Es stimmt, Phillip hat mal darüber gesprochen. Aber das ist ewig lange her! Ich hab das damals überhaupt nicht ernst genommen. Wie denn auch?

Moment mal ... War das vielleicht eines dieser Signale, von denen Lena neulich gesprochen hat? Wollte Phillip mir damals schon etwas mitteilen, und ich hab's nur nicht kapiert, weil ich zu blöd war? Scheiße.

„Und wie lange bleibst du in ... Berkeley?" Ich kann nichts dafür, ich hasse diese Stadt, obwohl ich sie nicht kenne. Sie nimmt mir Phillip weg.

„Erst mal für ein halbes Jahr. Wenn ich will, kann ich auf ein ganzes verlängern."

Ich schöpfe Hoffnung. Ein halbes Jahr nur?

„Dann bist du ja Weihnachten schon wieder zurück!"

„Nicht ganz", sagt Phillip. „Aber kurz danach."

„Und wenn du doch verlängerst –", wende ich ein.

Phillip unterbricht mich. Er beugt sich über den Tisch und nimmt meine Hand. „Will ich aber nicht. Das weiß ich jetzt schon. Länger als ein halbes Jahr halte ich es ohne dich nicht aus."

Er lächelt mich an, nein, er strahlt. Mir wird total warm ums Herz.

„Ein halbes Jahr schaff ich", sage ich voller Überzeugung und kann leider nicht verhindern, dass ich schon wieder anfange zu heulen. Mist, Mist. Warum hab ich eigentlich so nah am Wasser gebaut?

Phillip nimmt auch noch meine andere Hand.

„Wir können jeden Tag chatten", sagt er. „Mailen, skypen, telefonieren. Dein Laptop hat doch eine Webcam, oder? Dann können wir uns sogar sehen! Und ich schick dir jeden Tag ein Foto oder ein Video, wo ich gerade bin und was ich gemacht hab!"

„Klingt gut", sage ich tapfer und schlucke die letzten Tränen hinunter, die sich in meine Kehle drängen.

Ein halbes Jahr? Wie schnell geht ein halbes Jahr vorüber, wenn man auf jemanden wartet? Keine Ahnung ... Ich weiß überhaupt noch nicht, wie das wird und wie es sich anfühlt – woher auch? –, aber das halte ich aus. Ich muss es aushalten! Und ich weiß, dass ich es kann.

Wir trinken unsere Cola aus, bezahlen und schlagen den Weg ein, der zur Entenbrücke führt. Phillip sagt, dass er eine Überraschung für mich hat, aber er will mir nicht verraten, was es ist. Erst auf dem höchsten Punkt der Brücke greift er in seine Tasche und zieht etwas heraus. Eine dunkelblaue Schmuckschachtel aus mattem Karton. Reflexhaft greife ich an meinen Hals. Ob er bemerkt hat, dass ich seine Kette nicht mehr trage? Gleich heute Abend lege ich sie wieder um. Und ich nehme sie nie wieder ab. Nie wieder, ich schwör's! Oder will er mir vielleicht eine neue schenken?

„Mach auf", sagt er und hält mir die kleine Schachtel hin.

Sie ist schwerer, als ich dachte. Und sie enthält kein Schmuckstück. Das heißt, irgendwie doch. Auf hellblauem Samt liegt ein Vorhängeschloss aus poliertem Messing und daneben ein flacher, silberner Schlüssel.

„Ein Schloss?", frage ich.

Phillip nickt. „Dreh's mal um!"

Vorsichtig nehme ich das Schloss aus seinem Samtbett und drehe es in meiner Hand um. Mir stockt der Atem, als ich die Gravur sehe. Zwei kleine, verschlungene Herzen sind in das Metall eingeprägt; darunter stehen zwei Namen und das Datum von heute.

„Conni und Phillip", lese ich vor. Meine Stimme klingt ganz rau. Ich räuspere mich. „Was bedeutet das?"

Phillip schiebt mir vorsichtig eine Haarsträhne hinters Ohr.

„Das ist eine Art Symbol", erklärt er mir, „ein Liebesschloss. Wir machen es hier an der Brücke fest und werfen den Schlüssel ins Wasser. Niemand wird ihn finden. Auf diese Weise bleiben unsere Namen für immer zusammen."

Ist das süß!! Ich umfasse das Schloss mit meiner Hand und

falle Phillip um den Hals. Und diesmal weine ich nicht! Das heißt, ein bisschen schon. Aber nur vor Glück.

Gemeinsam suchen wir einen besonders schönen Schnörkel in dem Brückengeländer aus, an dem unser Schloss für den Rest unseres Lebens hängen soll. Phillip klinkt es ein, wir drücken es zusammen zu, und ich ziehe den Schlüssel ab.

„Wollen wir ihn wirklich ins Wasser werfen?“, zögere ich.

„Du kannst ihn auch behalten, und wenn ich zurück bin, nehmen wir das Schloss wieder ab“, schlägt Phillip vor. „Oder wir lassen es so lange hängen, bis wir alt und grau sind und uns nicht mehr daran erinnern können, wo wir den Schlüssel versteckt haben, weil wir beide Alzheimer haben.“

Ich muss lachen. „Bis dahin ist das Schloss längst zugerostet!“

Phillip küsst mich.

„Nein“, sage ich schließlich. „Wir werfen ihn ins Wasser!“

„Sicher?“

„Sicher!“

Phillip umfasst meine Hand, in der ich den Schlüssel halte. Wir beugen uns über das Geländer, gucken uns an und öffnen gleichzeitig unsere Hände. Der Schlüssel fällt heraus. Lächelnd schauen wir zu, wie er mit einem kaum hörbaren Platsch im Wasser eintaucht und schließlich auf den Grund des Teichs sinkt.

Wir bleiben noch eine Weile stehen, dann streicheln wir zum Abschied noch einmal über unser Schloss, das niemand mehr abnehmen kann, und gehen langsam nach Hause.

*

In den nächsten Tagen hat Phillip wenig Zeit für mich, aber das macht mir nichts aus. Ich fühle mich gut, weil ich weiß, dass wir uns lieben. Daran kann auch die halbe Erdumrundung nichts ändern, die uns bald voneinander trennen wird. Sechs Monate. Einhundertzweiundachtzigeinhalb Tage und Nächte. Ein halbes Jahr …

Weil das Wetter so schön ist, beschließe ich, endlich mal wieder schwimmen zu gehen. Leider hat die Schwimmhalle über das Sommerhalbjahr geschlossen. Es bleibt mir also nichts anderes übrig, als zum Freibad zu radeln, das bei diesem herrlichen Sonnenschein natürlich brechend voll ist. Zum Glück sind im Schwimmerbecken zwei Bahnen abgesperrt, für diejenigen, die nicht nur planschen, sondern richtig schwimmen wollen. Genau das habe ich vor: mal wieder richtig schwimmen!

Langsam schlendere ich über die Rasenfläche und bedaure, dass Phillip nicht bei mir ist. Seine Bewerbung für die Highschool ist inzwischen angenommen worden. Er muss nur noch die letzten Unterlagen – Impfpass, Zeugnisse, alles Mögliche – zusammensuchen und kopieren. Er hat also eindeutig anderes im Kopf, als mit mir einen faulen Nachmittag im Freibad zu verbringen. Aber es ist nicht weiter schlimm. Wir sehen uns heute Abend. Dann holen wir alles nach.

Gerade habe ich ein freies und einigermaßen schattiges Plätzchen in der Nähe des Beckens entdeckt und will mein Badetuch ausbreiten, als jemand meinen Namen ruft. Ich drehe mich um. Anna. Sie winkt und gibt mir ein Zeichen. Neben ihr sitzen Billi und Dina.

Ich winke zurück. Das alte Kleeblatt. Obwohl ich eigentlich

keine große Lust auf Gesellschaft habe, raffe ich meine Sachen zusammen und gehe zu ihnen.

Wir begrüßen uns mit Küsschen. Ich schlüpfe aus meinen Klamotten, zupfe meinen Bikini zurecht und setze mich auf mein Badetuch. Eine Weile reden wir über mehr oder weniger belangloses Zeug. Über die Schule zum Beispiel, über Dinas Zeichenkurs, den sie belegt hat, und über Billis geplante Urlaubsreise nach Italien. Es ist fast wie früher. Da waren wir oft hier und haben ganze Nachmittage zusammen verbracht. Manchmal vermisse ich das.

Ich creme mich ein und will mich vor dem Schwimmen ein bisschen sonnen, als Anna sagt: „Zwischen dir und Phillip ist ja anscheinend alles wieder in Ordnung."

Wahrscheinlich ist es ganz harmlos gemeint, aber ich bilde mir ein, eine gewisse Spitze in ihrer Stimme gehört zu haben. Und obwohl es mehr eine Feststellung als eine Frage war, hängt plötzlich ein großes Fragezeichen zwischen uns. Das spüre ich genau.

„Zwischen dir und Lukas ja wohl auch", gifte ich zurück.

Anna zuckt zurück. „Entschuldige."

Sie hat es wirklich nicht böse gemeint, das kann ich an ihrem betroffenen Gesicht ablesen. „Tut mir leid", sage ich schnell. „War nicht so gemeint. Ja, zwischen uns ist alles wieder okay."

„Stimmt es, dass er nach Amerika geht?", fragt Billi. „Paul hat da neulich so was angedeutet."

Ich nicke. Und dann erzähle ich meinen Freundinnen, was passiert ist. Alles. Warum Phillip und ich diesen Streit hatten, der uns fast auseinandergebracht hat; vom Traum seines Vaters; vom Auslandshalbjahr in Berkeley; wie wir uns wieder versöhnt haben … Plötzlich ist es ganz leicht, darüber zu sprechen. Anna, Billi und Dina waren immer meine besten Freundinnen. Wir haben uns immer vertraut und hatten nie Geheimnisse voreinander. Wie kommt es, dass wir das zwischendurch vergessen haben? Oder bin ich die Einzige, die es vergessen hat?

Auch von dem Liebesschloss erzähle ich ihnen. Sie finden es total romantisch. Ich hatte nichts anderes erwartet.

„Trotzdem …“, wendet Anna nachdenklich ein. „Ich finde sein Verhalten irgendwie ganz schön egoistisch. Ich glaube, wenn Lukas mich ein halbes Jahr alleinlassen würde, nur um seinen persönlichen Masterplan zu verwirklichen, würde ich sofort Schluss machen.“

„Dann wärst du selbst aber auch ziemlich egoistisch“, meint Billi. „Phillip ist ehrgeizig. Er denkt an seine Zukunft. Und wenn dazu gehört, dass er ein halbes Jahr in die USA geht, ist das doch wohl in Ordnung!“

„Allerdings“, sagt Dina. „Dass er ein Abenteurertyp ist, wussten wir alle, oder? Wahrscheinlich ist Neustadt ihm einfach zu eng. Er will was von der Welt sehen. Ich find’s klasse, wie Conni damit umgeht.“

„Leicht war’s nicht“, gebe ich mit einem Seufzen zu. „Aber inzwischen kann ich es akzeptieren. Wenn es umgekehrt wäre, würde Phillip mir auch keine Steine in den Weg legen.“

Ich blinzele in die Sonne. Natürlich habe ich Angst. Und ich bin unsicher, klar. Woher soll ich die Gewissheit nehmen, dass unsere Beziehung die Trennung aushält? Es gibt keine Garantie. Vielleicht wäre es wirklich einfacher, vorher Schluss zu machen. Ein schneller Schnitt, ein kurzer Schmerz, zack!, und fertig.

Aber ich liebe Phillip. Ich brauche ihn. Und ich glaube an uns. Allein das ist es mir wert, Vertrauen zu haben und auf ihn zu warten.

Ich schnappe mir meine Schwimmbrille und springe auf.

„Ich geh 'ne Runde schwimmen. Kommt jemand mit?"

Meine Freundinnen schütteln ihre Köpfe.

„Tob dich aus", sagt Billi.

„Mit dir können wir sowieso nicht mithalten", meint Anna.

Dina lächelt und wedelt mit der Hand, als wolle sie mich fortscheuchen.

Das Wasser ist kühl. Ich gleite hinein und stoße mich vom Beckenrand ab. Ich werde schwerelos, schalte meinen Kopf und meine Gedanken aus. Kraulen, Atmen, Beinschlag. Wie immer schafft es das Schwimmen, Ordnung in mich und meine chaotischen Gefühle zu bringen. Ich spüre meine Muskeln und fühle mich gut. Diese Schwerelosigkeit ist kaum zu beschreiben, und für ein paar Minuten klappt es tatsächlich, dass ich mein Gehirn komplett ausschalte und mich ganz und gar auf mich konzentriere. Ich liebe diesen Flow, aber ich weiß auch, dass er nicht ewig anhält.

Als ich nach ein paar Bahnen aufhöre und mich an den Beckenrand klammere, bin ich vollkommen aus der Puste und habe sogar leichte Seitenstiche. Ich muss unbedingt wieder mehr und vor allem regelmäßiger trainieren.

Wenn Phillip erst mal weg ist, hast du genug Zeit, sagt eine Stimme in mir. Dann kannst du jeden Tag schwimmen und so lange trainieren, bis dir Schwimmhäute wachsen!

Spitzenidee! Lächelnd stemme ich mich aus dem Wasser,

nehme die Schwimmbrille ab, schüttele mir das Wasser aus den Ohren und wringe meine Haare aus. Phillip wird staunen, wenn er zurückkommt und ich habe Schwimmhäute zwischen den Fingern und den Zehen! Er behauptet ja sowieso ständig, ich wäre eigentlich eine Nixe und hätte es nur vergessen.

Vom Freibad aus fahre ich direkt zu ihm. In seinem Zimmer sieht es aus, als hätte eine Bombe eingeschlagen. Überall liegen Bücher, Notizen, Papiere und Klamotten herum.

„Und du bist sicher, dass du noch den Durchblick hast?", grinse ich.

„Nein", grinst Phillip zurück und zieht mich an sich.

Ich habe mir das Sonnenöl und den Chlorgeruch gründlich abgeduscht und dufte nach Apfelsinenshampoo und Vanillebodylotion. Er schnuppert an meinen Haaren.

„Mhmm, lecker …", flüstert er.

Durch den dünnen Stoff seines T-Shirts spüre ich seinen Herzschlag. Sein Mund sucht meinen. Ich spüre dieses Kribbeln in mir, diese wohlige Wärme, die sich überall in meinem Körper ausbreitet. Gleichzeitig fühle ich mich total geborgen. Seine Arme umschlingen mich, als wollte er mich nicht mehr loslassen. Ich wünschte, es wäre so. Ich wünschte, wir könnten uns für immer umarmen und küssen und würden uns nie mehr loslassen. Ich wünschte, wir müssten uns niemals trennen.

Wir fallen rückwärts aufs Bett, lachen, schieben achtlos Bücher beiseite und küssen uns weiter. Aus der Anlage kommt laute Musik, irgendwas Rockiges.

Phillips Vater ist nicht zu Hause. Wir sind ganz allein.

Wenn er jetzt mit mir schlafen will, denke ich plötzlich. Ich glaub, ich würd's tun.

Nein, wir schlafen nicht miteinander. Das kann warten. Vielleicht, wenn er zurückkommt. In einem halben Jahr. Vielleicht, mal sehen.

Wir streicheln uns, tauschen endlos zärtliche Küsse aus und kuscheln uns eng aneinander. Mein ganzer Körper prickelt, von den Haarspitzen bis in die kleinen Zehen. Es ist ein verrücktes Gefühl, total intensiv. Alle meine Sensoren sind auf Phillip ausgerichtet und seine auf mich. Es ist, als wären wir auf einer einsamen Insel. Nein, wir sind mitten auf einem riesigen Ozean und das Bett ist unser Floß, unser Rettungsboot. Von uns aus könnte genau in dieser Sekunde die Welt um uns herum versinken. Wir würden es wahrscheinlich nicht mal merken. Wir haben uns. Das ist alles, was wir brauchen.

„Eigentlich will ich gar nicht weg", murmelt er zwischen zwei Küssen.

Ich richte mich halb auf und starre ihn an.

„Ich hab Angst, dass du mich vergisst." Phillip schaut mich ernst an. „Dass du vielleicht jemand anderen kennenlernst."

„Spinnst du?" Ich ziehe an seinen Haaren, kringele mir eine Locke um den Finger.

„Ja", sagt er. „Ein bisschen."

Wir stopfen uns ein dickes Kissen in den Rücken und unterhalten uns. Über die Zeit, die vor uns liegt, und über alles andere.

„Wir müssen uns vertrauen", sage ich. „Sonst halten wir das nicht aus."

Phillip nickt und fährt mit dem Finger die Linien in meinem Gesicht nach. Es kitzelt und fühlt sich gleichzeitig wunderschön an. Und dann treiben wir wieder auf unserem Floß über den Ozean, küssen uns, bis wir nicht mehr können, und halten die Welt an. Wir vergessen unsere Sorgen und Ängste – zumindest für diesen kurzen Augenblick, den wir noch haben.

Bevor ich losfahre, drückt Phillip mir einen dicken Packen Bücher in den Arm. Seine Bildbände und Reiseberichte über San Francisco und Berkeley, Kalifornien, USA. Ich breche unter dem Gewicht fast zusammen.

„Was soll ich denn damit?“, ächze ich.

„Mich besuchen“, sagt Phillip. „In deiner Fantasie.“

Ich habe ihm natürlich erzählt, dass ich meine Eltern zu einem Austausch überreden wollte und wie sie darauf reagiert haben. Und jetzt soll ich in Büchern spazieren gehen und mir das, was er demnächst in echt sieht, auf irgendwelchen blöden Hochglanzfotos angucken? Hm, ich weiß nicht …

„Danke“, sage ich trotzdem und klemme das Amerika-Gesamtpaket auf meinen Gepäckträger. „Hoffentlich verlier ich unterwegs nicht die Hälfte!“

Auf meinem Nachhauseweg fahre ich noch mal durch den Park und halte auf der Brücke an. Nicht nur, weil die Bücher rutschen, sondern auch, weil ich unser Schloss noch einmal sehen möchte. Da ist es! Ganz einsam hängt es an dem stahlblau lackierten, schnörkeligen Geländer, als hätte es jemand zufällig dort vergessen. Ich strecke meine Hand aus und berühre das kühle Metall, die verschlungenen Herzen, unsere Namen. Wenn Phillip weg ist, werde ich, sooft ich kann, hier vorbeifahren. Egal ob es stürmt oder regnet oder schneit, die Sonne scheint oder die Welt untergeht. Ich passe auf unser Schloss auf, bis er wieder da ist. Das nehme ich mir ganz fest vor.

KAPITEL 15

Ein Song im Radio und Chaos im Kopf.

Mir fehlen die Worte, ich hab die Worte nicht, dir zu sagen, was ich fühl …

Da muss jemand genau gewusst haben, wie ich mich fühle, als er diesen Song geschrieben hat. Im Moment höre ich die CD rauf und runter. Sobald das Lied irgendwo im Radio läuft, reiße ich die Lautstärke hoch. Natürlich hab ich das Album auch auf meinem Laptop. Ich höre es ständig. Morgens beim Aufwachen, abends beim Einschlafen, nachts, wenn ich traurig bin, und immer wieder zwischendurch; wenn ich Hausaufgaben mache, lese oder träume.

Du bist die Erinnerung an Leichtigkeit, die ich noch nicht gefunden hab, der erste Sonnenstrahl nach langem Regen, die, die mich zurückholt, wenn ich mich verloren hab, und wenn alles leise ist, dann ist deine Stimme da …

Die Zeit läuft, und ich werde das Gefühl nicht los, dass sie gegen mich läuft. Jeder Tag, den ich in meinem Kalender abstreiche, ist ein Tag näher an dem Tag, an dem Phillip und ich uns voneinander trennen müssen. Unser Abschiedstag. Ich weiß nicht, ob ich das wirklich aushalten kann. Es tut höllisch weh.

Freitag gibt es Zeugnisse. In den letzten Wochen habe ich einen Test nach dem anderen in den Sand gesetzt und mich in der Schule auch sonst nicht gerade mit Ruhm bekleckert. Aber meine Eltern wissen, wie es mir geht – mies, mies, mies –, und lassen mich in Ruhe. Ich habe ihnen hoch und heilig versprechen müssen, im neuen Schuljahr alles aufzuholen. Das hab ich mir auch für mich selbst vorgenommen. Was soll ich im nächsten halben Jahr auch sonst Großartiges machen außer für die Schule lernen?

Prickelnde Aussichten, Conni Klawitter: Phillip ist weg und du mutierst zur Streberin! Örks …

Sonnabend ist der erste Ferientag. Der erste Tag ohne Phillip. Dann gibt es kein Wir mehr, nur noch ein Er und ein Ich. Er in Berkeley, ich in Neustadt. Ich kann mir das noch gar nicht richtig vorstellen, aber ich werde mich wohl langsam daran gewöhnen müssen. Phillip und sein Vater fahren mitten in der Nacht los, noch vor Morgengrauen. Ihr Flieger startet ganz früh. Wir werden uns also schon am Vorabend voneinander verabschieden müssen. Oder ich fahre mit. Vom Flughafenterminal fährt eine Bahn zurück. Ich hab mich noch nicht entschieden. Und Phillip weiß auch nicht, was ihm lieber wäre.

Die ganze Zeit überlege ich, was wohl weniger wehtut. Wenn wir uns am Abend vorher schon trennen oder wenn ich mitfahre und zusehen muss, wie er ins Flugzeug steigt.

Bei dem bloßen Gedanken daran schießen mir sofort Tränen in die Augen. Ich seh schon wie ein Angorakaninchen aus, total rotäugig. Kein Wunder, seit Wochen heule ich bei jedem noch so kleinen Anlass los. Ich weiß schon gar nicht mehr, wie ich aussehe, wenn ich nicht verheult bin. Ob sich das irgendwann mal wieder legt? Oder geht das jetzt etwa die ganzen nächsten sechs Monate so weiter?

Lena hat vorgeschlagen, dass wir am Freitagabend bei Krischan auf dem Hof grillen. Es soll wohl eine Art Abschiedsfest werden. Gut gemeint, aber so richtig begeistert sind Phillip und ich nicht. Wir würden den Abend lieber für uns haben und ihn allein verbringen, auf unserem Rettungsfloß vielleicht.

Aber Lena bleibt hartnäckig.

„Natürlich kommt ihr!“, sagt sie am Freitag.

Wir haben unsere Zeugnisse in Empfang genommen. Ich versenke meines im Rucksack, ohne einen Blick darauf geworfen zu haben. Ihre Stimme dringt wie durch Watte in meine Ohren, was daran liegt, dass ich meinen iPod eingestöpselt habe.

Lena zieht an dem Kabel. Ein Ohrstöpsel fällt raus.

„Soll Krischan euch abholen?“, fragt sie.

„Mit dem Trecker etwa?“, frage ich zurück.

„Warum nicht?“ Lena grinst. „Nee, ernsthaft. Macht er gerne.“

Ich schüttele den Kopf.

„Nein, danke. Ist nicht nötig. Wir kommen mit den Rädern.“ Dann haben wir wenigstens noch ein bisschen Zeit für uns, denke ich und spreche es nicht aus.

„Okay“, nickt sie und winkt mir zu. „Gegen sechs geht's los, aber ihr könnt gerne schon früher kommen.“

Am Fahrradunterstand trennen wir uns. Krischan holt sie mit seinem Auto ab, einem klapprigen Kleinbus, der eindeutig schon bessere Zeiten gesehen hat.

Ich schließe mein Rad auf und warte auf die anderen. Billi

fährt mit ihren Eltern direkt von der Schule aus in den Urlaub nach Italien und kommt erst in fünf Wochen wieder. Wir verabschieden uns voneinander und wünschen uns gegenseitig schöne Ferien.

„Anna und Dina passen auf dich auf", flüstert sie mir zu, als wir uns umarmen. „Halt die Ohren steif!"

„Mach ich", verspreche ich. „Viel Spaß in Italien!"

Alle sind total lieb zu mir – sogar Lukas. Er steht neben Anna und meint, dass wir in den Ferien vielleicht mal was zu dritt machen können. Schwimmen gehen, Minigolf, Kino …

„Ja, mal sehen", antworte ich vage, meine es aber nicht besonders ernst. Mit Anna treffe ich mich ganz bestimmt mal, aber der gute Lukas darf mir gerne gestohlen bleiben. Daran hat sich nichts geändert. Und zu dritt geht schon mal gar nicht!

Paul grinst ein bisschen schräg.

„Wir sehen uns heute Abend", sagt er mit einem Kopfnicken.

Ich lese, was auf seinem T-Shirt steht: WENN DAS LEBEN DIR EINE ZITRONE GIBT, FRAG NACH SALZ UND TEQUILA!

„Tequila?" Ich ziehe eine Augenbraue hoch und lache. „Wo hast du das denn her?"

„Betriebsgeheimnis", sagt er und schwingt sich auf sein Rad. „Ciao!"

„Ciao!"

Der Fahrradunterstand leert sich. Phillip und ich bleiben zurück. Wir wollen jede Minute, die uns noch bleibt, zusammen verbringen.

Meinen Eltern habe ich gesagt, dass ich nicht weiß, wann ich nach Hause komme. Zu meiner Überraschung haben sie es, ohne zu meckern, akzeptiert. Die einzige Bedingung ist, dass ich mein Handy anlasse und jederzeit erreichbar bin.

Ich bin total dankbar, dass sie plötzlich so pflegeleicht sind. Aber vielleicht tue ich ihnen auch nur leid. Sogar Jakob hat neulich gesagt, wie doof er es findet, dass Phillip ohne mich in die USA fliegt.

Alle nehmen Rücksicht auf mich, fast, als hätte ich eine Krankheit. *Amor Deliria Nervosa* fällt mir ein, die Krankheit in Lenas Buch. Mann, bin ich froh, dass Liebe keine Krankheit ist! Auch wenn sie manchmal so wehtut, dass man es kaum aushält, würde ich mich niemals davon heilen lassen. Das Gefühl, das man hat, wenn man verliebt ist, ist nämlich viel zu schön!

Phillip und ich lassen unsere Räder an der Schule stehen und gehen zu Fuß in Richtung Innenstadt.

Natürlich führt unser Weg durch den Stadtpark. Und natürlich gehen wir über unsere Brücke und besuchen unser Vorhängeschloss.

Zu unserer Überraschung ist es nicht mehr alleine. Drei andere Schlösser hängen neben ihm, ein pinkfarbenes, ein hellblaues und ein silbernes. Das hellblaue trägt wie unseres eine Gravur: Yasmin und Hannes.

„Wie süß!“, sage ich. „Wenn das so weitergeht, hängt bestimmt bald die ganze Brücke voller Liebesschlösser!“

Phillip drückt meine Hand. „Du kannst mir ja ein Foto mailen.“

Wir schauen eine Weile auf das Wasser, das träge unter der Brücke hindurchplätschert, streicheln ein letztes Mal über unser

Schloss und gehen schließlich eng umschlungen weiter. Am Pavillon kaufen wir Eis und setzen uns damit unter einen Baum.

Ich lehne mich mit dem Rücken gegen den Stamm. Phillip wirft sich ins Gras, legt seinen Kopf in meinen Schoß und knabbert mit geschlossenen Augen an seinem Eishörnchen. Ich spiele mit seinen Locken und wünschte, wir könnten für immer hier sitzen bleiben.

Schweren Herzens raffen wir uns nach einer halben Stunde auf und gehen weiter. Wir bummeln noch einmal durch die Stadt. Mit seinem Handy macht Phillip unentwegt Fotos von mir. Ich glaube, auf den meisten sehe ich ziemlich traurig aus, aber ein paarmal lache ich auch. Er soll mich lachend in Erinnerung behalten, nicht traurig und verheult.

Schließlich gehen wir zu unseren Rädern zurück. Wie vergessen stehen sie vor der Schule und lehnen sich aneinander, als würden sie sonst umfallen. „Sie sehen ein bisschen aus wie wir", meint Phillip und schießt ein Foto.

Der Weg zum Bauernhof von Krischans Eltern führt am Waldsee vorbei. Wir erinnern uns an die Zeit, die wir hier verbracht haben, an all die Küsse und die unbeschwerten Nachmittage im Sonnenschein. Einmal hat uns ein Sommergewitter überrascht. Stundenlang haben wir damals am Ufer gehockt und uns nicht getraut, uns zu bewegen, weil wir solche Angst hatten, ein Blitz würde in die hohen Bäume über uns krachen und uns erschlagen. Heute lachen wir darüber.

Überall um uns herum sind solche witzigen Erinnerungen und Weißt-du-nochs. An jeder Ecke, hinter jedem Stein. Ich kann sie gar nicht mehr zählen, aber ich weiß, dass ich mich daran erinnern werde, wenn Phillip fort ist und ich diese Wege alleine gehen muss.

Bei Krischan werden wir von unseren Freunden begrüßt. Alle sind schon da, als hätten sie nur noch auf uns gewartet. Lena nimmt zuerst Phillip und danach mich in den Arm.

„Schön, dass ihr gekommen seid“, sagt sie.

Hinter der Scheune, in einem alten Obstgarten, sind Bierbänke und ein langer Tisch aufgebaut, der mit einem rot-weiß karierten Tischtuch, weißem Porzellan und buntem Besteck gedeckt ist. Dazwischen stehen große Körbe mit Obst und Stangenbrot und große Schüsseln mit Salaten. Die Sonne fällt durch die Blätter der Apfelbäume und malt kleine Kringel auf die Teller. Das Bild verschlägt mir kurz den Atem. Es sieht aus wie in einem französischen Spielfilm, den ich mal gesehen hab.

„Ist das schön!“, sage ich.

Lena nickt glücklich.

Paul verteilt die Getränke. Es gibt Cidre, hausgemachten Apfelwein und Säfte. Phillip und ich wählen den Cidre und verdünnen ihn mit Wasser. Er schmeckt süß und prickelt im Glas. Dann setzen wir uns zu den anderen an die lange Tafel. Die ganze Zeit lassen sich unsere Hände nicht los.

Krischan hat eine kleine Musikanlage aufgebaut, aus der im Hintergrund leise französische Chansons dudeln. Es könnte so schön sein, aber ich vergesse keine Sekunde, warum wir hier sind.

Mein Herz blutet still vor sich hin und ich kann meine Tränen nur mühsam zurückhalten. Vielleicht war es doch keine so gute Idee hierherzukommen. Vielleicht hätten Phillip und ich lieber auf unserem Rettungsfloß bleiben sollen. Vielleicht, vielleicht …

Als es anfängt zu dämmern und die Sonne langsam tiefer sinkt, zünden Anna und Lena Kerzen in hohen Gläsern an. Sie duften nach Zitronen.

Krischan und Lukas stellen große Platten mit Grillfleisch auf den Tisch. Die Salatschüsseln werden herumgereicht. Mein Magen ist wie zugeknotet. Ich knabbere nur an einem Stück knusprigem Brot und trinke ab und zu einen Schluck Cidre. An den Gesprächen und dem Gelächter um mich herum beteilige ich mich kaum. Phillip hat seinen Arm um mich gelegt. Ich spüre seinen Herzschlag und fühle, wie er atmet. Er riecht so gut. Am liebsten würde ich in ihn hineinkriechen. Als getanzt wird, warten wir auf ein langsames Stück.

„Siehst du den Stern da oben?“ Phillip hebt sanft mein Kinn.

Ich habe gar nicht gemerkt, dass es schon dunkel ist. Über uns funkeln Millionen Sterne. Ich nicke.

„Wenn du ihn abends siehst, denk ich an dich. Und wenn er morgens verschwunden ist und die Sonne aufgeht, denk ich auch an dich. Und wenn es regnet, hagelt oder schneit, auch. Ich denk die ganze Zeit an dich. Das versprech ich dir.“

Wir küssen uns. Die Welt um uns herum steht still.

Es ist fast Mitternacht, als Phillip meint, dass es langsam Zeit wird zu gehen. Sein Vater hat gesagt, dass er wach bleibt, bis er kommt, weil sie dann gleich losfahren müssen. Sie wollen im Flugzeug schlafen.

Lena und Krischan bemerken, dass wir loswollen, und kommen auf uns zu.

„Hey, wartet mal einen Moment! Wir wollen euch einen Vorschlag machen", sagt Krischan.

Lena steht neben ihm. Ihre Augen funkeln im Schein der flackernden Kerzen.

„Wir müssen los", sagt Phillip. „Tut mir leid. Ich bring Conni noch nach Hause und dann –"

„Darum geht's ja", unterbricht Krischan ihn. „Wir fahren euch zum Flughafen. Ruf deinen Vater an. Er kann schon vorausfahren. Wir kommen gleich nach."

Ich schiebe die Augenbrauen zusammen.

„Wieso wir?"

„Weil wir zusammen fahren." Lena zwinkert mir zu. „In Krischans Bus ist genug Platz. Wir fahren Phillip zum Flughafen. Und du kommst natürlich mit!"

„Aber …", setze ich an. „Aber das geht doch nicht! Ich meine –"

„Was?", fragt Lena.

Ich zucke die Schultern. „Keine Ahnung, aber …" Ich breche ab. Meine Freunde stehen vor mir und grinsen. Mir fällt nicht mehr ein, was ich eigentlich sagen wollte.

„Krischan hat extra nichts getrunken", sagt Lena. „Die Fahrt ist unser Abschiedsgeschenk für euch."

Phillip lächelt.

„Was denkst du?", fragt er mich.

Ich denke daran, dass wir dann noch die ganze Fahrt zusammen hätten; dass wir uns jetzt noch nicht trennen müssten; dass ich noch nicht alleine wäre. Ich nicke.

Phillip gibt mir einen Kuss und zieht sein Handy aus der Tasche. Ich höre nur halb zu, was er zu seinem Vater sagt.

„Ihr seid echt verrückt!“, sage ich zu Lena und Krischan.

Sie strahlen zuerst sich und dann mich an.

„Stimmt. Deshalb passen wir ja auch so gut zusammen“, meint Krischan.

Lena gibt ihm eine Kopfnuss und lacht.

Eine Viertelstunde später finde ich mich auf der Rückbank von Krischans altem VW-Bus wieder. Die Party ist zu Ende. Wir haben uns von allen verabschiedet. Anna, Lukas, Paul und Jesko räumen noch auf. Sie winken uns zu.

Herr Graf hat versprochen, Phillips ganzes Gepäck, seinen Rucksack und sämtliche Papiere und die Tickets mitzubringen. Er wollte sich gleich auf den Weg zum Flughafen machen. Wenn alles gut geht, treffen wir ihn in knapp zwei Stunden am Meetingpoint im Abflugterminal.

„Hoffentlich vergisst er nichts“, meint Phillip. „Ich hab zwar gestern schon alles zusammengepackt, aber ein paar Sachen liegen noch auf meinem Schreibtisch.“

„Sollen wir lieber noch mal bei euch vorbeifahren?“ Krischan sitzt hinter dem Lenkrad. Lena hockt neben ihm auf dem Beifahrersitz und gähnt.

„Nee, lass mal. Das kriegt mein Vater schon alleine hin.“ Phillip und ich kuscheln uns aneinander.

Ich rufe kurz zu Hause an. Heute ist Freitag, meine Eltern sind noch wach. Meine Mutter klingt erleichtert, weil ich ihr Bescheid sage. Sie wünscht uns gute Fahrt, Phillip eine gute Reise und legt auf. Ich wette, die beiden gehen erst schlafen, wenn ich zurück bin und wohlbehalten in meinem Bettchen liege. Eltern sind so. Das ändert sich nie.

Ich schiebe mein Handy zurück, schmiege meinen Kopf in Phillips Armbeuge und schließe die Augen. Ich fühle mich total schläfrig, aber ich darf nicht einschlafen. Auf keinen Fall möchte ich eine Sekunde der Zeit, die uns noch bleibt, mit Schlaf vergeuden.

Der Bus rollt durch die Nacht. Aus dem Autoradio kommt leise Musik. Ich erkenne die ersten Takte von *Wenn Worte meine Sprache wären* und bitte Lena, lauter zu machen. Phillip singt leise mit.

Ich mache meine Augen wieder auf und starre in die Dunkelheit. Ab und zu blitzen die Scheinwerfer eines entgegenkommenden Autos auf. Die Bäume links und rechts der Straße sehen wie Gespenster aus. Wir müssen über endlose Landstraßen und durch verschlafene Dörfer fahren, bevor wir irgendwann die Autobahn erreichen.

Phillip streichelt zärtlich meine Haare. Ich möchte immer so weiterfahren.

Irgendwann nicke ich dann doch ein. Ich kann's nicht verhindern, sosehr ich mich auch dagegen wehre. Meine Augenlider werden schwerer und schwerer, als würde jemand daran ziehen. Ich habe einfach nicht die Kraft, sie noch länger offen zu halten. Phillips gleichmäßige Atemzüge verraten mir, dass es ihm genauso geht. Unsere letzte Nacht – und wir zwei sitzen in einem klapprigen VW-Bus und schlafen nebeneinander ein.

Als ich wieder aufwache, sind wir auf der Autobahn. Ganz vorsichtig richte ich mich auf und versuche mich zu strecken. Mein linker Fuß ist eingeschlafen und kribbelt wie verrückt. Phillip schläft weiter. Er schnarcht leise neben mir. Ich muss lächeln.

Krischan kauert über dem Lenkrad wie ein alter Uhu. Ob er nicht auch langsam müde wird? Immerhin muss er die gleiche Strecke nachher auch noch zurückfahren, fällt mir ein. Brauchen biologisch korrekte Landwirte vielleicht weniger Schlaf als der Rest der Bevölkerung? Immerhin ist er daran gewöhnt, jeden Morgen früh aufzustehen, und in der Erntezeit arbeitet er bestimmt auch mal die Nächte durch.

Ich beuge mich zu ihm nach vorn und schaue auf die Straße. Auf dem breiten Beifahrersitz hat Lena sich zusammengerollt wie ein kleiner Igel. Das Licht der Armaturen fällt auf ihre Haare und lässt sie grünlich schimmern.

Ich frage mich, wie lange wir wohl schon gefahren sind. Leider kann ich die Uhr nicht erkennen, aber vielleicht ist es besser so, damit ich nicht sehe, wie wenig Zeit wir noch haben. Mir ist ein bisschen kalt. Bestimmt ist das der Schlafmangel. Wieso hab ich keinen Pulli mitgenommen?

An der Ausfahrt zu einem Rastplatz setzt Krischan den Blinker und biegt ab.

„Ich brauch einen Kaffee", sagt er leise und zwinkert mir im Rückspiegel zu.

An meiner Seite rappelt Phillip sich hoch und guckt sich verwirrt um. Seine Haare sind total verstrubbelt. Er ist so niedlich!

„Hab ich was verpasst?", gähnt er.

„Nee, nur die Autobahn", grinse ich.

Direkt vor der Raststätte ist ein Parkplatz frei. Ich war noch nie um diese Uhrzeit in einer Autobahnraststätte und finde es total spannend. Es fühlt sich fast so an, als wären wir zu viert auf dem Weg in den Urlaub. Schön wär's …

Lena ist nicht wach zu bekommen, weshalb wir beschließen, sie schlafen zu lassen.

„Hoffentlich klaut sie keiner", meint Krischan.

„Lena kann sich wehren", sage ich überzeugt.

Wir setzen uns an einen Fenstertisch. Phillip holt Kaffee, Cola, ein paar Sandwiches und Schokoriegel.

„In einer halben Stunde sind wir da." Krischan fährt sich mit beiden Händen übers Gesicht. „Weißt du, wo du hinmusst?"

„Terminal C", nickt Phillip und wirft mir über seinen Kaffeebecher hinweg einen Blick zu.

Eine halbe Stunde. Dreißig Minuten. Terminal C, bohrt es sich in meinen Kopf.

„Wenn mein Vater vor uns da ist, checkt er das Gepäck schon ein", höre ich Phillips Stimme.

„Und … und wie lange hast du dann noch Zeit, bevor du abfliegst?", frage ich.

„Keine Ahnung." Er rührt Zucker in seinen Kaffee. „Eine Stunde vielleicht oder zwei. Wenn das Gepäck aufgegeben ist und wir unsere Boardingpässe haben, müssen wir durch die Sicherheitskontrolle. Da könnt ihr dann nicht mehr mit."

„Okay", sage ich und schlucke.

Krischan schaut aus dem Fenster, als wolle er unser Gespräch nicht belauschen und uns nicht stören. Er ist wirklich süß.

An den anderen Tischen sitzen fast nur Trucker und ein paar

übernächtigte Typen in dunklen Anzügen. Ich komme mir vor wie in einem Roadmovie. Wir trinken unseren Kaffee aus, mümmeln unsere Sandwiches und nehmen die Schokoriegel für unterwegs und einen Coffee-to-go für Lena mit, dann geht's weiter.

Die letzte halbe Stunde der Fahrt verläuft in komplettem Schweigen. Wir schauen links und rechts aus den Fenstern und hängen unseren eigenen Gedanken nach. Ich wünschte, ich hätte nichts gegessen. Das Sandwich liegt wie ein Stein in meinem Magen und von dem Kaffee hab ich einen bitteren Geschmack im Mund. Ich bin fast froh, als wir endlich da sind. Ich reiße die Tür auf und atme die frische Nachtluft ein.

Lena wird wach.

„Wo sind wir?", fragt sie.

„Flughafen", antwortet Krischan knapp.

Phillip nimmt mich in den Arm.

„Du musst nicht mitkommen", sagt er leise zu mir. „Wir können uns auch hier verabschieden. Vielleicht ist es leichter."

Ich schüttele schnell den Kopf, bevor ich es mir anders überlege. „Ich komm mit!"

Hand in Hand schieben wir uns durch eine gläserne Drehtür und betreten das hell erleuchtete Flughafengebäude. Lena und Krischan stapfen mit einem Meter Diskretionsabstand hinter uns her.

Ich sehe Phillips Vater schon von weitem. Er steht unter einem Leuchtschild am Meetingpoint, winkt mit einer Zeitung und kommt uns schließlich mit großen Schritten entgegen.

„Da seid ihr ja!“ Er nimmt Phillip in den Arm und begrüßt uns mit einem Lächeln und einem Händedruck. Meine Hand hält er ein bisschen länger fest. „Hoffentlich bist du nicht böse auf mich, dass ich meinen Sohn entführe.“

Ich fühle mich ein bisschen überrumpelt und kann nur stumm den Kopf schütteln.

„Du bekommst ihn wieder“, verspricht Herr Graf.

Und dann geht plötzlich alles ganz schnell. Viel zu schnell, wenn man mich fragt. Aber mich fragt keiner.

Herr Graf reicht Phillip seinen Rucksack und erzählt ihm, dass er das restliche Gepäck schon eingecheckt hätte. „Die Sicherheitskontrolle ist im Obergeschoss. Kommst du? Wir können in der Lounge frühstücken und auf unseren Flug warten.“

Phillip und ich wechseln einen Blick. Einen Moment lang weiß ich nicht, wie ich atmen soll, und schnappe nach Luft. Panik steigt in mir auf. So hatte ich mir unseren Abschied nicht vorgestellt. Nicht hier, mitten in dieser kalten Halle, während alle zusehen. Bitte nicht!

„Geh schon mal vor“, sagt Phillip zu seinem Vater, ohne seinen Blick von mir zu nehmen. „Ich komme gleich nach.“

Herr Graf schüttelt uns noch einmal die Hand und verabschiedet sich, dann geht er voraus in Richtung Rolltreppe und fährt hinauf, ohne sich noch einmal umzudrehen.

Lena und Krischan nehmen Phillip in den Arm. Krischan tätschelt meine Schulter. „Wir warten am Auto auf dich, okay?“

Ich nicke ihm dankbar zu.

Dann sind Phillip und ich plötzlich allein. Aus dem Lautsprecher über uns kommt eine quäkige Frauenstimme. Ich höre nicht, was sie sagt. Irgendeine blöde Ansage, zuerst auf Deutsch, dann noch einmal in Englisch.

Phillip nimmt meine Hände und zieht mich an sich. Ich falle ihm um den Hals und kann meine Tränen nicht länger zurückhalten.

„Nicht weinen", flüstert er mir zu. „Bitte nicht weinen."

„Ich … ich kann nicht anders", schniefe ich. „Tut mir leid."

Wir klammern uns aneinander wie zwei Ertrinkende. Wo ist unser Rettungsboot? Ich will ihn nicht loslassen. Ich will nicht, dass er geht. Ich will das alles nicht!

Sein Mund sucht meine Lippen. Wir küssen uns, halten uns fest.

„Ich muss los", sagt er leise.

„Ich will nicht, dass du gehst."

„Ich weiß."

Ganz zart streichelt seine Hand über meine Wange. Ich lege meine Hand auf seine und halte sie fest.

„Geh", sage ich, und es bricht mir das Herz. Ich spüre es genau. Es fühlt sich wie ein Riss an, der durch mein Innerstes läuft. Zuerst ganz langsam, dann immer schneller. Knacks, sagt es. Es tut nicht weh. Es brennt nur höllisch.

In Phillips Augen schimmern Tränen.

„Pass auf dich auf", flüstert er. „Vergiss mich nicht."

Mein gebrochenes Herz schreit auf. Wie könnte ich ihn vergessen?

Seine Hand entgleitet mir. Ich lasse sie los und lasse ihn endlich gehen. Tränenblind starre ich ihm hinterher, sehe ihn wie durch dichten Nebel von mir fortgehen und immer kleiner werden. Er stellt sich auf die Rolltreppe, fährt hinauf. Ich will ihm hinterherlaufen, will ihn festhalten, aber meine Beine wollen mir nicht gehorchen. Meine Füße kleben am Boden wie festgefroren. Sie weigern sich, einen einzigen Schritt zu tun.

Oben an der Rolltreppe bleibt Phillip stehen und dreht sich noch einmal zu mir um. Ganz langsam hebt er eine Hand und winkt mir zu. Dann ist er verschwunden.

*

Ich weiß nicht mehr, wie ich nach Hause gekommen bin. Mit Krischan und Lena natürlich, klar. Ich kann mich noch daran erinnern, dass Lena sich zu mir nach hinten gesetzt und die ganze Fahrt über meine Hand gehalten hat. Krischan hat eine Wolldecke aus dem Laderaum genommen und uns darin eingewickelt. Sie hat nach Hund gerochen. Ich glaube nicht, dass ich irgendetwas gesagt habe. Ich war viel zu sehr damit beschäftigt, zu zittern und zu weinen.

Lena hat mich bis vor die Haustür gebracht und gewartet, bis ich drinnen war. Erst dann sind Krischan und sie selbst nach Hause gefahren. Es war schon ein bisschen hell, und ich habe mich gefragt, ob das Flugzeug mit Phillip vielleicht schon in der Luft ist.

Meine Eltern haben bereits geschlafen. Auf dem Küchentisch lag ein Zettel: *Schön, dass Du wieder da bist. Schlaf Dich aus. Mama und Papa.*

Auf Zehenspitzen bin ich die Treppe hinaufgeschlichen und habe kurz an Jakobs Zimmertür gelauscht. Ein leises Schnarchen drang durch die Tür. Es klang irgendwie tröstlich.

Jetzt stehe ich in meinem Zimmer und fühle mich verloren. Draußen geht die Morgensonne auf, der Vorhang bläht sich im Wind. Ich hab vergessen, das Fenster zu schließen. Ich höre, wie die ersten Vögel den Tag begrüßen. Frische Luft kommt herein. Eine einzelne Träne stiehlt sich in mein Auge. Ich spüre sie auf meiner Wange und lasse sie laufen. Geräuschlos tropft sie auf mein T-Shirt und verschmilzt mit dem Stoff.

Mau streckt sich in seinem Körbchen und fängt an sich zu putzen. Ich gehe zu ihm, nehme ihn vorsichtig hoch und presse mein Gesicht in sein weiches Fell. Er hält ganz still und schnurrt.

Obwohl ich todmüde bin und mich total erschlagen fühle, bin ich viel zu überdreht, um ans Schlafen zu denken. Mit meinem Kater auf dem Arm setze ich mich an den Schreibtisch und klappe den Bildschirm meines Himbeerlaptops auf. In meinem Postfach ist eine neue Nachricht. Dreimal dürft ihr raten von wem.

Mein Herz klopft, als ich die Mail öffne, und auf meinem Gesicht liegt ein Lächeln. Phillip muss sie noch vor seinem Abflug auf dem Handy geschrieben haben, kurz nachdem wir uns voneinander getrennt haben. Oder gibt es im Flughafen öffentliche Computerterminals? Auf dem Bildschirm erscheint ein Songtext, den Phillip in seine Mail kopiert hat. Eigentlich muss ich ihn gar nicht lesen. Ich kenne ihn auswendig.

Mir fehlen die Worte, ich
hab die Worte nicht,
dir zu sagen, was ich fühl'.
Ich bin ohne Worte, ich
finde die Worte nicht,
ich hab keine Worte für dich.
Mir fehlen die Worte, ich
hab die Worte nicht,
dir zu sagen was ich fühl'.
Ich bin ohne Worte, ich
finde die Worte nicht,
ich hab keine Worte für dich.

Ich weiß, es dir zu sagen, wär nicht schwer,
wenn Worte meine Sprache wären,
dir 'n Lied zu schreiben wäre nicht schwer,
wenn Worte meine Sprache wären.

Mir läuft fast das Herz über. Ich halte den Atem an und heule, als ich den Text lese, der sich direkt in meine Seele brennt. Die Melodie erklingt in meinem Kopf. Darunter steht:

Du fehlst mir jetzt schon.
Ich liebe Dich.
Phillip.

*

In den nächsten Tagen geht es mir Stück für Stück ein kleines bisschen besser. Phillip und ich telefonieren fast jeden Tag kurz miteinander, damit wir wenigstens unsere Stimmen hören und uns sagen können, dass wir uns lieben und wie sehr wir uns vermissen. Wenn ich an meine nächste Handyrechnung denke, krieg ich zwar jetzt schon Pusteln und graue Haare, aber das muss jetzt einfach mal sein. Natürlich hab ich 'ne Flatrate. Aber ob die auch für Auslandsgespräche gilt? Das sollte ich dringend überprüfen. Falls nicht, fürchte ich, dass ich demnächst Meat Loaf noch mal durchschütteln und ihm die restliche Geburtstagskohle entlocken muss. Es geht nicht anders. Sorry, Meat Loaf. Oder ich muss mir einen gut bezahlten Ferienjob suchen. Vielleicht als Badeaufsicht oder Eisverkäuferin. Aber ob man da viel verdient? Ich mache mir vorsichtshalber einen Knoten ins Ohr und nehme mir vor, mich mal umzuhören. Fragen kostet schließlich nichts, und wenn ich einen Ferienjob hätte, hätte ich vielleicht nicht nur genug Kohle für meine Handyrechnung, sondern gleichzeitig auch ein bisschen Ablenkung von meinem trübseligen Dasein.

Phillip und sein Vater sind mit einem Mietwagen (ein großer Chevrolet, klar. Was sonst?) an der Westküste unterwegs und schlafen fast jede Nacht in einem anderen Motel. Da klappt es mit Mails, Skypen und Chatten manchmal einfach nicht. Das wird sich erst ändern, wenn sie in ein paar Wochen am Ziel ihrer Reise sind und Phillip endlich bei seiner Gastfamilie in Berkeley eincheckt.

„Conni!", ruft meine Mutter von irgendwo.

„Was?"

„Besuch für dich!"

„Schick rauf!“

Besuch? Hm, eigentlich erwarte ich niemanden. Na gut … Ich wälze mich von meinem Bett und ziehe die Tagesdecke an ihren vier Zipfeln glatt. Mau blinzelt genervt.

„Sorry, Kater. Geht nicht anders.“

„Jemand zu Hause?“ Es klopft. Die Tür geht auf.

„Anna! Hey, cool!“

Anna ist nicht allein. Hinter ihr stehen Lukas, Dina, Paul und ein Junge, den ich nicht kenne. Doch, klar! Es ist der Typ von Phillips Party, der Dina so verliebt angeschmachtet hat. Hab ich was verpasst? Hat Dina einen Freund? Er wischt sich eine Haarsträhne aus der Stirn und sagt: „Hi. Ich bin Marlon.“

Marlon, soso …

Dina presst die Lippen aufeinander und unterdrückt ein Grinsen, während sie eine Ansichtskarte in die Hand nimmt, die Billi mir aus Italien geschickt hat. Mit nichts als blauem italienischem Himmel darauf und einem kurzen Gruß: *A presto, amica!* – Bis bald, Freundin!

„Wir wollen an den Waldsee“, sagt Anna und betrachtet interessiert die Bücher auf meinem Nachttisch. Es sind die USA-Bände von Phillip. Ich blättere jeden Abend darin und suche die Bilder von den Orten, an denen er gerade ist. „Hast du Lust mitzukommen?“

Ich zögere. Eigentlich wollte ich heute ins Freibad und ein paar Bahnen abreißen. Andererseits … Schwimmen kann ich schließlich auch im See.

„Ja, okay. Meine Sachen sind gepackt.“

„Dann mal los“, meint Lukas, als ich meinen Rucksack schnappe und schnell noch einen schmalen Band über San Francisco in die Seitentasche schiebe.

Hintereinander traben wir die Treppe runter. Ich rufe meiner Mutter zu, wo ich hinfahre, und dann sind wir auch schon draußen und rollen mit unseren Rädern über die ferienverlassenen Straßen raus aus der Stadt.

Es ist ein wunderschöner Sommertag, nicht zu heiß, ein bisschen windig. Genau richtig.

Der Wind spielt mit meinen Haaren. Ich spüre die Sonne auf meiner Haut und muss plötzlich lächeln. Ich denke an die Nacht zurück, in der ich fünfzehn geworden bin. Es kommt mir vor, als wäre es ewig lange her. Aber ich weiß noch genau, dass ich mich damals gefragt habe, was wohl der Unterschied zwischen vierzehn und fünfzehn ist. Ob es überhaupt einen gibt, und wenn ja, welchen. Inzwischen kenne ich ihn. Oder vielleicht ahne ich ihn auch nur. Ich weiß nicht so genau. Auf jeden Fall hört es sich bestimmt total blöd an, aber ich glaube, mit fünfzehn ist das Leben irgendwie schöner. Es ist zwar nicht mehr alles so leicht und locker und unbeschwert wie früher, aber dafür viel, viel intensiver. Bunter, kräftiger, lebendiger. Es ist echt schwierig zu beschreiben, aber man sieht die Welt mit anderen Augen. Nicht alles, und auch nicht alles auf einmal, logo, aber nach und nach.

Keine Ahnung, ob sich Erwachsensein so anfühlt – erwachsen bin ich schließlich noch lange nicht –, aber ein bisschen näher dran fühle ich mich auf jeden Fall. Es ist ein komisches, irgendwie vages Gefühl, an das ich mich erst mal gewöhnen muss. Aber ich schaff das, da bin ich mir sicher. Auch wenn ich manchmal heulen muss, weil mein Leben nicht so will wie ich. Das gehört anscheinend dazu.

Über unseren Köpfen brummt ein Flugzeug. Ich hebe den Kopf und beobachte es eine Weile, sehe den weißen Kondensstreifen und wie er langsam zerfasert. Natürlich muss ich sofort an Phillip denken. Ich muss ständig an ihn denken. Von den vierundzwanzig Stunden, die ein Tag hat, denke ich bestimmt dreiundzwanzigeinhalb Stunden plus dreißig Minuten an ihn. Es geht nicht anders.

An einer Kreuzung hält ein VW-Bus neben uns. Krischan und Lena.

Lena lehnt sich aus dem heruntergekurbelten Fenster und winkt uns zu. „*Bonjour, mes amis!* Wohin fahrt ihr?"

„An den See!"

„Cool! Wir kommen gleich nach! Wir müssen nur noch ein paar Gemüsekisten ausliefern!"

Krischan drückt auf die Hupe, Lena winkt, dann biegen sie und ihr Biogemüse ab.

Lächelnd fahre ich weiter. Sieht aus, als hätte Lena nicht nur ihren Traumtypen, sondern auch ihren Traumjob gefunden. Genau wie ich. Also, das mit dem Traumtypen jedenfalls. Was den Traumjob angeht, bin ich mir noch nicht so sicher. Die Wahl zwischen Badeaufsicht und Eisverkäuferin fällt mir echt schwer. Aber das krieg ich auch noch hin. Wetten?

In einem halben Jahr ist Phillip wieder da. Und wisst ihr, was? Es geht mir gut, richtig gut. Ich hätte echt nicht gedacht, dass ich's überleben würde. Aber ich schaff das. Das verspreche ich mir.

Ich stöpsele meine Ohrhörer ein und schalte den iPod in meiner Tasche an. *Muss nur noch kurz die Welt retten, danach flieg ich zu dir …*

Als ich wieder in den Himmel schaue, ist das Flugzeug verschwunden.

Wohin es wohl unterwegs ist? Vielleicht nach Kalifornien?

Ich wünschte, ich hätte Flügel, dann könnte ich hinterherfliegen. Aber so, wie ich mich gerade fühle, brauche ich die gar nicht. Mir steht die ganze Welt offen. Ich kann auch ohne Flügel fliegen. Das weiß ich jetzt.

Ich nehme die Hände vom Lenker, breite die Arme aus und lache. Es fühlt sich gut an. Frei.